JN032604

終わらない週末

LEAVE THE WORLD BEHIND

Rumaan Alam

ルマーン・アラム

高山真由美 訳

早川書房

終わらない週末

LEAVE THE WORLD BEHIND
by
Rumaan Alam

Translated by
Mayumi Takayama
First published 2022 in Japan by
Hayakawa Publishing, Inc.
This book is published in Japan by
arrangement with
The Book Group
through The English Agency (Japan) Ltd.

装画／太田侑子
装幀／早川書房デザイン室

サイモンとゼイヴィアに捧（ささ）ぐ

鳥の歌声さながらに愛はつづく
爆弾のあともすみやかに

――ビル・キャラハン〈アンジェラ〉

1

　そう、日はさんさんと照っていた。一家はそれを幸先がよいと思った——人はなんでもなにかの前兆に変えてしまうものだ。見える範囲には雲一つなかった、といえば済むものを。太陽はいつもの場所にあった。太陽は絶えずそこにあり、無関心だった。

　道路が合流すると車の流れが悪くなった。彼らの灰色の車は鐘形ガラス器（ベルジャー）のようなもので、局地気候だった——エアコンがかかっており、思春期特有の悪臭（汗、足、皮脂）と、アマンダのフランス製のシャンプーのにおいがして、ガラクタががさがさと音をたてていた。いつものことだった。車はクレイの領域で、クレイはそんなに厳しくなかったので、結果として、まとめ買いしたグラノーラバーのオーツのかけらとか、なんでここにあるのか説明のつかないチューブソックスの片方とか、《ニューヨーカー》の折り込みの購読申込用紙とか、こよりにしたティッシュペーパーとか（鼻水が固まっている）、いつのものかわからないバンドエイドの裏のあの白い剝離紙なんかがある。子供たちにはいつだってバンドエイドが必要だった、夏の果物みたいにピンク色の皮がぺろりと剝けるから。

　腕に日が当たっているのが心強かった。皮膚がんを寄せつけないように、窓はUVカットのスモークガラスだった。ハリケーンが勢力を増す季節だとニュースでいっていて、事前に承認されたリストから嵐に次々奇抜な名前がついた。アマンダがラジオの音量を落とした。いつも決まってクレイが運転するのは、やはり男女差別ではないだろうか？　まあ、アマンダは、左右交互駐車とか二万キロごとの点検みたいな、おかすべからざる付帯事項に耐えられないのだ。それに、クレイは誇りを持ってこういうことをやっていた。クレイは教授で、暮らしに役立つ仕事を好むのはそれと関係があるようだった。リサイクルに出すために古新聞を束ねたり、歩道に氷が張りそうなときに凍結防止の化学薬品を撒いたり、電球を交換したり、小さなプランジャーでシンクの詰まりを解消したりするのが好きなのだ。

　車は贅沢といえるほど新しくはなく、ボヘミアンといえるほど古くもなかった。中流階級向けの中流の車で、強烈な魅力で人目を惹くというよりは、人の気分を害さないように設計されており、鏡張りの壁と申しわけ程度の風船があるようなショウルームで売られている代物だ。そういうショウルームではたいてい販売員のほうが客より何人か多く、二人か三人ずつ固まってうろうろしながら、〈メンズ・ウェアハウス〉のようなチェーン店のズボンのポケットに入れた小銭をチャラチャラさせている。ときどき、クレイは駐車場でべつの操作をしてしまい

（車は人気モデルの〝グラファイト〟）、キーレス・エントリー・システムがうまく働かないといっていらいらしていた。

　アーチーは十六歳だった。パンの固まりみたいな大きさの不恰好なスニーカーを履いていた。赤ん坊みたいなミルクのにおいを漂わせていたが、その奥には汗とホルモンのにおいもした。それらすべてを軽減するために、アーチーはモジャモジャの腋毛に化学薬品をスプレーした。自然界にはまったくありそうにないにおい、ある特定の消費者グループで男性の理想のにおいとして意見の一致をみた商品だった。ローズはもっと気をつけていた。〈花咲く乙女の影に〉――まあ、ブラッドハウンドならこの初心者向け化粧品の香りの奥に金属質のなにかを嗅ぎつけたかもしれない。リンゴやサクランボを模した思春期好みの香りだった。車内の全員にわかるくらいにおいがしたが、窓をあけて高速道路を走るわけにはいかなかった。騒音が大きすぎる。「これには出ないと」アマンダはスマートフォンを宙に掲げて全員に通告した。べつに誰もなにもいっていないのに。アーチーは自分の電話を、ローズも自分の電話を見た。二人ともゲームと、親に事前承認されたソーシャルメディアにアクセスしていた。アーチーは友人のディロンとテキストメッセージのやりとりをしていた。ディロンには父親が二人いて、離婚協議が進行中だったが、その埋め合わせとして、ディロンはこの夏をバーゲン・ストリート沿いにある褐色砂岩づくりの邸宅の最上階でマリファナを吸って過ごせることになっていた。ローズはすでに何枚も旅行写真を投稿していた。まだ郡境を越えたばかりだというのに。

「もしもし、ジョスリン――」誰がかけてきたかわかっている電話にこまかい気遣いは不要だった。アマンダは営業部長で、ジョスリンは顧客担当主任、つまり現代の会社の用語でいうなら三人いる直属の部下（ディレクト・リポート）のうちの一人だった。韓国系のジョスリンはサウス・カロライナ生まれで、それなのに奥歯にものがはさまったような奇妙なアクセントがあるのはおかしいと、アマンダはずっと思っていた。これはあまりにも人種差別主義的なので、人にいったことはなかった。

「お邪魔して申しわけありません――」ジョスリン特有のシンコペーションのような呼吸だった。アマンダが怖いというよりは、権力が恐ろしいのだ。ちなみにアマンダがキャリアを開始したのは、聖ザビエルのような髪形をした気むずかしいデンマーク人の会社だった。アマンダはそのまえの冬にレストランで彼と出くわしており、胃がむかむかするような不安を覚えたものだった。

「問題ないわ」アマンダは寛大なわけではなかった。電話があってほっとしたのだ。部下からは必要とされたかったから。人々が祈りつづけることを神が望むのとおなじように。

クレイは革のハンドルを指で連打し、妻から横目でちらちら見られていた。クレイはルームミラーを見て、子供たちがまだそこにちゃんといることを確認した。二人が幼かったころに身についた習慣だった。子供たちの呼吸は安定していた。スマートフォンには、コブラ使いの吹く、まんなかの膨らんだ笛のような効果があった。

誰も高速道路の景色をきちんと見ていなかった。脳は目をそそのかす――最終的には期待が現実に取って代わる。黄と黒の交通標識、プレハブのコンクリート壁へと消えていく小さな丘、ときどきちらりと見える乱平面づくりの家、鉄道の踏み切り、野球のグランド、地上プールといったものがどんどん流れ去っていった。アマンダは通話中うなずいていたが、電話の向こうの相手のためというよりは、自分がちゃんと聞いていることを自分自身に証明するためだった。ときどき、うなずいていながら、聞くほうはおろそかになっていることもあった。

「ジョスリン――」アマンダはいくらか知恵を授けようとした。ジョスリンに必要なのは入れ知恵ではなく承認だったのだが。オフィスの上下関係は専制的だった、ほかのすべてとおなじく。「それでいいわ。賢明だと思う。こっちはちょうど高速道路の上にいるところ。電話してくれてかまわないから。心配しないで。でももうすこし離れると電波が入らない場所が出てくる。去年の夏もおなじような問題があったでしょう。覚えてる?」アマンダはいったん口をつぐんだ。恥ずかしくなった。なぜ部下がアマンダの前年の休暇のことを覚えているというのだ? 「今年は遠くまでいくのよ!」アマンダは冗談にしてしまおうとした。「だけど電話して。あるいはメールでも。もちろん、かまわない。幸運を祈ってる」

「会社のほうは大丈夫なの?」クレイは〝会社〟という言葉を発するときに、独特のひねりを加えずにはいられなかった。アマンダの仕事を表すための――妻の仕事については、完全ではないにせよ、だいたいのところは理解していた――一種の比喩でしかないと考えていたからだ。

妻も自身の人生を持つべきだとクレイは思っており、実際、アマンダの人生はクレイの人生とはかけ離れたものだった。たぶん、それが二人の幸せを説明できる理由の一つだった。ちなみに二人の知り合いの夫婦のうち、すくなくとも半分は離婚していた。

「問題なしよ」アマンダが自明の理として心得ていることの一つに、仕事のうち何パーセントかはどこでもおなじ、というものがあった。仕事そのものを評価するメールを送ることは、どんな職業にもついてまわった。職場での一日は、その一日についてのいくつかの報告からはじまって、お役所的な礼儀正しさのうちに進行するもので、そのあいだに七十分のランチと、二十分のオープンスペースでの意見交換と、二十五分のコーヒーブレイクを含む。アマンダはそういうジェスチャーゲームのなかで演じる自分の役割を、ときには取るに足りないものと感じ、ときには差し迫ったもののように感じた。

車の流れは悪くなかったが、高速道路から一般道に降りると悪くなった。死期の近い鮭が生まれた川を必死で遡上するのにも似ていた。ちがいはただ、生い茂る緑の中央分離帯と、雨染みのある漆喰壁の商店が並んでいることだけだった。町には肉体労働者と中米人でいっぱいのエリアと、裕福な白人に囲われるようにして働く配管工やインテリアデザイナーや不動産業者の多い、栄えたエリアの両方があった。本物の金持ちはどこかべつの王国に住んでいた。そう、ナルニア国のような。一般人が偶然足を踏みいれ、でこぼこ道をすべるようにたどってお約束の終点である行き止まりにたどり着くと、こけら葺き屋根の豪邸と、池を眺められる庭があるのだ。空気は潮風と思いがけない幸運の混じりあった甘いカクテルのようで、トマトやトウモロコシもよく育ちそうだが、高級車や、美術品や、富裕な人々がソファに積みあげるやわらかい織物といった贅沢品の気配も感じられるのだった。

「軽くなにか食べに寄るかい?」クレイはそういい終えるとあくびをして、首を絞められたような音をたてた。

「はらぺこだよ」アーチーが大げさにいった。

「バーガーキングに行こう!」ローズが途中で見かけた店を挙げた。

クレイには妻が神経を尖(とが)らせているのがわかった。アマンダは家族に(とくにローズに)健康的な食事をさせたがっていた。クレイは超音波探知機のようにアマンダの不賛成の気持ちを感じとることができた。勃起の前触れの膨張感のようなものだった。二人は結婚して十七年だった。

アマンダはフレンチフライを食べた。アーチーはグロテスクなほど大量にチキンナゲットを注文して紙袋に入れ、そこにフレンチフライを交ぜて、さらにアルミホイルの容器から甘くてベタベタするブラウンソースをドボドボ注ぎ、満足げに咀嚼(そしゃく)した。

「気持ち悪い」ローズは兄に文句をいった。兄のやることにはなんでも反対なのだ。そのローズも、自分で思ったほど取り澄ましてハンバーガーを食べられなかった。ピンクに塗った唇のまわりにマヨネーズの輪がついた。「ママ、ヘイゼルがマップにピンを立ててる——これを見て、あの子の家がどれくらい遠いかわかる？」

アマンダは、乳児だった子供たちを胸に抱いたとき、あまりにもうるさくてショックを受けたのを思いだした。排水口のような音をさせてひっきりなしに吐きだしたり飲みこんだりし、いやに冷静なゲップや、不発の爆竹みたいなくぐもったおならをした。本能のままにふるまい、恥じるところがなかった。アマンダはうしろに手を伸ばしてローズのスマートフォンを受けとった。電話は食べ物と指の脂でべたべたで、使い過ぎたせいで熱くなっていた。「ハニー、ここはわたしたちが行く場所に近いとはいえない」ヘイゼルは友達というより、ローズが固執する相手の一人だった。ローズは幼すぎてまだ理解できなかったが、ヘイゼルの父親は国際金融グループ〈ラザード〉の重役だったので、こちらとあちらの家族の休暇が似たものになろうはずもなかった。

「いいから見て。もしかしたら向こうの家まで車で行けるかもっていってたじゃない」

これはアマンダが半分しか注意を払っていないときに口にして、あとあと後悔するたぐいの約束だった。子供というのは親がした約束を覚えているものだ。アマンダは電話を見た。「ヘイゼルのところはイースト・ハンプトンよ、ハニー。すくなくとも一時間はかかる。日によってはそれ以上かかる」

ローズはシートの背にもたれ、聞いてはっきりわかるくらい不満をこめていった。「電話を返してもらえます？」

アマンダは向きを変え、拗ねて顔を赤くした娘を見た。「悪いけど、お遊びの約束のために夏の渋滞のなかを二時間も車内に座ってる気にはなれない。わたしだって休暇で来ているんだから」

娘は腕組みをし、武器さながらに口を尖らした。お遊びの約束！　馬鹿にされてる、とローズは思った。

アーチーは窓に映った自分を見ながら咀嚼をつづけた。

クレイは運転しながら食べた。七百キロカロリーのハンバーガーに気を取られていたせいで一家全員衝突事故死などということになったら、アマンダは激怒することだろう。

道はさらに狭くなった。農産物の販売所があった。自己申告システムの無人販売所——緑のフェルトでつくられた一パイント容器のなかの毛の生えたラズベリーが果汁に浸って腐りかけていたり、五ドル置いていけば木製の箱が買えたりする——が、大通りを外れた細い車道沿いに立っていた。なにもかもがあまりにも緑で、はっきりいってちょっと異常だった。いっそ食べればいい——車を降りて、両手両足をついて、大地そのものに齧りつけばいい。

「すこし新鮮な空気を入れよう」屁こき童たちの悪臭を追い払おうと、クレイは窓を全部あけた。そして車の速度を落とした。道が魅惑的な曲線美を描き、こちらへあちらへと揺れたから。デザイナーのつくった郵便受けが、渡り労働者の残す目印のようだった——趣味のよさと大きな富がここにあると伝えていた。まわりは何も見えないほど木々が密集していた。シカのマークの警戒標識がいくつかあった。頭の足りない、人慣れしたシカが出るのだ。シカたちの大きく見ひらいた目はろくに見えておらず、堂々と通りに姿を現す。シカの死体はあらゆるところで目についた。死んで膨張した栗色の死体。

カーブを曲がったところで、べつの車輛の後尾についた。四歳のころのアーチーなら名前を知っていたはずの車――グースネックトレーラーだった。巨大な空っぽの荷台が、がっしりしたトラクターに牽引されていた。運転手はうしろの車などおかまいなしだった。トレーラーがでこぼこ道を息を切らして進むあいだ、よく見るよそからの侵入者に対する地元民ならではの無関心を貫いた。トレーラーは二キロ弱走ってからようやく帰るべき家である農場へと脇道を入っていったが、そのころにはアリアドネの糸だかなんだかとにかく上空の衛星とつながっていたはずの線が切れていた。おかげでカーナビが現在位置を表示してくれず、一家はアマンダの指示に従うはめになった。熟練の企画者であるアマンダは、メモ帳に行き先を書いてあった。左に曲がって、右に曲がって、次は左、また左、それから二キロ弱走って、そうしたらまた左、あともう三キロくらい走ってから右。完全に迷ったわけではなかったが、迷っていないわけでもなかった。

2

家は煉瓦（れんが）づくりだったが、白く塗ってあった。煉瓦の赤がこんなふうに変容するさまには、どことなく心惹かれるところがあった。家は古く見えるが新しかった。堅固に見えるが軽いつくりだった。たぶん、家や車、本、靴などに矛盾する要素を両立してもらいたいと思うのは、アメリカ人の根本的な欲求か、あるいは単に現代的な衝動なのだろう。

アマンダはここをオンラインの民泊仲介サービスで見つけた。〈Ａｉｒｂｎｂ（エアビーアンドビー）〉に掲載された宣伝で〝究極の隠れ家〟と謳（うた）われていたのだ。家を説明する親しげな口調も気に入った。〝外の世界をあとにして、わたしたちの美しい家へどうぞお入りください〟。アマンダはおなかに載せて使っていたノートパソコンをクレイに手渡した。パソコンは腹部の潰瘍を孵化（うか）させることができるくらい熱くなっていた。クレイはうなずき、なにやらはっきりしない返事をした。

しかしアマンダはここで休暇を過ごしたいといい張った。昇進したときに昇給もしたし、おまけに、まもなくローズは高校にあがり、家族を軽視するようになるだろう。子供たちがまだ子供でいてくれるのは、いまこの瞬間だけなのだ。まあ、アーチーの身長はもう百八十センチを超えそうだったけれど。アマンダは、女の子みたいにかん高かったアーチーの声を、腰にぶつかる肉の固まりみたいだったローズを、再現することはかなわないにしても、すくなくとも記憶していた。古い諺(ことわざ)にもあるが、死の床に就いたとき、クライアントを三十六番ストリートのあの古いステーキハウスに連れていって「ご家族はお元気ですか」と尋ねたことを思いだすのと、子供たちと一緒にプールにぷかぷか浮かんでいたこと――塩素消毒された水が玉になって彼らの黒いまつげについていたこと――を思いだすのではどちらがいいだろう?

「悪くないね」クレイは車のエンジンを切った。子供たちはシートベルトを外し、ドアをあけて、旧東ドイツの秘密警察もかくやという熱意で砂利の上に飛び降りた。

「遠くまで行かないで」アマンダはいった。だが無意味な言葉ではあった。行くところなどどこにもなかった。あるとすれば森くらい。アマンダはライム病の心配をしていた。ダニが媒介する感染症だ。こんなふうに威厳をもって口を差し挟むのは母親として当然の行動だった。まあ、子供たちがアマンダの日々の申し立てに耳を貸さなくなってからもう長いのだが。

クレイの運転用の革靴の下で、砂利がジャリジャリと音をたてた。「屋内にはどうやって入るの?」

「ロックつきの箱があるはず」アマンダはスマートフォンを見た。通信サービスがなかった。道路にさえ届いていなかった。アマンダは電話を頭上にかざしたが、小さなアンテナのマークは頑として立たない。しかしここの情報は記録してあった。「ロックつきの箱は……プールヒーターのそばのフェンスの上。暗証番号は６２９２。なかに入ってるキーで横のドアがひらく」

家はきれいに刈りこんだ生け垣に隠されていた。整えた者がさぞかし自慢に思ったであろうその生け垣は、雪堤（せってい）のようでもあり、壁のようでもあった。前庭は棒杭（ぼうくい）の柵で囲まれていた。わずかなアイロニーさえ感じられない白い柵だった。フェンスはほかにもあった。木とワイヤーでできたプールまわりの柵で、こうしておけば保険料がすこし安くなったし、家の所有者たちはときどきシカが水に誘われて迷いこんでくるのを知ってもいたのだろう。もし数週間家を空けるときにこの頭の足りない生き物が溺死し、膨張して、爆発したら、プールは怖気がたつほどぐちゃぐちゃになる。クレイがキーを取ってきた。アマンダは湿った午後の空気のなかに驚くばかりの気持ちで立ち、静けさのなかの奇妙な音に聞き入った。静寂は、街に住んでいると手に入らない——あるいは手に入らないとアマンダが主張する——ものだった。これだけ静かだと、昆虫かカエルか、あるいはその両方がたてる鈍い低音や、風が木の葉をそよがす音や、飛行機か芝刈り機のような音が聞こえた。もしかしたら遠くのハイウェイの騒音が届いているのかもしれなかった。海のそばにいるときに、寄せては返す波の音が聞こえつづけるのとおなじように。まあ、一家は海のそばにいるわけではなかった。経済的にそこまでの余裕はなかった。しかし波の音さえ聞こえてきそうだった。意志の力で。代償行為として。

「さあ、あいたよ」クレイはドアの鍵をあけ、必要もないのにそういった。クレイにはときどきそういうことがあった。必要のないことをいい、自分でそれに気がついて神妙な顔をするのだ。この家には、金のかかった家だけが持つ静けさがあった。静かなのは、家がしっかりと垂直に建ち、内臓部分もうまく機能しているからだった。セントラル空調の呼吸、不眠不休で働く高級冷蔵庫。そして信頼できる頭脳によって、どのデジタル表示の時刻もほぼ一致していた。まえもって設定された時間になると外の明かりが点灯した。ほとんど人間を必要としない家だった。床は幅の広い厚板でできており——木材はユーティカの古い紡績工場から回収されたものであり——真っ平らで、軋(きし)んだり不平がましい音をたてたりはいっさいしなかった。窓はピカピカで、どこにでもいるような鳥が誤ってガラスに突っこみ首を折って死ぬ、などということは毎月のようにあった。この家では有能な手がいくつか働いたようだった。ブラインドを巻きあげたり、サーモスタットの設定温度をさげたり、あらゆるものの表面をウィンデックスのクリーナーで磨いたり、〈ダイソン〉の掃除機をソファの隙間に使って、オーガニックの紫トウモロコシのトルティーヤチップスのかけらを吸いこんだり、こぼれた小銭を拾いあげたりしていた。「うん、いいね」

アマンダは玄関口で靴を脱いだ。靴を脱いだほうがいいと痛切に感じた。「ここはすてきね」ウェブサイト上の写真は一種の約束のようなもので、その約束は果たされた。オークのテーブルの上にペンダント・ライトがさがっていた、夜にジグソーパズルをしたくなったときのために。灰色の大理石のアイランド・キッチンではパン生地をこねるところが想像できたし、窓の下のダブルシンクのまえに立てばプールが見渡せた。コンロには、鍋を動かさなくても水を入れられるように銅の蛇口(じゃぐち)がついていた。この家を所有している人々には、配慮を形にできるだけのお金があるのだ。アマンダがシンクで皿を洗うあいだ、クレイはグリルのあるデッキのすぐ外でビールを飲みながら、プールで目隠し鬼をしている子供たちを見張った。

「荷物を取ってくるよ」クレイの言葉の裏の意味は明らかだった。煙草を吸いにいくつもりなのだ。この悪習は公然の秘密だった。

アマンダは家のなかを歩きまわった。テレビを備えた大部屋にはデッキへ出られるフレンチドアがあった。小さめの寝室が二つあって、一方はアクア系、もう一方はネイビー系の色で統一されていた。二つの寝室のあいだにはどちらからも入れるバスルームがあった。ビーチタオルの入ったクローゼットと、二段重ねの洗濯・乾燥機があり、主寝室へつながる長い廊下があった。廊下の壁には、あたりさわりのないビーチの風景のモノクロ写真が並んでいた。趣味がいいかどうかはともかくとして、すべてが考え抜かれていた。洗濯用洗剤のプラスティックのボトルを隠すための木箱や、固形石鹸(せっけん)——まだ包装紙がかかっている——の受け皿として使われている大きな貝殻にいたるまで。主寝室のベッドはキングサイズで、三階にある一家のアパートメントには階段で引っかかって運びこめないだろうと思えるくらいどっしりと大きかった。主寝室とつづきのバスルームではすべてが白かった（タイルも、シンクも、タオルも、石鹼も、貝殻の石鹼受けも）。自分自身の排泄物という現実から逃れられるように、丹念につくりあげられた清浄な幻想だった。こんなに途方もない家が、一日たった三百四十ドル（プラス、クリーニング料金と払い戻し可能な保証金）なのだ。寝室にいるアマンダからは子供たちが見えた。速乾性のスパンデックスにすでに体を押しこんで、穏やかな青い水へ突進していた。アーチーは長い四肢に鋭角な体つきで、胸にはほとんど筋肉がなかったが、ピンク色の乳首のそばでは茶色い縮れ毛が生えはじめていた。ローズは、ふわふわの産毛に覆われて優雅な曲線を描く体を軽く揺らしていた。水玉模様のワンピースの水着が脚のそばで引きつれ、外陰部のかたちを浮き彫りにしていた。予想どおりの悲鳴とともに、二人は楽しそうにバシャリと水に入った。プールの向こうの森のなかでなにかが音をたてはじめ、茶色い景色のなかから羽ばたいて視界に飛びこんできた。いかにも鈍重な野生の七面鳥が二羽、侵入者に苛立っていた。アマンダは笑みを浮かべた。

3

食料品店での買出しはアマンダが進んで引きうけた。ここへ来る途中に店のまえを通りかかったので、アマンダはその道を戻った。窓をあけたまま、ゆっくり運転した。

店内は冷房が効きすぎていて、照明が明るく、通路が広かった。アマンダはヨーグルトとブルーベリーを買った。ターキー・スライスと、全粒粉のパンと、つぶつぶの入った黄土色のマスタードと、マヨネーズも買った。ポテトチップスとトルティーヤチップスと、コリアンダーのたっぷり入ったサルサの瓶詰めも買った。アーチーは絶対にコリアンダーは食べないのだが。ホットドッグ用にオーガニックのソーセージと安いバンズと、誰もが買うようなケチャップを買った。それから冷たくて固いレモンと、炭酸水（セルツァー）と、〈ティトーズ〉のウォッカと、九ドルの赤ワインを二本買った。乾麺のスパゲティと有塩バターとにんにくも買った。厚切りベーコンと、小麦粉の一キロ入りの袋と、安っぽい香水みたいな切子模様のガラス瓶に入った十二ドルのメープルシロップも買った。挽（ひ）いたコーヒー豆を四百五十グラム——真空包装なのに外まで漂うほど香りが強い——と、四〜八杯用のフィルターも買った。フィルターは再生紙だ。それを気にする？　アマンダは気にするのだ。ペーパータオル三パックと、日焼け止めスプレーと、アロエも買った。子供たちが父親とおなじ色素の薄い肌をしていたから。客人が来たときに出すような高級クラッカーと、家族が一番好きなリッツのクラッカーと、ほろほろ崩れるホワイトチェダーチーズと、ガーリック風味の強いフムスと、サラミの固まりと、子供の指くらいのサイズに切りそろえるまでコロコロ転がって止まらないにんじんも買った。〈ペパリッジファーム〉のクッキーを数袋と、〈ベン＆ジェリーズ〉の高潔な政治的メッセージのこめられたアイスクリームを三パイントと、〈ダンカン・ハインズ〉のイエローケーキ・ミックスを一箱と、おなじく〈ダンカン・ハインズ〉の赤いプラスティックのふたのついたタブ型容器入りチョコレート・フロスティングを一つ買った。親になってわかったことだが、休暇中にも雨降りの日は必ずあるわけで、そういうときに箱詰めのケーキミックスがあれば一時間ほどケーキを焼きながらのんびりできるのだ。それから膨れあがったズッキーニと、スナップエンドウ一袋と、縮れた葉が黒っぽく見えるほど濃い緑色のケールを一束買った。オリーブオイルのボトルを一本と、クラムがトッピングされた〈エンテンマン〉のドーナツを一箱、バナナ一房、ホワイトネクタリン一袋、イチゴ二パック、赤玉の卵を一ダース、洗浄済みのほうれん草を一パック、プラ容器に入ったオリーブ、グリーンとショッキングオレンジのマーブル模様が入ったくしゃくしゃのセロファンでラッピングされた在来種（エアルーム）のトマト数個を買った。牛挽肉を一・五キロ弱と、ハンバーガー用のバンズを二パック——下のほうが粉っぽくなっている——と、地元でつくられたピクルス一瓶も買った。アボカド四つと、ライム三つと、砂つきコリアンダーを一束買った。またもやアーチーは絶対に食べないというだろうけれど。全部で二百ドル以上になったが、かまわなかった。

「ちょっと手を貸してもらいたいんだけど」すべての品物を茶色い紙袋に入れている男はたぶん高校生か、もしかしたらちがうかもしれない。黄色いTシャツを着ていて、髪は茶色で、全体的に四角張った印象だった。まるで木片から切りだされたような。働いている彼の手を見ていると、なんとなくむらむらした。休暇にはそういう作用があるものだ、そうではないだろうか。人を淫らな気分にさせたり、なんでもできるような気にさせたりする。ふだん送っている生活とはかけ離れた世界だ。アマンダだって、〈ストップ&ショップ〉の駐車場で大人になったばかりの男の熱い舌を吸う魔性の女であってもおかしくなかった。あるいは、街からやってきて大量の食料品に大金を払っただけのよくいるただの女であってもおかしくなかった。

　少年は——いや、たぶん男というべきだろう——荷物の袋をカートに積み、アマンダのあとについて駐車場まで運んだ。男は荷物を車のトランクに積みこみ、アマンダは男に五ドル札を渡した。

　アマンダはエンジンをアイドリングさせたまま座り、スマートフォンの通信サービスが届いているかどうか確認した。メールの到着——ジョスリン、ジョスリン、ジョスリン、代理店の所長、クライアントの一人、オフィスの全員宛に送られたプロジェクト・マネージャーからの同報メールが二通——とともにエンドルフィンがほとばしり、さっき荷物運びの男を見て感じたうずきにも似た、性的な興奮に近い気持ちを引き起こした。

職場では重要なことはなにも起こっていなかったが、それをきちんと確認できるほうが、なにかあったかどうかやきもきしているよりずっと安心だった。

アマンダはラジオをつけた。半分聞き覚えのあるような音楽がかかった。ガソリンスタンドに立ち寄って、クレイのためにパーラメントを一パック買った。なんといっても休暇なのだ。今夜はハンバーガーとホットドッグと焼いたズッキーニを食べたあと、さらに、砕いたクッキーをトッピングにして——イチゴをいくつかスライスしてもいいかもしれない——アイスクリームを食べたあと、もしかしたらファックするかもしれない。愛しあうのではない、それは家にいるときにすることだ、休暇中にはファックするのだ、他人の家の〈ポッタリーバーン〉のシーツに欲望をそそられ、湿っぽく、汗まみれになって。それから外に出て、あの温水プールにすべりこみ、水が体をきれいにしてくれるに任せる。その後、二人で煙草を一本ずつ吸いながら、長年結婚がつづいている夫婦がしゃべるようなことをしゃべるだろう——お金のこととか、子供たちのこととか、不動産関係の熱っぽい夢とか（こんな家を自分たちだけのものにできたらどんなにすてきかしらね！）。あるいはなにもしゃべらなくてもいい、それもまた長年つづいた二人ならではの喜びだ。テレビを見てもいい。アマンダは煉瓦を白く塗った家へ戻るべく運転した。

4

クレイは腰まわりにタオルを巻いた。両開きのドアをあけるというのは根っから贅沢な行動だった。室内は寒く、戸外は非常に暑い。木々はプールが陰にならないように刈りこまれていた。日射しが強くてめまいがした。足が湿っていたため木の床に跡がついたが、いくらも経たないうちに溶けるように消えた。クレイはキッチンを突っ切って横のドアから出た。砂利に顔をしかめつつ、車のグローブボックスから煙草を回収し、前庭の木陰で芝生に腰をおろして煙草を吸った。うしろめたく思うべきだったが、煙草は国家の基幹産業だ。人は喫煙によって歴史に結びつけられるのだ！　よってこれは愛国的なおこないだ。いや、まあ、かつてはそうだった。奴隷を所有することや、チェロキー族の人々を殺すことが愛国的行動とされた時代があったのとおなじように。

裸に近い恰好で外に座っているのは気持ちがよかった。肌に当たる日射しと空気が、自分もただの動物であることを思いださせてくれた。全裸で座ることだってできた。ほかに家はなかったし、人が暮らしている形跡もなかった、ここから一キロ弱のところで見た農家の無人販売所を除けば。一家みんなで裸で過ごしたこともあった。アーチーが骨の束みたいな体で、両親と一緒にバスタブに入ってくすくす笑っていたころだ。しかし子供の成長とともにそういう時期は終わるものだ、ヒッピーでもないかぎり。

クレイのところには子供たちがプールで騒ぐ声が聞こえてこなかった。クレイと子供たちのあいだにある家はそう大きくはなかったが、木々が騒音を吸収していた。綿が血を吸いとるように。生け垣が防壁となって外の世界を締めだしていたので、安全で、甘やかされ、抱擁されているように感じられた。まるでそこに見えるかのように、クレイはアマンダの姿を思い浮かべた。空気で膨らますラウンジチェアに座って漂い、威厳を保とうとしながら（これはむずかしい――アヒルにだって無理だ、水のうねりはいつだって滑稽なものだから）、《エル》を読んでいるところを。クレイはタオルをほどいて寝そべった。背中に草が当たって痒かった。空を見つめる。よく考えもせずに――いや、すこしは考えながら――右手を〈J・クルー〉の水着のまえへさまよわせ、シャワーの冷水で冷たくなって縮んだペニスをごそごそ探った。休暇とは人を淫らな気分にさせるものだ。

頭が軽くなり、解放されたように感じた。もともとそんなに束縛されているわけでもなかったが。クレイは《ニューヨーク・タイムズ・ブックレビュー》に書評を寄稿することになっており、ノートパソコンを持ってきていた。求められているのは九百ワードだけ。数時間後には家族を寝かせ、タンブラーに氷とウォッカを入れて、シャツを着ないままデッキに腰をおちつけるつもりだった。ノートパソコンからの明かりが闇を照らすなかで煙草を吸う。アイデアが浮かび、つづいて九百ワードが出てくるだろう。クレイは勤勉だったが、すこしばかり怠惰なところもあった（そしてそれを自覚していた）。《ニューヨーク・タイムズ・ブックレビュー》からの依頼はほしかったが、ほんとうに書きたいわけではなかった。

　クレイには終身在職権（テニュア）があったし、アマンダには部長の肩書きがあったが、二人はだだっ広い床にもセントラル空調にも縁がなかった。成功への鍵は、成功した親を持つことだった。まあそれでも、一週間くらい戸建てのオーナーの真似事をすることはできた。クレイのペニスが太陽に向かってひとりでに頭をもたげた。ヨガでいう太陽礼拝のポーズだ。元気いっぱいのそれは家に魅了されて固くなった。大理石のカウンターや〈ミーレ〉の食洗機を思うとクレイは完全に勃起し、方位を探るコンパスの針のようにペニスが腹の上で揺れた。

　クレイは煙草を揉（も）み消した。かならずブレスミントかガムを噛（か）むことにしていた。タオルをウエストで結び、家に入った。ごみ箱にはキャスターがついていて、カウンターの下から滑りでてきた。蛇口からの水に吸殻をくぐらせ（家が焼け落ちるようなことになったら困る）、そのあとでごみのなかに埋（うず）めた。シンクのそばに、ガラスのディスペンサーに入ったレモンソープがあった。窓からは家族の姿が見える。ローズは一人でゲームに没頭していた。アーチーは飛び込み台につかまって懸垂をしていた。瘦せっぽちな体を天に向かって持ちあげている。骨ばった肩が生焼けの肉みたいなピンク色になっていた。

　ときどき、家族を見ていると、なにかしてやりたくてたまらない気持ちがほとばしった。家を建ててやってもいい、セーターを編んでやってもいい、必要なことはなんだってやってやる。狼（おおかみ）に追いかけられている？　だったら自分の体を橋にして渓谷を渡らせてやる。クレイにとってそこまで大事なのは子供たちだけだったが、もちろん当の本人たちにはわかっていなかった。こういう気持ちは親だけが背負うものだから。クレイはラジオで野球放送を見つけた。野球はたいして好きではなかったが、解説を聞いているとくつろげた。実況中継にはおやすみまえの読み聞かせのような効果があった。クレイは大きなボウルに生の挽肉を二パックあけた——ハンバーガーならアーチーは三つ食べるだろうから。玉ねぎをみじん切りにして交ぜ、塩を一つまみ入れ、胡椒（こしょう）を挽いて、手首につける香水程度にウスターソースを加えたあと、丸めて皿に並べた。チェダーチーズをスライスして、バンズを半分に割った。タオルが腰から滑り落ちそうになっていたので、手についた生肉を洗い流し、タオルをきつく結びなおした。ガラスのボウルにポテトチップスを入れ、食べ物を全部外へ運んだ。その一歩一歩がなじみ深く感じられた。まるで生まれてこのかたずっとこのキッチンで夏休みの食事をつくってきたかのように。

「もうすぐ夕食だよ」クレイはそう声をかけた。誰も反応しなかった。クレイはプロパンガスの栓をあけ、着火ライターを使って火をつけた。半分裸で肉を焼きながら、自分は穴居人(けっきょじん)のように見えるにちがいないと思った。長く忘れられた祖先のうちの一人が、かつてまさにこの場所に立っていたことがないとはいいきれないではないか？　数千年の昔、いや、たった数百年まえに、シャツを着ずに革の腰布だけを巻いたイロコイ族の先住民か誰か、自分の祖先(フレッシュ)の人間(フレッシュ)がやはり火をおこして夕食に肉(フレッシュ)を食べたかもしれない。そう考えて、クレイは笑みを浮かべた。

5

一家はデッキで食事をした。派手な色のタオルとケチャップ染みのついた紙ナプキンの組み合わせというだらしない恰好だった。アイスホッケーのパックくらいの大きさのハンバーグがふわふわのパンのあいだにはさまっていた。ローズは、ヴィネガー味のポテトチップスの酸味にとくに目がなかった。顎にはパンくずと脂がついている。アマンダは、いまでも小さな女の子のようになれるローズを愛しく思っていた。ローズの場合、心と体が別物なのだ。牛乳か、食物連鎖か、飲料水か、空気か、あるいは誰も知らないなにかのなかに紛れこんだ環境ホルモンのせいだろう。

あまりにも暑かったので、親も子供たちにシャワーを浴びなさいなどといったりはせず、ギンガムチェックのカバーのかかったソファに二人が水着のままだらしなく座っているのを放置した。痩せっぽちのアーチーとぽっちゃりしたローズが並んでいる。かたやあばらの浮いた体にほくろが星座のように散り、かたやくぼみのある肘とやわらかな産毛に覆われた顎をしていた。ローズはアニメを見たがり、アーチーもそれに秘かにほっとしていた——自分が幼かったころが懐かしいのだろう。アーチーはエアコンの冷気で鳥肌が立っていた。なじみのないソファはやわらかかった。一日の暑さと運動のせいで、アーチーの頭と口はどろりとしてゆっくりとしか動かなかった。とても疲れていたので、立ちあがってもう一つハンバーガーを取りにいく気になれなかった。ケチャップのべっちゃりついた、冷えたハンバーガーを、アーチーはすでにキッチンで立ったまま食べていた。足の下のタイルを冷たく感じながら。もうすこししたら、とアーチーは思ったが、体は空腹のままでいることを求めていた。プールで過ごした時間のせいか、あるいは車のなかにとじこめられていた時間のせいかもしれないが、アーチーの体は疲れるといつもこんなふうになった。

　アマンダはシャワーを浴びにいった。シャワーは天井に固定されていて、水が雨のように上から降りかかる。給湯温度をできるかぎり熱く設定し、日焼け止めローションの残滓（ざんし）を洗い流した。百の治療より一の予防とかなんとかいうけれど、この手の薬品はいつだってなんとなく有害な感じがした。アマンダは髪を短くもなく長くもない、前髪をつくらないスタイルにしていて、そのおかげで若々しく見えたが、会社ではそれはあまり望ましくなかった。二つの異なる種類の虚栄心が衝突していた——若く思われたくはあっても、少女っぽく見えるよりは有能に見られたほうがよかった。アマンダは自分がありのままにしか見えないことを自覚していた。

遠目にもそれとわかるほどだった。姿勢や身のこなし、服装や着こなしといったものに中身がすべて表れていた。

さっき日射しから受けた熱がまだ体に残っている。プールの水では小休止にもならなかった。バスタブの生温い湯のなかにいるのとおなじだった。四肢がどっしり重くなったように感じられた。横になってそのまま眠ってしまいたかった。指が体の最も敏感な場所へとさまよった。体のなかに悦びを求めていたわけではなく、どちらかというと思索的な行動だった。自分が——肩が、乳首が、肘が、体のすべてが——存在することの確認だった。自分を包む肉体があるというのはなんと驚くべきことか。休暇とは自分の体に還るためにあるのだ。

アマンダはある種の映画に出てくる女のように、髪を白いタオルで包んだ。肌にローションを広げ、夏にベッドに入るときに好んで身につけるゆるいコットンのズボンを穿いて、どういう意味だかもう忘れてしまったロゴのついた古いTシャツを着る。日常的に使う所持品の出どころをすべて覚えておくのは不可能だった。Tシャツの生地はひどく擦れてていて、かりが出ていた。身の内に活力を感じた。したたるような色気があるとはいわないまでも、性欲はあった。そして実際の行為よりは、期待感のほうが大事だった。アマンダはいまでもクレイを愛していた。その気持ちはほかの物事とは別物だった。それにクレイはアマンダの体を知っていた——十八年もまえからの付き合いなのだから、知っていて当然だった——が、アマンダもふつうの人間だったので、目新しいことを試したい気持ちもあった。

アマンダがドアからリビングを覗くと、子供たちが満腹になってぼうっとしていた。ソファにもたれる後宮の女たちのようだった。夫は前屈みになってスマートフォンを見ていた。

「あと二十分で消灯よ」アマンダはクレイに思わせぶりな視線を送り、ドアをしめてリビングを離れた。アマンダはズボンを脱ぎ、冷えたパーケール織りのシーツのあいだに身を滑らせた。カーテンはしめなかった。シカや、梟や、飛べない間抜けな七面鳥に見せてやればいい。いまでも見事なクレイの広背筋を拝ませてやればいい（〈ニューヨーク・スポーツクラブ〉で週二回トレーニングをしているのだ）。その広背筋に指を沈め、毛深い脇の下の心地よい独特のにおいを嗅ぎ、ひらひらとたくみに動く舌を体に感じるのが、アマンダはとても好きだった。

ここは外の世界から遠すぎて通信サービスが届かなかったが、ＷｉＦｉがあり、ばかばかしいくらい長いパスワード（０１８ＨＧＦ２３４ＷＲＨ３５７ＸＩＯ）でほかの者たち——シカや、梟や、飛べない間抜けな七面鳥たち？——を締めだしていた。ガラスの画面をたたいて、ウィジャー盤かロザリオに並ぶのとおなじとりとめのないスペルを打ちこんで電波を捉えると、次から次へとメールの着信があった。四十一通！　アマンダは必要とされ、不在を嘆かれ、愛されているように感じた。

個人アカウントを見ると、さまざまなものがセールになっていること、ずっと参加しようと思っていたブッククラブが秋に懇親会を予定していること、《ニューヨーカー》にボスニアの映像作家の記事が載っていることがわかった。仕事用アカウントを見ると、質問や心配事が書かれていて、みんながアマンダの関与を、意見を、助言を求めていた。職場を離れていることを快活かつきっぱりと述べた自動返信メールが全員に届いているはずだったが、アマンダは戻り次第連絡を入れますという約束を破ってすぐに返事を書いた。駄目、Xはやらないで。ええ、Yにメールを送って。これこれについてあれとあれを訊いておいて。あの人にこの件をやっておいてもらうためのリマインダーも送らなければ。

ひどく小さいスマートフォンをずっと持ちあげていたせいで腕が痺れた。寝返りを打ってうつぶせになると、体の熱が移ってシーツが温かくなっていた。だから陰部に当たる温かさはもともと自分の体の熱であり、ベッドのなかでじたばた動きまわるのはマスターベーションをするのとおなじことだった。アマンダの体はきれいで、汚れるのを待っていたが、とにかく一通りメールに返事を書いた。そうやって気を逸らしているうちに、ようやくクレイがやってきた。こそこそ煙草を吸ってきたようなにおいと、ウォッカに入れた櫛形のレモンのにおいをさせながら。

室温でバターの固まりがゆるむように、アマンダの背骨はシャワーの湯でほぐれていた。ヨガのクラスにときどき参加して、呼吸と体の動きを合わせる練習をしているので、骨の状態にも意識が向いているのだ。アマンダは全身の骨をゆるませた。ふだんの不屈の姿勢から離れてくつろぎ、二人にできるなかで最も汚らわしいことをした。アマンダは、クレイが指を髪に差しこみ、しっかりと、しかしやさしくアマンダの頭を枕に押しつけるに任せた。アマンダの喉は通路であり、満たされるべき空間だった。アマンダは家にいるときよりも大きなうめき声を洩らした。自分たちと子供部屋のあいだには、あんなに長い廊下があったではないか。アマンダは腰をぐいとうしろへ動かし、クレイの口が当たるようにした。その後——永遠のように感じられたがじつはほんの二十分後——アマンダはクレイの萎えかけたペニスを口に含み、自分自身の体の味に驚嘆した。

「やれやれ」クレイは息を切らしていた。

「煙草をやめるべきね」アマンダは心筋梗塞のような病気を心配していた。二人ともそんなに若くはなかった。どんな母親も子供を失うことについて熟考することはあるものだが、仮定の話として夫の死について考えてみても、アマンダにはどんな感情も湧かなかった。また誰かを愛するだろう、そんなふうに心のなかでつぶやいた。クレイは善良な男だった、とは思うだろう。

「そうだな」クレイは本気でいっているわけではなかった。現代の生活における楽しみはどんどん減っているのだから。

べたついた体のまま立ちあがり、アマンダは満足げに伸びをした。自分でも煙草がほしかった。吸って頭がクラクラすれば、いま二人でしたことからすこし距離を置けるはずだった。セックスのあとには必要なことだった、たとえ慣れ親しんだ相手との行為でも。あれはほんとうは自分ではなかった！ ドアをあけると、夜気が衝撃的なほど騒音に満ちていた。コオロギかなにかの虫の音。それに、芝生の向こうの森の乾燥した落ち葉から聞こえてくる不吉な足音はなんだろう。ひそやかなそよ風があらゆるものを揺らしていた。植物が伸びる音さえ聞こえそうだった。草が丈を伸ばすときの、かすかにキー、キーと軋むような音。オークの葉が葉緑素の流れに合わせて鼓動する音。

アマンダは見られているような気がしたが、外には誰もいないはずだった。無意識のうちに体が震えた。それから、自分は安全であるという大人ならではの幻想へと退却した。

二人はネアンデルタール人のように裸のままデッキを横切った。ガラスのドアの向こうから洩れでてくる細い明かりが唯一の光源だった。クレイがジャグジーのふたを持ちあげ、二人で泡のなかに身を沈めた。湯気でクレイの眼鏡が曇り、クレイが浮かべた淫らで満足げな笑みもかすんだ。アマンダの目が暗闇に慣れると、クレイの青白い体が浮き彫りになって見えた。アマンダにはクレイのありのままの姿が見えていたが、それでもアマンダはクレイを愛していた。

6

誰もシリアルを買っていなかった。アーチーがほしいのは特定の味というよりも、加工された穀物が牛乳に浸されてやわらかくなった食感だった。アーチーはあくびをした。

「悪いな、大将。オムレツをつくってあげるから」アーチーの父親は、誰よりもおいしい朝食をつくるというばかばかしいゲームに興じていた。クレイは料理が下手なわけではなかったが、いつもトーストにバターを載せてからオーブントースターに戻すので、バターがパンに染みこんで、誰かがすでに口をつけたかのようにべちゃべちゃになってしまうのだ。クレイがそんなふうに関心を集めたがる様子は、どこかもの悲しかった。

アマンダはローズの背中に日焼け止めを塗っていた。テレビがついていたが、誰も見ていなかった。アマンダは両手を自分の剝き出しの脚でぬぐい、日焼け止めのボトルをトートバッグに入れた。「ローズ、本を三冊も持っていくの？　ビーチで半日過ごすだけなのに？」

「だってお出かけは一日がかりでしょう。途中で読むものがなくなったらどうしたらいいの？」

「荷物はもうとても重いし――」

ロースは泣き声でごねたくはなかったが、そんな声になってしまった。

「このバッグに入れるといいよ」娘の本好きは両親に似たのだとクレイは思った。「アーチー、このバッグを運んでくれるかい？」

「トイレに行きたい」アーチーはそういって入ったバスルームの鏡のまえでぐずぐずしていた。自分で袖を切り落としたラクロスのシャツを着ていた。筋肉を見せびらかしたいからそうしたのだ。アーチーは両腕をじっくり観察し、目にしたものに満足した。

「急げ」クレイは息子に声をかけた。こういう苛立ちもレジャーにはつきものだった。

「ランチはそこに入れた。水も。それからブランケットとタオルも」アマンダはいくつかに分けた荷物を指差しながら確認したが、どんなに周到に準備したつもりでも絶対に忘れ物はあるはずだった。

「わかったよ、わかったってば」やれやれ、という気持ちが声に滲んだのは、わざとではなく条件反射のようなものだった。アーチーは父親がソファのそばに残していったバッグを手に取った。ぜんぜん重くない！　力が強くなったのだ。

一家はぞろぞろと外に出て、荷物を積みこみ、シートベルトをした。ＧＰＳは動きが不安定で、カーナビの現在位置も、一家の現在位置も、外の世界がどこにあるかも見つけられなかった。たいしてよく考えもせずにクレイはハイウェイにつながる道を見つけ、やがて人工衛星が一家を捕捉した。これでまた安全に見守られながら運転できるようになった。ハイウェイは橋に変わった。どこへも行きつかないような、アメリカそのものが終わる場所へとつづくかのような橋だった。一家は空っぽの駐車場へ入り（時間が早かったのだ）、カーキ色の制服を着た十代の若者に五ドル払った。砂浜を体現したみたいな若者だった——金色の巻き毛にそばかす、茶色の肌。小さな貝殻が並んだような歯。

駐車場から海岸へつながるトンネルがあり、一家は公園を通過した。旗竿（はたざお）がセコイアの木々のように立ち並び、さまざまな国の旗が海風になびいていた。

「なんだこれ？」アーチーは、そんなつもりがないときでさえ馬鹿にしたような態度になることがあった。

一家はビーチサンダルを履いた足でコンクリートの谷間に立った。アマンダが碑文を読んだ。「800便の慰霊碑ね」トランスワールド航空、パリ行きの便だった。全員が亡くなった。その一人ひとりの名が彫られていると聞くと、より大きく、より古く、より神聖なもののように思えた。アマンダは覚えていた——陰謀論者たちはアメリカのミサイルが誤射されたせいだといっていたが、論理的な結論によれば原因は機械の故障だった。わたしたちはたいてい見て見ぬふりをするが、こういうことは実際に起こるものだ。

「行こうよ！」ローズが父親の肩にかかったトートバッグを引っぱった。

暑かったが、風がたえまなく吹き、海上の空間から冷気を運んできた。なんとなく北極の風のようだった。そうではないと誰にいえるだろう。世界は広いが、狭くもあり、論理に支配されていた。アマンダは苦労しながらブランケットを広げた。インターネットで見つけた木版プリント生地で、読み書きのできない先住民の暮らす村でつくられたものだった。四隅に重しとして荷物を置いた。子供たちは上着を脱ぎ、ガゼルのように跳びはねていった。ローズは砂に打ちあげられたがらくたを調べた。貝殻や、プラスティックのカップや、何キロも離れた先のプロムか十六歳の誕生日祝いに使われた虹色の風船の残骸があった。アーチーは一家が陣取った場所からすこし離れた砂の上で膝をつき、ライフガードや元気いっぱいの女の子たちのことも、日に輝く髪の房や赤い水着も目に入っていないようなふりをした。

アマンダは、鳥に関する退屈な隠喩ばかりでなかなか読み進められない小説を持ってきていた。クレイはいつも手にするたぐいの薄手の本──現代の生活様式について批評した、分類不能の本──を持ってきた。裸に近い恰好で日射しのなかにいては読むことなど不可能に思われる代物だったが、仕事のために読んでおく必要があった。

クレイはたびたびライフガードに視線を向けた。アマンダもそうだった。そうせずにはいられなかった。そこには手にした本よりも退屈でない隠喩があった。自分と、死を手に握った自然とのあいだに、美しい青春時代を体現した若者たちが──平らな腹、二十五セント硬貨大の乳輪、膨らんだ上腕二頭筋、ムダ毛のない脚、茶色い肌、乾いた髪、歯列矯正で完璧に整えられた口もと、安っぽいプラスティックのサングラスの向こうの疑いを知らぬ目が——立ちはだかっていた。

一家はターキーのサンドイッチと、粘りけの強いアボカドディップ（溺愛された息子のために、刺激の強いハーブの入っていない小さなパック）をすくうとすぐに砕けてしまうポテトチップスと、爽やかな、冷えたスイカを食べた。アーチーは昼寝をし、ローズはグラフィックノベルを読んだ。アーチーは目を覚ますと父親を波打ち際へ追いたてた。恐ろしいことだ。アマンダは鮫がいないか見張っていた。鮫が出ると小耳にはさんだからだった。あの十代のライフガードたちは、鮫が出たらどうするつもりだろう？

海辺のピクニックは心地よく、楽しく、それなりに疲れもした。太陽は力を弱めていなかったが、それでも風が勝ちそうだった。「帰りましょう」アマンダは空になったプラ容器を保冷バッグに戻した。保冷バッグはキッチンで見つけたものだった。誰もがしまっておきそうな場所（電子レンジの下の棚）にあったのだ。

ローズが震えると、父親は娘が幼児だったころの風呂あがりのようにタオルで包みこんだ。一家は疲れた足取りで車に戻り、妙にうちひしがれたような気分で来たときとおなじ橋を戻った。

「スターバックスがある」アマンダが手を夫の右腕に置き、興奮していった。

クレイは駐車場に車を入れ、アマンダは店内に入った。風下へ行き、強い風から離れると、空気はまだ熱かった。チェーン店はたいていそうだが、どこでも店内はおなじようなものだった。しかしそれがかえってほっとした。特徴的な色遣いや、あの頼もしい茶色のナプキン——冬に鼻をかんだり、こぼしたものを拭いたりするために、車にもつねに積んである——や、緑色のプラスティックのストロー。七ドル払って、クリームのトッピングされた運動競技のトロフィーみたいなサイズのミルクシェークを買っている熱心な常連客。アマンダは、三時を過ぎているから夜眠れなくなるかもしれないと思いつつ、ブラックコーヒーを注文した。いや、もしかしたら大丈夫かもしれない。海の近くにいるといつもものすごく疲れるから。

家に着くと、各自ばらばらと裏庭のホースを使って手足の砂を落とした。アーチーは水を直接水着のまえに流しこんだ。股ぐらに小さな貝殻がこびりついていたのだ。もういいだろうと思うくらい流したあと、アーチーはプールに飛びこんだ。頭をこすると、くっついていた砂がふわふわと水のなかへ離れていくのがわかった。

アマンダは足を洗ってから家に入り、シャワーを浴びた。まだ丸一日も過ごしていない家なのに、帰ってくるとほっとした。パソコンでポッドキャストをかけ——無意識のうちにやったことで、ほとんど注意を払っていなかった——髪が塩水でぱさつくのがいやだったので、もう一度シャンプーした。服を着て、それからクレイを見つけると、夫は口笛を吹きながら砂のついたタッパーウェアを洗っていた。

「パスタをつくるわ」アマンダはいった。

「子供たちはプールにいる。ぼくはひとっ走り店に行って、アーチーのためにシリアルを買ってくるよ」クレイはほんとうにそのつもりだった。車で店へと走り、駐車場で一服して、店内で手を洗い、百ドル分の食料品とともに帰宅するつもりだった。「あしたは雨になるかもしれないっていってたからね」

「空気にもそういう感じがするじゃない」大気のなかに兆しがあった。いや、もしかしたら危険な兆候かもしれない。アマンダはポッドキャストを聴きつづけられるように、パソコンを持ったままキッチンに入り、カウンターに置いた。「なにか甘いものを買ってきて。たとえば……パイかな。パイを買ってきて。あと、アイスクリームを買い足してもいいかも」昨夜、セックスとジャグジーでのぼせて、二人で丸一パイント食べてしまったのだ。「それからトマトもいくつか。スイカも。なにかベリー類も。なんでもいいからおいしそうなやつ」

クレイはアマンダにキスをした。ただ使い走りに出かけるだけのときにこんなことをするのは珍しいが、感じがよかった。

窓があるおかげで、ほかのことをしながらでも子供たちが見えた。アマンダはレモンの皮をすりおろし、やわらかくしたバターとにんにくのみじん切りのなかに放りこんだ。キッチンバサミでパセリを刻むと、驚くほど強く香った。全部混ぜ合わせて濃いペーストにした。熱いパスタと和えればにんにくの味はやわらぐだろう。

コンロのそばの蛇口を使い、食品庫にあったコーシャーソルトを勝手に使った。それからグラスに赤ワインを注いだ。赤ワインとブラックコーヒーの組み合わせで胃がごろごろする。湯が沸いたが、アマンダの注意は逸れていた。プールの向こう、地所の境界あたりの木々の合間にシカが見えた。目が慣れてくるともう二頭、小さいシカも見えた。母親と子供たちだ！　わたしたちとおなじ。動物たちは用心深く繁みを嗅ぎまわって食べ物を探していた——シカはなにを食べるのだろう？　アマンダは自分の無知が恥ずかしかった。

茹だったパスタの湯を切り、麺のなかにペーストを落としてふたを戻した。それからガラスのドアをあけた。さっきより空気が冷えていた。雨が降るかなにかして、あしたは家のなかで過ごすことになりそうだった。ボードゲームがあるし、テレビもある。映画を観てもいいだろう。食品庫に乾燥トウモロコシの入ったガラスの広口瓶があったから、ポップコーンでもつくって、一日中寝そべって過ごしてもいいだろう。

「二人とも、そろそろ家に入る時間よ」

アーチーとローズはジャグジーに入っており、茹でたロブスターみたいなピンク色になっていた。

アマンダは、お風呂で塩素のにおいを洗い流してきなさいと子供たちにいい渡した。それからもう一杯ワインを注いだ。クレイがびっくりするくらいたくさんの紙袋を抱えて帰ってきた。「ちょっと調子に乗り過ぎた」クレイはきまり悪そうな顔をした。「雨になると思ったから。

あしたは家から出たくないと思って」

アマンダは顔をしかめた。そうするべきだと感じたから。ふだんよりすこしばかり食料品にお金をかけ過ぎたとしても破産するわけでもないのに。あるいは、ワインのせいだったかもしれない。「いいから、いいから。それをしまって、食事にしましょう」すこしろれつが怪しいかも、とアマンダは思った。

アマンダがテーブルをセットした。子供たちは、マジパンのようなにおい（〈ドクターブロナー〉の緑色のボトルに入ったマジックソープのにおい）をさせながら席に着いた。二人ともいい具合に疲れていた。おとなしく、礼儀正しいといってもいい様子で、ゲップもなし、悪口の言い合いもなし。アーチーは父親を手伝ってテーブルを片づけることさえした。アマンダはローズの横でソファに寝そべり、娘の温かい膝に頭を乗せた。そのつもりはなかったのに眠りこんでしまった。ワインとパスタで満腹で、テレビのおしゃべりがつまらなかったから。二十分ほど経って、ひどくけたたましいコマーシャルと、トイレに行きたいというローズに起こされたときには頭が混乱し、口が渇いていた。

「居眠りは気持ちよかった？」クレイがからかった。誘うような調子ではなく（クレイはまだ満たされていた）、恋人同士のように。そのほうがよかったし、珍しいことでもあった。わたしたちはうまくいっているほうではないだろうか、とアマンダは思った。

アマンダはスマートフォンで《ニューヨーク・タイムズ》のクロスワードを解いた。認知症になることを恐れており、これはその予防になると思っていた。時間の流れ方が妙だった。テレビのまえにいて、分単位で時間がわかるといつもそう感じた。きのうの晩は仕事の面倒を見て、夫とファックして過ごしたのなら、今夜は子供たちと一緒にソファでだらだらするのが大事なことのように思われた。アーチーは大きすぎるパーカーを着て眠そうにしている。ローズは幼児みたいに、ソファのアームに置いてあったチクチクするウールのひざ掛けにくるまっている。クレイはアイスクリームを小鉢に盛って出し、食べ終わると小鉢を集めた。食洗機がゴボゴボと心強い音をたてるなか、ローズの目は虚ろになり、アーチーは突然大人の男のような大あくびをした。アマンダは子供たちをベッドへ送りこんだ。歯を磨くようにとはいったが、磨いたことを確認するためにドアのそばに立って見張ったりはしなかった。

アマンダはあくびをした。もうベッドに入ってもいいくらい疲れていたが、動いたら眠れなくなるのはわかっていた。クレイがテレビのチャンネルを変え、一瞬レイチェル・マドーのニュース番組で止めてから、サスペンスドラマに変えた。二人とも、刑事や被害者の話についていけなかった。

「テレビはばかばかしい」クレイはテレビを消した。スマートフォンで遊ぶほうがよかった。クレイは氷をいくつかグラスに落とした。「なにか飲む？」

アマンダは首を横に振った。「もうたくさん」

どのスイッチでどの明かりがつくか、アマンダはまだよくわかっていなかった。一つをパチンとつけると、プールとその向こうの地面が明るくなり、真っ白な閃光が葉の繁る枝のあいだを貫いた。アマンダは明かりを消し、外のものを黒い状態に戻した。それが正しく、自然なことに思われた。

「水がほしい」アマンダはそういって、あるいは思って、キッチンへ向かった。〈イケア〉のグラスに水を入れているとなにかが聞こえた。引っかくような音、足音、声——奇妙だ、おかしいと思える物音だった。「ねえ、聞こえた？」

クレイはぶつぶつとなにかいった。まじめに聞いていなかった。それからスマートフォンの横の小さなボタンをチェックして、消音になっていることを確認した。「ぼくじゃないよ」

「ちがう」アマンダは水を一口飲んだ。「なにかべつの音だった」

また聞こえた——足を引きずる音、声、静かなつぶやき。なにかがいる。混乱、変化。なにか。今度はさっきより確かだった。アマンダの心臓の鼓動が速まった。酔いが醒め、眠気が吹き飛んだ。アマンダは音をたてずにコップを大理石のカウンターに置いた。俄然、こっそり動くことが正しいように思えた。

「なにかが聞こえたの」アマンダは囁き声でいった。

クレイが呼ばれるのはこういうときだった。男にならねばならなかった。それもかまわなかった。それが好きといってもよかった。必要とされているように感じるからかもしれない。廊下の奥から、アーチーが犬のようないびきをかいているのが聞こえてきそうだった。「おそらく、シカが前庭に入ってきただけだろう」

「もっとちがうなにかよ」アマンダは手をあげてクレイを黙らせた。不安で口のなかに金属のような味がした。「絶対なにか聞こえた」

それは紛れもない事実だった。物音がする。咳、声、足音、ためらい。自分の知っている分類に当てはまらない動物――べつの種の生き物――がそばにいて、それが害をなすかどうか確認するために、機転をきかせて動きを止めたような気配。ドアにノックがあった。この家のドアにノックの音。一家がここにいることは誰も知らなかった。しかもここはGPSにすら探りあてられないような場所だ。海から遠くないが、農地に紛れた場所でもあった。白く塗られた赤煉瓦の家、三匹のうち最も賢い豚が一番安全だからと選んだ素材でできた家。その家のドアにノックがあった。

7

どうしたらいい？

アマンダは立ちあがり、凍りついた。追われる獲物の本能だった。考えをまとめなければ。

「バットを取ってきて」思いついたのは古くからある解決方法——暴力だった。

「バット（bat）？」クレイは空飛ぶ哺乳動物を思い浮かべた。「バットだって？」ようやく理解したが、どこからバットを持ってこいと？　最後にバットをかまえたのはいつだったか。だいたい、野球のバットが家にあっただろうか。もしあったとして、休暇旅行に持ってきただろうか。それはない、だが自分たちはいつ、このいかにもアメリカらしい娯楽を捨てたのだろう？　バルティック・ストリート沿いの自宅の玄関ホールには、さまざまな壊れ具合の傘が何本かと、車のフロントガラス用の予備のスクレーパーと、アーチーのラクロスのスティックと、要りもしないチラシが何枚かと、クーポンの束が入った防水の——生物分解できない——プラスティックケースがあった。まあ、ラクロスはもともと先住民族のものだから、もしかしたらこっちのほうがアメリカらしいといえるかもしれない。ここのコンソールテーブルを見ると、上方の壁に額装されたコニーアイランドの写真がかかっていて、机上には真鍮の飾りが置いてあった。芸術品を模した小さな装身具で、メイド・イン・チャイナと銘打ってあるたぐいの安っぽい光りものだった。ホテルの部屋かモデルルームのような雰囲気を出そうとしたのだろう。クレイはそれを手に取ったが、まったく重みがなかった。それに、これをどうするというのだ？　指を絡めて握り、見知らぬ誰かの頭を殴る？　クレイは教授なのに。

「わからないけど」舞台の上で囁いているような声でアマンダはいった。ドアの向こう側にいるのが誰であれ、絶対に聞こえているだろう。「誰なの？」

　これは馬鹿げた質問だった。「知らないよ」クレイは小さな芸術品をもとの場所に戻した。アートは守ってくれない。

　ドアにまたノックがあった。今度は男の声もした。「すみません。こんばんは」

　もしも殺人者なら、こんなに礼儀正しいはずはないとクレイは思った。「なんてことない。ぼくが出る」

「駄目！」アマンダの頭をいやな感じがよぎった。最悪の事態がやってきて過ぎていく虫の知らせ、でなければつかのまの被害妄想だ。いずれにせよ、気に入らなかった。

「ちょっとおちつこうよ」たぶん無意識だったのだろうが、クレイは映画で見たような行動を取ろうとしていた。アマンダがおちついたように見えるまで、クレイは妻をじっと見つめた。調教師がライオンにするように、主導権を握り、アイコンタクトを取った。それが効くと完全に信じているわけではなかったが。「電話を持っていて。念のため」賢明な決断だった。クレイはこれを思いついたことが誇らしかった。

アマンダはキッチンへ行った。机があり、コードレスフォンがあった。エリア番号は516。アマンダはいままで生きてきたなかで、コードレスフォンが新しかったときも知っていたし、廃れるところも見てきた。まだ自宅にもあったが、誰も使ったことがなかった。アマンダはそれを手に取った。緊急通報番号の911を、9と最初の1まで押して待つべきだろうか？

クレイは玄関の鍵をはずし、ドアを引いてあけた。なにが起こるのだろう、と思いながら。取調室のようなポーチの明かりが男の姿を浮かびあがらせた。黒人で、整った顔立ちに、均整の取れた体つきだが若干身長は低め、六十代。温かい笑みを浮かべていた。目で即座に印象が決まるというのもおかしなものだった——その男は温和で、無害で、一目で人を安心させる目をしていた。しわになったブレザーのなかにストライプのシャツを着ており、ニットのネクタイをゆるめ、三十五歳を過ぎた男なら誰でも穿くような茶色のズボンを穿いていた。男は両手をあげた。相手をなだめるような、あるいは〝撃たないでくれ〟といっているかのようなしぐさだった。彼の年齢の黒人男性は、こういうジェスチャーをすることに慣れていた。

「お邪魔して大変申しわけない」こういう台詞をいう人がめったにできないことを、男はやりおおせた。つまり、心からの言葉のように口にした。彼はどうふるまったらいいか熟知していた。

「はい？」クレイは電話に出たときのような応答をしてしまった。予期せぬ来訪者に対してドアをあけたことなどいままでなかった。都会暮らしで玄関までやってくるのはアマゾンの荷物の配達員くらいで、その配達員にしてもまずはブザーを押さなければならなかった。「はい？」

「お邪魔して大変申しわけない」ざらついた、ニュース番組のアンカーのような重々しさを備えた声だった。この声質のおかげでより誠実に聞こえることを、男は自覚していた。

もう一人、男のすぐうしろに女がいた。やはり黒人で、年齢がはっきりしなかった。四角張ったリネンのスカートとジャケットという恰好だった。「わたし、わたしたち二人とも申しわけなく思っています」女が訂正し、〝わたしたち〟を強調していった。とても慣れた感じだったので、男の妻にちがいなかった。「怖がらせるつもりではありませんでした」

クレイは、ばかばかしい考えだといわんばかりに笑い飛ばした。怖がるだって、ぼくは怖がってなどいない、とクレイは思った。女は骨粗鬆症の薬を宣伝するテレビのコマーシャルに出てきそうな見かけだった。

アマンダは玄関ホールとキッチンのあいだの柱の陰でぐずぐずしていた。そこにいることが優位に立つための戦略ででもあるかのように。アマンダは納得していなかった。緊急通報が適切な対応かもしれないとまだ思っていた。ネクタイを締めた人間が犯罪者であってもおかしくない。そういえば、子供たちの寝室のドアに鍵をかけにいっていなかった。なんという母親だろう。

「どういったご用件ですか？」こういう状況で口にする台詞はこれでいいのだろうか？　クレイにはよくわからなかった。

男は咳ばらいをした。「お邪魔して大変申しわけない」三回も唱えると呪文のようだった。男は言葉をつづけた。「遅い時間だというのは承知しています。こんな人里離れた場所で、ドアをノックするには」これがどう受け取られるか、男はすでに想像していた。自分の役柄のリハーサルはしてあった。

女があとを引き継いでいった。「玄関のドアをノックするべきか、横のドアをノックするべきか迷ったんですよ」これがどんなに馬鹿げて聞こえるかはわかっているというように、女は笑った。女の声は、ずいぶん昔に雄弁術のレッスンでも受けたかのように聞こえた。ヘプバーンを思わせる貴族的な響きがあった。「こちらのほうがそんなに怖くないと思って――」

クレイはちょっと強すぎる調子で異を唱えた。「べつに怖くはありませんよ、驚いただけです」

「もちろん、そうでしょうとも」そう思っていましたよ、とばかりに男はつづけた。「私は横のドアを試すべきだっていったんですよ。ガラスですから、私たちの姿が見えたはずで、そうすればわかったでしょう――」男は最後までいわず、〝悪意はないんですよ〟と示すかのように肩をすくめてみせた。

「でもそちらのほうが妙だと思ったんです。あるいは、怖がらせてしまうかと」女がクレイの視線を捉えようとした。

息の合った二人の様子は、コメディみたいにチャーミングだった。映画のなかのウィリアム・パウエルとマーナ・ロイのようだった。だがクレイのアドレナリンは煮詰まって苛立ちに変わりつつあった。「なにか……ぼくたちにできることが？」クレイには車の音を聞いた覚えがなかった。二人が車で来ていたとしての話だが。しかしそれ以外にどうやってここまで来るというのだ？

クレイが〝ぼくたち〟といったので、子供がお気に入りのぬいぐるみにするように電話をしっかり握りしめながら、アマンダは玄関ホールに進みでた。おそらく運転手がいなくなってしまったか、タイヤがパンクしたのだろう。オッカムのかみそりだ、仮説は最小限がいいのだ。

「どうも！」アマンダはまるで二人を待っていたかのように無理に陽気な声を出した。

「こんばんは」男は自分が紳士であることを強調したいと思った。それも計画の一部だった。

「ギョッとしましたよ。誰かが来る予定なんてなかったから」アマンダは進んでそう認めた。それで優位に立てるかもしれないという計算があった。暗にこういっているように聞こえるといいと思ったのだ。〝ここはわたしたちの家だけど、なんの用？〟

風が吹き、合唱の声のような音がした。木々が体を揺らし、頭を気ままに上下させた。嵐が到来しつつあった、いや、もうそこまで来ていた。

女が身を震わせた。リネンの服では暖かくなかった。ろくに準備もせず出かけてしまった哀れな年寄りに見えた。じつは女は抜けめなくそれを見越していた。

クレイは無礼な気がして居心地が悪かった。女は自分の母親であってもおかしくない年齢なのだ。もっとも、クレイ自身の母親はもう何年もまえに亡くなっているのだが。礼儀正しくふるまうことが、こういう奇妙な瞬間を乗りきるのを助けるツールになるとクレイは思った。

「ほんとに驚きましたよ。だけどぼくたちになにかできることがありますか?」

アマンダを見ると、男の笑みがさらに温かくなった。「ああ、あなたがアマンダだね。そうでしょう? アマンダ、申しわけないけれど――」二人のまわりで風が渦巻き、夏服の隙間を抜けていった。男はまたアマンダの名前を呼んだ。三回めだった。効果があるとわかっていたからだ。「アマンダ、私たちをなかに入れてもらえませんか?」

8

アマンダは人の顔を覚えるのが得意だった。ミネアポリスとコロンバスとセント・ルイスから来た共産党員からお金を渡されてカクテルを買ったことがあった。アマンダは誰が誰だか覚えていて、家族の様子まで尋ねた。自慢できるスキルだった。そしていま目のまえにいるのは会ったことのない黒人男性だった。

「知り合いだったのか！」クレイは安心した。風がクレイのすね毛をそよがせた。

「直接お目にかかったのは初めてですが」男にはセールスマンのように手慣れたところがあった。結局のところ、実際にセールスマンだったわけだが。「G・Hです」

アマンダはその文字列に心当たりがなかった。男がなにかのスペルを告げようとしているのかどうかもわからなかった。

「ジョージですよ」女はイニシャルよりも名前をいうほうが親切だと思ったし、いまは思いやりのある人間に見られることが大事だった。誰が銃を持っているかはわからない。武装した相手が一歩も引かない気構えでいる可能性だってあった。「この人はジョージです」

男は自分のことをジョージだと思っていた。そしてG・Hと自己紹介をした。「――ジョージ、そう、私はジョージです。ここは私たちの家なのです」

所有というのは法的なことがらの一つに過ぎなかった。アマンダは自分で自分を騙していた。ここが自分たちの家であるとすっかり思いこんでいた。「いまなんて？」

「ここは私たちの家なのです」G・Hはもう一度いった。「メールでやりとりをしましたよね――この家について？」G・Hは断固とした調子で、しかし穏やかに聞こえるように話そうとした。

アマンダもそれで思いだした。GHW@washingtongroupfund.com――通例の型どおり、個人情報を曖昧にするためのイニシャルだった。家は快適だったが、適度に匿名性が保たれていたので、アマンダはわざわざ所有者を想像しようとは思わなかった。いま、二人を見て、仮に想像していたとしてもその所有者像はまちがっていただろうとアマンダは思った。アマンダには、ここは黒人が住むような家とは思えなかった。だが、それはどういう意味だろう？「ここが――あなたの家？」

クレイはがっかりした。自分がこの家の所有者であるという幻想のために料金を払ったのに。自分たちは休暇中なのだ。外の世界を外へ――それがあるべき場所へ――残したままドアをしめたのだ。

「お邪魔してほんとうにごめんなさいね」女はまだ手をジョージの肩に置いたままだった。二人はとりあえずなかにいた。二人にとってなにかしら成果はあったということだ。

なぜクレイはこの二人を招きいれてドアをしめたのか？　これは非常にクレイらしい行動だった。クレイはいつだって暮らしのなかのさまざまな仕事にうまく対処したいと思っていたが、その準備がきちんとできていなかった。一方、アマンダは証拠がほしかった。住宅ローンの書類とか、写真入りの身分証のようなものを調べたかった。この二人を——この乱れた服装を——見るに、まあ、犯罪者というよりは伝道者のようではあった。エホバを目撃すべく現れた、希望に満ちたパンフレット作成者といったところ。

「ちょっとドキッとしましたよ」クレイは自身の臆病さを白状するのも気にしなかった。もう過ぎたことだから。ちょっとというところはほとんど問題ではなく、大事なのはそれが相手の落ち度である点だった。「やれやれ、突然寒くなったな」

「そうですね」G・Hは、他人がどういうふるまいをするか予想することでは誰にもひけをとらなかった。しかしそれには時間がかかった。ともかく二人はなかにいた。重要なのはそこだった。「夏の嵐ですか。たぶん、すぐに通り過ぎるでしょう」

四人の大人がなんとなく気詰まりなまま佇(たたず)んでいた。乱痴気騒ぎが終わる一歩手前の瞬間のように気まずかった。

アマンダは全員に対して、とくにクレイに対して腹を立てていた。きっと二人のうちの一方が銃か、ナイフか、要求を突きつけてくるものと思って顔を引きつらせていた。電話を持ったままでいればよかった。もっとも、地元の警察が森の奥のこの美しい家に到着するまでどれくらいかかるかはわからないけれど。アマンダはなにもいわなかった。

G・Hには心の準備ができていた。相手がどう反応するかあらかじめ予想し、心構えができていた。「私たちがこんなふうになんの予告もせずに現れたせいで、あなたがたが妙に思っているのは理解できます」

「予告もせずに」アマンダはその言葉を吟味したが、精査するほどの意味はなかった。

「電話をかけたのですが、その電話が――」

電話をかけた？　この人たちはわたしの番号を知っているのだろうか、とアマンダは思った。

「ルースです」女が手を差しだした。どんな夫婦にも力量に応じた役割分担があるものだ。こんな状況でさえ、いや、こんな状況だからこそとくにそうだった。ルースの役目は握手をして愛想よくふるまい、相手を安心させることだった。自分たちが望むものを引きだせるように。

「クレイです」クレイはルースと握手をした。

「あなたがアマンダね」ルースは微笑んだ。

アマンダは見知らぬ相手の手入れの行き届いた手を取った。手にできたたこが実直な労働の証だとすれば、やわらかな手が暗示するのは狡猾(こうかつ)さだろうか？　「ええ」アマンダはいった。

「ではあらためて、私はG・Hです。クレイ、初めまして」

クレイはふだんよりもプレッシャーを感じた。はっきりさせるべき点があったからだ。

「それから、アマンダ、直接お目にかかるのは初めてですね」

アマンダは腕組みをした。「ええ。そもそもお会いすることになるとは思っていませんでしたけど」

「もちろん、そうでした」

「もしよければ——座りませんか？」ここは彼らの家なのだ。ほかにどうしろというんだ、とクレイは思った。

「それはうれしいわね」ルースは政治家の妻のような笑みを浮かべた。

「座る？　そうね。いいわ」アマンダには夫にいいたいことがあったのだが、一瞥(いちべつ)ではとても伝わらなかった。「キッチンがいいかも。だけど静かに話さないと。子供たちが眠っているから」

「子供たちか。もちろんです。われわれとしても、起こしたくはない」子供たちがいるかもしれないと予想しておくべきだった、とG・Hは思った。だが、それもまたこの状況の助けになるかもしれない。

「アーチーは核爆弾が落ちたって目を覚ましませんよ。子供たちなら大丈夫です」クレイはふだんの調子で冗談めかしていった。

「ちょっと行って見てくる」アマンダはよそよそしかった。そして、ときどき眠っている子供たちの様子を覗くのがいつもの習慣であることをそれとなく示そうとした。

「二人なら大丈夫だよ」アマンダがどういうつもりなのか、クレイには理解できなかった。

「ちょっと確認してくるだけだから。あなたは――」アマンダは自分の考えをどう締めくくっていいかわからず、わざわざそれ以上考えようとも思わなかった。

「座りましょう」クレイはキッチンのアイランド型カウンターのまわりのスツールを身振りで示した。

「クレイ、私が説明すべきだと思うんですが」G・Hはこれを、街を出て旅行をするときのレンタカーを手配するような、男が引き受けるべき重荷と心得ていた。夫というおなじ立場の人間なら理解してくれるだろうと思った。「さっきもいったように、私は電話をするつもりでした。実際かけようとはしたんですが、つながらなかったのです」

「何年かまえの夏にも、ここからそう遠くない場所に滞在したことがあります」クレイは、自分にも多少の地理感覚があるところを示したかった。田舎に家を持つのがどういうことかはわかっているといいたかった。

「そうですね」G・Hはいった。すでに座っていた彼は、大理石のカウンターに両肘をついて身をまえに乗りだした。「しかしいま起こっているのはそういうことではなさそうです」

「どういうことですか?」クレイは二人になにか勧めなければならないような気がした。二人は客人ではないか。それとも自分のほうが客だろうか。「水でもいかがですか？」

暗い廊下の先で、アマンダはスマートフォンを懐中電灯として使っていた。アーチーとローズがいまもちゃんとそこにいて、子供らしくなんの心配もない様子で眠りこんでいるのを確認したあと、アマンダは三人から見えない場所にとどまり、話の内容に聞き耳をたてながら、スマートフォンをたちあげようとした。鏡であるかのように電話を見つめたが、アマンダの顔は認識されず——たぶん廊下が暗すぎたのだろう——スマートフォンは起動しなかった。ホームボタンを押すと画面が明るくなり、ニュース速報が表示された。《ニューヨーク・タイムズ》の読みづらいTの文字と、ほんの何語かだった。〝アメリカ東海岸で大規模停電発生〟。アマンダは画面を突いたが、アプリはひらかず、待機中の白い画面になっただけだった。これは独特の苛立ちの種だった。怒ってもしかたなかったが、アマンダは腹を立てた。

「今夜、われわれはオーケストラの演奏会に行ったのです」G・Hは説明のさいちゅうだった。

「ブロンクスに」

「夫は交響楽団の理事で——」夫婦として自慢に思わずにはいられないのだ。ルースとジョージは共有することの価値を信じていた。「大勢の人に、クラシック音楽に興味を持ってもらおうと……」ルースはいわなくていいことまで説明した。

アマンダはキッチンに入った。

「子供たちは大丈夫？」それがただの口実だったことを、クレイはわかっていなかった。

「ええ、問題ない」アマンダは夫にスマートフォンを見せたかった。さっきの短文以上の情報はないが、それだってなにかしらの意味はあった。外からやってきた二人より優位に立てるかもしれなかった。

「われわれは車で街へ、自宅へ戻ろうとしていました。そうしたら、あることが起こりまして」G・Hは曖昧にしようとしているわけではなかった。ルースと車のなかにいたときでさえ、あえていわなかったのだ。それほど怖ろしかったから。

「停電ね」アマンダが勝ち誇ったように口にした。

「どうしてわかったんですか?」G・Hは驚いていった。自分が説明しなければならないだろうと予想していたからだ。ここへ向かう途中には暗闇しかなく、そんなときに木立の合間から自分たちの家の明かりが見えたのだ。信じられなかった。筋が通らなかった。しかしそんなことはどうでもよかった。明かりと、それによって生じる安全を思い、安堵(あんど)した。

「停電?」クレイはなにかもっと悪いことを予想していた。

「ニュース速報を見たの」アマンダはポケットからスマートフォンを取りだし、カウンターに置いた。

「なんて書いてありました?」ルースはもっと情報がほしかった。自分の目で見てはいたものの、なにも知らなかったから。「理由が書いてあったかしら?」

「停電、とだけ。東海岸で停電があった、と」アマンダはまたスマートフォンを見たが、速報は消えていて、もう一度表示させる方法はわからなかった。

「外は風が強いからね」原因と結果は明白だ、とクレイは思った。

「ハリケーンの季節だから。ハリケーンのニュースはあったっけ？」アマンダは思いだせなかった。

「そう、停電」G・Hはうなずいた。「私たちもそう思ったのですよ。ちなみに、私たちは十四階に住んでいましてね」

「信号が全部消えてしまうでしょうね。大混乱になるはず」ルースはもっと詳しく説明する気にはなれなかった。街は起こりうるかぎりあらゆる点で異常をきたしていた。都市とは鋼鉄とガラスと資本金でできた堆積物であり、その存在には明かりが不可欠だった。電気のない街は飛べない鳥さながら、進化途中の事故のようなものだった。

「停電？」クレイは、その単語を忘れてしまった人のためにただ口にしているだけのように感じながらいった。「停電があった。そこまでひどいことのようには思えませんが」

アマンダは賛成しなかった。ひどいことに思えないのではなく、ほんとうのことに思えなかった。「ここでは明かりがついてるみたいですけど」

もちろん、アマンダのいうとおりだった。それでも全員がアイランド型のカウンターの上にさがったペンダント・ライトを見た。四人で催眠術にかかったかのようだった。電気の説明などできないものだ。〝ある〟とも〝ない〟ともいえない。さっきの言葉は傲慢だっただろうかとアマンダは思った。シンクの上の窓に風が当たる音がした。その直後に明かりがちらついた。一回や二回ではなく、四回も。解読すべきモールス信号のメッセージのように。連続でたかれたフラッシュのように。しかし明かりは持ちこたえた。それまでどおり、夜の闇を寄せつけないままだった。四人は鋭く息を吸いこんだ。それから全員で息を吐いた。

9

「やれやれ、まったく」むやみに神の名を唱えるのは冒瀆であり、無益でもあった。イエス・キリストはクレイにはまったく関心がなかったが、力は廃れていなかった。クレイはすでに、アマンダともう一人の女（名前はなんだったか？）が悲鳴をあげるところを想像していた。まあたぶん、女らしさと怖がりを直結させるのは不親切なのだが。

クレイは筋道をたてて話して聞かせなければならないだろうと思った――この風の強い夜に、街なかから遠く離れたロングアイランドの片隅で。世界はとても広いから、大半の場所は遠く離れていた。しかし長いあいだ街で暮らしていると、それを忘れるのも容易だった。電気は奇跡だった。感謝するべきだった。

「大丈夫」G・Hは自分自身に、そして妻にいった。

「停電があったから、はるばるここまで運転してきたんですか？」アマンダには筋が通らないように思えた。マンハッタンはここからかなり遠い。まったく意味がわからなかった。

「ここの道路は――よく知っているものでね。ほとんど考えもしませんでした。明かりが消えるのが見えて、私はルースのほうを見ました」G・Hには、自分でもよくわかっていないことをどう説明したらいいか見当もつかなかった。

「もしかしたら居場所があるかもしれないと思って」ルースがいった。曖昧ないい方をするつもりはなかった。ルースはいつだって単刀直入だった。

「居場所があるかもしれないと思ったって――ここに？」アマンダが思ったとおり、やはりこの二人には要求があったのだ。「でも、ここにはわたしたちが滞在しているんですけど」

「街なかへ車を進められないことはわかっていました。歩いて十四階まで上ることができないのもわかっていました。それでわたしたちは車でここまできて、あなたがたに理解してもらえるんじゃないかと思ったの」

「もちろんです」クレイは理解した。

アマンダは夫の顔を見た。「夫がいってるのは、もちろん理解はできるけど――」だが、アマンダは理解したのだろうか？　これが詐欺かなにかだったらどうする？　赤の他人が家に、自分たちの人生に入りこもうとしているのだとしたら？

「驚かせてしまったのは承知しています。しかし、もしかしたら……ここはわれわれの家なのです。私たちは自分の家にいたかった。安全に。外でなにが起こっているかわかるまでのあいだ」G・Hは正直に話していたが、それでもどこかセールストークのようだった。

「ガソリンが入っていたのは運がよかった」ルースはうなずいた。「正直なところ、これ以上あとどのくらいもつかはわからないけれど」

「このへんにホテルはないんですか……」アマンダは努めて無礼ないい方にならないようにしたが、これが無礼に聞こえることはわかっていた。「家はわたしたちが借りているんですから」

それについてはクレイもよく考えた。そしてなにかいいかけた。クレイはもうすっかり納得していた。

「もちろんです！　あなたがたが借りた家です」G・Hには、金の話になることはわかっていた。たいていの会話は最終的にはそこへ行きつくのだから。金銭はG・Hの得意とする話題だった。なんの問題もなかった。「もちろん、こちらからもご提案できることがあります。不便をおかけするわけですから」

「ご存じのとおり、わたしたちは休暇中なんです」不便なんて言葉では甘すぎる、とアマンダは思った。あまりにも遠回しないい方に感じられた。即座に金銭の話を持ちこんできたのも、よけいに不誠実に思えた。

G・Hは銀髪で、鼈甲（べっこう）縁の眼鏡をかけ、ゴールドの腕時計をしていた。存在感があった。G・Hは椅子に座ったまま背筋を伸ばした。「クレイ。アマンダ」これは（ケンブリッジの）ビジネススクールで学んだことだった——いつファーストネームを使うべきか。「当然、払い戻しを考えていますよ」

「わたしたちに出ていってほしいということですか？　こんな夜中に？　子供たちが眠っているのに。いきなりここにやってきて、払い戻しの話をはじめるなんて。まずわたしから会社に問い合わせの電話をかけるべきでしょう。それさえ待てないんですか？」アマンダはパソコンを取りにリビングへ行った。「たぶんウェブサイトに電話番号が——」

「あなたがたが出ていくべきだなどとはいっていませんよ」G・Hは声をたてて笑った。「払い戻しは、そうですね、あなたがたが支払った額の五十パーセントではいかがですか？　ここにはバスルームつきの独立した部屋がありますからね。われわれは階下のその部屋を使います」

「五十パーセント？」休暇にかかる費用が減りそうな見込みだった。クレイはその案が気に入った。

「わたしはぜひとも利用規約を確認したいんだけど——」アマンダはノートパソコンをひらいた。「もちろんいまはつながらないわね。もしかしたら、ＷｉＦｉをリセットする必要があるかも」

「ぼくにやらせてみて」クレイは妻のパソコンに手を伸ばした。

「クレイ、あなたの助けが必要なわけじゃないの」アマンダは、自分が無能であると暗にいわれているようで気に食わなかった。二人ともふだん、そばに若者が大勢いた。クレイには学生が、アマンダにはアシスタントや若手社員がいた。二人とも屈辱的な逆転現象にさらされていた——見て、探りだして、真似をしなければならなかった、着飾って遊ぶ幼児のように。ある年齢を過ぎたら必須の心得だった——テクノロジーを支配すべし、さもなければテクノロジーに支配される。「つながっていないんだから」

「緊急放送システムが使われているのを聞いたわ」ルースはこれで多くのことの説明がつくと思った。「ラジオをつけようと思ったの。そうしたら〝これは緊急放送システムです〟って」嘲るような口調だったが、ルースにそのつもりはなく、放送のアクセントやイントネーションを忠実に再現していたのだ。「〝テスト〟じゃなかった。わかるかしら？〝これはテストです〟とはいっていなかった。わたしもそれを聞いたのは初めてだったから、最初は気がつかなくて、その後もずっと聞いていたら何度も何度も聞こえてきたの。〝これは緊急放送システムです〟って」

「緊急？」アマンダは合理的に考えようとした。「もちろん、停電も一種の緊急事態ではありますけど」

「確かに。それも理由の一つです、だから私たちはまっすぐ家に帰るのが一番だと思ったんですよ。外にいては安全ではないかもしれない、と」G・Hは発言を終えた。

「そうだ、賃借契約がありましたよね」アマンダは法律を引っぱりだした。当面はその書類もサイバースペースに――手の届かない棚に――しまいこまれているのだが。そもそもあらゆるビジネスが、アマンダには説明できない方法で停止していた。

「ちょっといいですか？」G・Hは座っていたスツールをうしろへ押しやり、机のほうへ歩いた。そしてブレザーのポケットから鍵束を取りだし、引出しの鍵をあけて、そこから封筒を取りだした。銀行に置いてあるたぐいの封筒だった。G・Hはそのなかの紙幣をぱらぱらと確認した。「いますぐ千ドルお支払いできますよ、今夜一晩の分として。これで、あなたがたが一週間分として払った額のほぼ半分になるのでは？」

クレイは自分を抑えようとした。だが、クレイは多額の現金を見るといつもおかしな具合に感情が掻きたてられるのだ。金を数えたかった。あの封筒はずっとキッチンの引出しに入っていたのだろうか？　クレイは煙草が吸いたくなった。「千ドルですって？」

「外は非常事態なんですよ」ルースは二人にそれを思いださせたかった。こんな状況でお金を払わなければならないとは道徳心もなにもあったものではないが、ほかにどうしようもなかった。

「もちろん、あなたがた次第です」G・Hは人を説得する方法を心得ていた。「受けいれてもらえれば大変ありがたい。私たちがどれほど感謝しているかはご覧のとおりです。あしたになれば、もうすこし情報が入るでしょう。どうなっているかわかるでしょう」G・Hは出ていくという約束はしなかった。そこが重要だった。

クレイは、妻の仕事用のパソコンを突きつづけた。「反応してないみたいだな」クレイの意図は純粋だった。世界が順調に動いていることを、人々がいまもカクテルバーでアペロール・スプリッツの写真を撮っていたり、公共交通機関の運営の不備について悪態をつぶやいていたりすることを、自分で二人に告げたかったのだ。あのニュース速報が出されてから何分か後には、果敢な記者か誰かがきっとすべてを解明しただろう。クレイは風のせいだと思っており、風の音はまだ聞こえていた。原因はいつだって他愛ないことなのだ。「とにかく、一晩なら——」

「ちょっとわたしたちだけで話しあったほうがいいかもしれない」そうはいいながら、アマンダは二人から目を離したくはなかった。

「そうですね。もちろんです」G・Hは、それが最も分別ある行動だとでもいうようにうなずいて見せた。次いでカウンターに厚みのある小さな封筒を置いた。

「そうだね」クレイは混乱していた。あの札束を目のまえにして、もはや話しあうべきことがあるとも思えなかった。「だったら、べつの部屋へ行く？」

「なにか飲んでもかまいませんかな？」

かまわない、とクレイは身振りで示した。

G・Hはもう一度キーを使って、シンクのそばの丈の高いキャビネットをあけ、なかを探った。

「すぐに戻りますから。どうぞ――」馬鹿みたいな気がして、アマンダは最後までいわなかった。

10

主寝室はひんやりしていた。いや、冷気は二人が持ちこんだのだ。

「どうしてあの二人に、いてもいいなんていったのよ？」アマンダは怒っていた。

クレイにとってはあまりにも明らかだった。「停電があって、二人が怯えてたからさ。しかもお年寄りじゃないか」クレイは指摘するのも失礼な気がして、囁き声でいった。

「知らない人たちなのよ」アマンダはどうしようもない馬鹿に対するようにいった。知らない人には気をつけるようにと、いままで誰もクレイに注意しなかったのだろうか？

「でも、自己紹介してたじゃないか」

「いきなりドアをノックしただけでしょう、しかも真夜中に」こんな言い合いをしていること自体、アマンダには信じられなかった。

「いきなりドアから押し入ってくるよりマシだよ」彼らにはその権利があるのではないか？

「ものすごく怖かったんだから」いまとなってはあの不安は過ぎ去っていたので、素直に認めることができた。無鉄砲にもほどがある――あんなふうにわたしを怖がらせるなんて侮辱だ、とアマンダは思った。

「ぼくだって怖かったよ」たいしたことではない、という調子でクレイはいった。もう過ぎたことだった。「だけど向こうだってちょっと怖かったと思うよ。ほかにどうしたらいいかわからなかったんだよ」

アマンダは以前一度だけかかったセラピストに、クレイが自分とおなじような行動を取らないからといって怒らないようにといわれたことがあった。人がその人らしくふるまったからといって責めることはできないのだ。それでもアマンダはクレイを非難した。クレイはあまりにもたやすく騙されるし、自力で困難に立ち向かうのを避けたがる。「一つアイデアがある。ホテルに行ってもらうの」

「ここはあの人たちの家なんだよ」この美しい部屋の数々を自分のもののように錯覚していたが、やはりちがった。その事実は尊重しなければならない、とクレイは思った。

「わたしたちが借りたのよ」アマンダはまだ囁き声だった。「子供たちだって、なんていうかしらね？」

子供たちがなんというか、そもそもなにかいうかどうかさえクレイには想像できなかった。子供たちが気にするのは自分たちに直接影響を与える物事だけだったし、しかも彼らが影響を受ける物事はごくすくなかった。見知らぬ人々がいたところで、せいぜいすこし行儀がよくなるくらいのものだろう。いや、それだって当てにはできなかった。誰の耳に入ろうがおかまいなしに、口げんかをしたり、悪態をついたり、ゲップをしたり、歌ったりするかもしれない。「あの二人がわたしたちを殺すつもりだったらどうするの？」アマンダは夫がきちんと注意を払っていないように感じた。

「なぜぼくたちを殺すんだ？」

これに答えるのはむずかしかった。「人が誰かを殺すのはなぜか？　知らないわよ。悪魔崇拝の儀式？　偏執的なこだわり？　復讐（ふくしゅう）？　そんなのわかるもんですか」

クレイは笑った。「あの二人はぼくらを殺すためにここに来たわけじゃないよ」

「ニュースを読んでないの？」

「これがニュースになってたの？　年配の黒人殺人犯が、疑うことを知らない行楽客を狙ってロングアイランドをうろつき回ってるって？」

「証拠を見せてもらってないじゃない。それどころか車の音だって聞こえなかった。あなたには聞こえた？」

「聞こえなかった。だけど風が強いし、ぼくたちはテレビを見ていたんだから。たぶんただ聞き逃しただけだろう」

「道をこっそりたどってきたのかもしれない。なんのためかは――わからないけど。わたしたちの喉を掻き切るためとか」

「ちょっとおちついたほうがいい――」

「詐欺よ」

「二人がきみのスマートフォンに偽物のニュース速報を送ったとでも？　だったら、思ったよりずっと洗練された犯罪者なわけだ」

「なんだかその場しのぎをしてるみたいに感じるのよ、それだけ。あと、胡散くさい。わたしたちと一緒にここに滞在したいですって？　気に入らない。ローズだってこの廊下のすぐ先にいるのよ。知らない男を泊めるなんて。もし男がローズの部屋に忍びこんで――考えるのもいや」

「でもあの男がアーチーにいたずらをするとは思わないわけだ。アマンダ、自分の言葉をふり返ってごらんよ」

「いい？　ローズは女の子なのよ。わたしはあの子の母親で、保護しなければならないの。だいたい、なにもかもがおかしいのよ。わたしはここがあの二人の家だとも思ってない」

「鍵を持っていたじゃないか」

「持ってたけど」アマンダはさらに声を落とした。「雑用係かもしれないじゃない？　女のほうはメイドとか？　これは詐欺で、停電だかなんだかはただの偶然かもしれない」アマンダも自分の憶測を恥ずかしいと思ってはいた。しかしあの二人はこんなに美しい家を所有するような人々に見えなかった。だが、掃除をするというのならあるかもしれない。

「あの人は引出しから封筒を取りだした」

「巧妙なごまかしかも。だって、あの引出しに鍵がかかっていたって、どうしてわかるの？ あの男は自分の鍵を使ってあけるふりをしただけかもしれない」

「ぼくたちに千ドルくれることで、彼らになんの得があるのかわからない」

アマンダはスマートフォンを手に取って、男をグーグルで検索した。Washingtongroupfund.comとはずいぶん曖昧な社名に思えた。不正なアドレスかもしれない。スマートフォンは何も提供してくれなかった。娘が廊下の先で眠っているというのに！「それに、あの男にはなんとなく見覚えがある。会ったことがあるような気がする」

「ぼくは会ったことないけど」

「あなたは人の顔をぜんぜん覚えないじゃない」クレイは子供たちの担任の顔もわからなかったし、長いあいだ近所に住んでいる人と通りで偶然すれちがっても気づかなかった。クレイが自分では考えごとをしていたせいだと思いたがっているのはアマンダも知っていたが、実際には不注意なだけだった。「緊急放送システムとかいうでたらめも信じてない。だってわたしたち、テレビを見てたでしょ」

「それなら簡単に確かめられる」クレイは廊下をすこし歩いていき、壁に取りつけられた画面にリモコンを向けた。半分くらい（いや、半分以上）ポルノ映画でも放送していればいいと思っていた。そうなれば予想外の展開になるかもしれなかった。しかしテクノロジーはクレイにとって扱いやすい相手ではなかった——テレビとパソコンには協力してもらう必要があった。テレビはつくことはついた。だが画面はデジタルブルー一色だった。「おかしいな」

「チャンネルは合ってるの？」

「けさ見てたから。配信が切れてるんだと思う」

「でも緊急放送システムになっていないじゃない。衛星中継が切れてるんでしょう。きっと風のせいね」アマンダは説得されるつもりはなかった。あの二人がこちらを説得しようとしているのが感じとれたから。あの二人にはどこか不正直なところがあった。

「そうだね、ちょっとした不調だ。だけどあの人たちはラジオで聞いたといっていたじゃないか。一方が〝真〟でも他方が〝偽〟とはかぎらない」

「どうしてそんなに必死で誰も彼もを信じたがるの？　自分自身の妻だけは信じないくせに？」

「ぼくはただきみをおちつかせようとしているだけだよ。きみを信じないとはいってない、だが……」クレイはためらった。実際、アマンダのいうことを信じていなかった。

「なにかが起こっている」こういうプロットの映画がなかっただろうか？　〈私に近い6人の他人〉とか？　とアマンダは思った。映画のあの人たちが他人を招きいれてしまったのは、その他人が黒人だったからだ。あの一家はすべての黒人が犯罪者なわけではないと信じていた。

そういう人々がいるとわかっているからこその犯罪で、抜けめのない黒人の犯罪者がそれを利用したのだ。

「いや、あの人たちはただの怯えた年配者で、今夜泊まれる場所がほしいだけだろう。朝になったら送りだせばいい」

「家のなかに他人がいたら絶対眠れない！」

「そんなことないよ」クレイも疑問に思った。ことによるとあの千ドルは策略かもしれない。千ドルよりはるかに高価なものがこの家のなかにあるのかもしれない。頭がまともに働かなかった。

「あの男はまえにどこかで見たと思う、ほんとに」アマンダは、ある特定の言葉を思いだせないときのようなストレスを感じた。復讐のための殺人だったらどうする？　何年もまえに冷たくあしらった男だったら？

クレイは人の顔を覚えるのが苦手なことを自覚していた。それに、たぶん黒人の顔を覚えるのがとくに苦手なことが自分でもある程度わかっていた。なにも「みんなおなじ顔に見える」などというつもりはなかったが、おなじ人種の人間の顔のほうが見分けやすいことにはいくつかエビデンスが――生物学的、科学的な根拠が――あった。だからたとえば十億人の中国人がいたとして、中国人同士のあいだでは見分けがついても、クレイにとってはそれがよりむずかしいのだと認めることは、人種差別とはいえないのではないか。「ぼくは彼が知り合いだとは思わないし、彼がぼくたちを殺そうとしているとも思わない」しかしじつはいまや、針のように鋭い疑念のとげが刺さっていた。「ぼくはあの二人をここに泊めるべきだと思う。それが正しいおこないだよ」

「だったら証拠が見たい」しかしそんな要求を突きつけられるはずもなかった。「つまりね、鍵ならわたしたちだって持ってるでしょう！　もしかしたら、あの二人もまえにここを借りたことがあるのかも」

「ここはあの人たちの別荘だよ。証書には載ってないかもしれないけれど。ぼくが二人と話をしてみる。もしいやな感じがしたら、ノーといえばいい。申しわけないけど、この取り決めではぼくらは安心できませんといえばいい。だけどとくに悪い印象がなければ、あの二人を泊めようと思う。だってお年寄りなんだし」

「わたしもあなたくらい他人を信じることができたらよかったんだけど」じつのところアマンダは、クレイのこの性格をすこしも羨ましいと思っていなかった。

「それが正しいおこないってものだよ」クレイはこの言葉に効きめがあることを承知していた。妻は必ずしも道徳的に正しいことをするのが重要だと思っているわけではないが、正しいことをするたぐいの人間でいることには重きを置いていた。詰まるところ、道徳とは見栄なのだ。

　アマンダは腕組みをした。自分にはすべてがわかっているわけではないし、それをいうならクレイだって、キッチンにいる二人だってそうだ、という点でアマンダは正しかった。発信されたニュースを見て、スマートフォンに《ニューヨーク・タイムズ》のアプリを入れている何百万もの人々に速報を配信した副編集長だって、なにもわかっていなかった。風が猛烈に吹いていたが、もし吹いていなかったとしても、こうした状況における規則に従って沿岸に派遣された最初の飛行機の音さえ、飛行経路が遠すぎるために聞こえなかっただろう。

「ぼくらは善きサマリア人になるんだ。人助けだよ」クレイはテレビを消して立ちあがった。いまは千ドルのことはいわずにおこうと思った。

11

クレイには朝の出来事が遠く思えた。昔に聞かされた誰かべつの人の話のようだった。外の手すりに干してあるビーチタオルがまざまざと頭に浮かんだ。夢のように思えても、こなさなければならない雑用は残っていた。アマンダはクレイのすぐうしろにいた。そろってキッチンに入ると見知らぬ二人がそこにいて、まるでこの家の持ち主であるかのように動きまわっていた。まあ、おそらく実際に持ち主なのだが。

「飲み物をつくりましたよ。それがふさわしいような気がして」G・Hは手にしたグラスを掲げてみせた。「私たちの個人的な蓄えです。一杯いかがですか」

キャビネットの扉がすこしあいたままになっていて、クレイはなかを見ることができた。〈オーバン〉のウイスキーやワインのボトル、磁器の器に入った高価なテキーラなどが並んでいた。クレイもキッチンのなかはひと通り見たはずだったが、これを見落としたのだろうか？

それとも鍵がかかっていたのだろうか？　「いただければうれしいですね」

G・Hは一杯注いだ。「氷は？　入れますか？」

クレイは首を横に振り、差しだされたグラスを受けとった。そしてアイランド型のカウンターのまえに座った。「すばらしい。ありがとうございます」

「すくなくともこれくらいはできますからね」G・Hは空々しい笑い声をたてた。つかのま沈黙が降りた。いまは亡き誰かを偲ぶためにわざと口をつぐんだかのように。

「ちょっと失礼させてもらいますね」ルースがいった。

「どうぞどうぞ」クレイはなにを求められているのかわからなかった。ルースは許可を求めているわけではなかったし、クレイがそれを与える立場にあるわけでもなかった。

アマンダはルースが部屋を出ていくのを見た。それから、ほかになにをしたらいいかよくわからなかったので、自分のグラスにさっきあけたワインを注いだ。自分のワイン、自分でお金を出して買ったワインだった。アマンダは夫の横に座った。「すてきな家ですね」なんということだろう、世間話をするなんて。

G・Hはうなずいた。「大変気に入っています。あなたがたもお気に召したようでうれしいですよ」

「こちらには長いんですか？」アマンダは相手の尻尾をつかめたらいいと思い、詮索がましく尋ねてみることにした。

「いまから五年まえに買いました。リフォームにかなり時間をかけましたよ、二年ほどね。しかしいまではわが家です。いや、第二のわが家か」

「市内ではどの辺にお住まいなんですか？」クレイだって世間話くらいはできた。

「セントラルパークのまえの通り沿い、八十一番ストリートと八十二番ストリートのあいだです。あなたがたは？」

クレイは怖気づいた。アッパーイーストサイドはパッとしなかったが、それでも恐れ多い場所だった。あまりにもパッとしなくて、かえって恰好いいというべきか。クレイとアマンダは長くひとところに住んでいるせいで、地元の娯楽ともいうべき不動産の話題についていけなくなっていた。それでも、昔は公園をまえにしたフィフス・アヴェニュー沿いやマディソン・アヴェニュー沿いのアパートメントに住んだこともあった。空想のようだ、ウディ・アレンの映画のようだといつも感じていた。「ぼくたちはブルックリンに住んでいます。キャロル・ガーデンズの辺りですよ」

「ほんとはコブル・ヒルなんですけどね」アマンダはいった。そのほうが恥ずかしくないと──相手のアップタウンの住まいに対する切り返しとして、ちょっとはましだと──思ったのだ。

「いまや誰もが住みたがる場所ですね。若い人たちはとくに。きっとわれわれのところより広いのでしょうね」

「あら、あなたがたにはこんなに広いスペースがあるじゃないですか、この田舎に」表向きはそういう話でしたよね、とでもいいたげな口調でアマンダはいった。

「ここに家を買った理由の大半はそれですからね。週末や休日に、街を抜けだして新鮮な空気のなかへやってくる。ここはずいぶんちがいますよ、空気が」

「ほんとうにすてきなつくりですよね」アマンダはペットを撫でるようにカウンターを撫でた。

「すばらしい建築業者が見つかったんですよ。こまごましたところの多くは彼のアイデアでした」

トイレから戻ってくる途中、ルースはリビングで足を止め、テレビのスイッチを入れた。画面は昔ながらのブルー――テクノロジーがもっとシンプルだった時代からおなじみの色合い――で、重要なのは白い文字だった。緊急放送システム。ビープ音が鳴り、次いで静かなシューッという、音ともいえないような音がして、それからまたビープ音が聞こえた。ビープ音はその後もつづいた。安定した、しかし安心できるとはとてもいえないビープ音以外、なにもなかった。ほかの三人もリビングへ向かい、それぞれに自分の目で確かめた。

「そう、ニュースはないのね」ルースはひとりごとのようにいった。

「たぶん、緊急放送システムのテストをしているだけでしょう」アマンダは懐疑的だった。

「もしテストなら、そういうはず」ルースはいった。常識だった。「これが見えるでしょう」全員に見えた。

「チャンネルを替えてみてください」クレイには信念があった。「ついさっきまで番組が映っていたんですよ！」

　ルースは映るはずのすべてのチャンネルを流した――１０１、１０２、１０３、１０４。つづきはもうすこし速く送った――１１４、１１６、１２２、１４５、２０１。すべて画面はブルーで、あの意味のない言葉が浮かんだだけだった。「これがわたしたちに見られる緊急放送システムとかいうものなのよ」

「きっとなんでもありませんよ」クレイはつくりつけの棚に目を向け、安売りで買った画集と古いボードゲームを見た。「知らせるべきことができれば知らせてくるでしょう」物事は、事実それ自体（イプソ・ファクト）によって語られるはずだった。

「衛星放送のテレビはほんとに頼りにならないんですけど、こんなところまでケーブルを引っぱってくるのは無理だから、これが唯一の選択肢だったの」ルースはこの家をあらゆるものから遠ざけておきたかった。〈Ａｉｒｂｎｂ（エアビーアンドビー）〉に載せたあの文句を書いたのもルースだった。ここは外の世界から隔絶された場所で、それがこの家の一番の美点だと本気で思っていた。

「風だけでも充分やられてしまうんですが」Ｇ・Ｈはアームチェアに腰をおろした。「雨がね。まったく心細いことですよ、衛星放送が雨の影響を受けるなんて。でもほんとうなんです」

　クレイは肩をすくめてみせた。「なにか緊急事態が起こっている。それで、その緊急事態はニューヨーク市内の停電なんですよね。しかしここにはまだ電気が来ている。テレビやインターネットはつながらないにしても。これでいくらか気分がマシになったのでは？　街を出るという判断は正しかった——いまごろきっと大混乱にちがいないですからね」

アマンダはまだ信じていなかったが、それでもすこし考えはした。バスタブに水を張っておくべきだろうか？　電池とかロウソクのような必需品を見つけておくべきだろうか？

「今夜はここに泊まったほうがいいと思います」証拠は充分見た、とクレイは思った。「あしたまた、なにが起こっているのか調べましょう」

緊急放送システムについては、アマンダにはなにもいうことがなかった。

「停電も大ごとだけど、もしかしたらもっと大きな物事の兆候かもしれない」ルースにはここへ来るまでに一時間半ほど考える時間があったので、考えたことをいいたかった。「放射性降下物のせいとか。テロとか。爆弾のせいかも」

「想像をたくましくするのはやめておきましょう」酒のせいで、クレイは過度に愛想のいい口調になっていた。

「爆弾？」アマンダは懐疑的だった。

頼みごとをするのは気が引けたものの、G・Hはいわずにはいられなかった。「あの、申しわけないけれど、われわれは夕食がまだなのです。コンサートのまえにチーズとクラッカーをつまんだくらいで」

一団は——いまや一団といってもいいのではないか？——キッチンへ退却した。クレイが鍋に入ったままのパスタを冷蔵庫から取りだした。突然、部屋がいかに散らかっているか、自分たちがどれほどだらしなく、完全にくつろいでいたかが気にかかりはじめた。「なにか食べましょう」クレイはそれが自分のアイデアだったかのようにいった。教授というのはそういうしゃべり方を覚えるものだ。ときどき教室で鋭いコメントが出ると、それを既知の事実へと変える習慣があるのだ。

ルースは、シンクが汚れた皿でいっぱいになっていることに気がついた。だが、うんざりした顔をしないように気をつけた。「タイムズスクエアに放射性物質をまき散らす汚染爆弾が落ちたとか？　あるいは、発電所への組織的な攻撃とか？」ルースは自分のことを想像力豊かだと思ったことはなかったが、いまはそういう才能もあるかもしれないと思いはじめていた。もしまちがっていればパラノイアの戯言に聞こえるだけだったが、生まれてからいままでに――いや、ここ十年だけを見ても――どれだけのことが起こり、忘れられてきたか、考えてみればいい。

「憶測は避けるべきだよ」G・Hは理性的だった。

鍋のなかにトングが入れっぱなしになっていた。触ると金属が冷たかった。クレイは四つの深皿にパスタをよそい、順番に電子レンジにかけた。「ニューヨーク市内の発電所はどこにありましたっけ？」クレイのように頭の切れる者にとってさえ、人生には未知の事柄がたくさんあった。クレイはそれを驚嘆すべきこと、あるいは意義深いことだと思った。「クイーンズにあったと思うんですが。それとも川のそばだったかな？」

「誰かがタイムズスクエアでスーツケースを爆発させるの。それで、仲間が発電所でおなじことをする。同時多発的カオスね。信号が全部消えてしまったら、救急車も通りを抜けられないでしょう。だいたい、病院に自家発電機はあるのかしら?」ルースはありがとうといってパスタの皿を受けとった。ほかにどうしたらいいかわからなかったので食べた。空腹ではあった。パスタは温めすぎだったが、おいしかった。どうして手をつけるのをためらったのか、自分でもよくわからなかった。「ほんとうにご親切に、どうも」

アマンダは食べながらうっかり音をたててしまった。突然ものすごく食欲を感じた。官能の悦びが生を実感させてくれるのとおなじように、アマンダは飲みすぎると空腹になった。「どういたしまして」

G・Hは食べ物が体のなかで作用するのを感じた。「おいしいですよ、どうもありがとう」

「有塩バターを使ったんです」アマンダは自分がゲストなのかホストなのかよくわからなかったので、説明する必要があるような気がした。どちらの役割をやめていいのか、はっきりしてほしかった。「ヨーロッパのバターでした、円筒状の。とても簡単なレシピなんです」おしゃべりをしていれば、居心地の悪さが軽減されると思った。これをよその人に出すのは恥ずかしかった。このメニューはまえに即興でつくっただけのもので、それがレパートリーの一つになっていたのだ。近い将来の夏、どこかほかの貸別荘で、ハーヴァードやイェールから帰宅した子供たちから、日射し降りそそぐ子供時代の思い出の特別料理をつくってよ、といわれるところを想像するのが好きだった。「休暇のときは、食事は簡単にするのが好きなんです。ハンバーガーとかパンケーキとか、そういうもので済ませるんですよ」

「わたしがお皿を洗うわ」ルースは自分のキッチンに秩序を取り戻せば気持ちがおちつくと思った。ただ礼儀正しくふるまいたい気持ちもあった。

「いまこうしてここにいられて、お二人には感謝しています。食事もできて、ずっと気分がよくなりましたよ。もう一杯飲もうかな」G・Hはグラスにおかわりを注いだ。人間だったら投票できるくらいの年代の熟成ウイスキーだった。特別な機会のための酒だったが、いまがその機会と思ってもいいだろう。

「ご相伴にあずかります」クレイは自分のグラスをG・Hのほうへ滑らせた。「ここには心配すべきことなんかなにもありませんよ」タンブラーのほうがよかった。グラスは重いし、高価で、床に落とさないようにつねに気をつけていなければならなかった。

まったくの他人だったので、この夫婦はG・Hに誇張癖がないことを知らなかった。車を運転していた一時間半のあいだに、G・Hの不安は寝かせておいたパン生地のように倍に膨れあがった。「ほんとうに気がかりでしたよ」G・Hは望みをかなえたが、今度はこの男とこの女に自分のことを理解してもらいたかった。二人の疑念が感じとれたから。

ルースは石鹼水と、黄色いスポンジと、レモンの香りと、きれいになった熱い皿のたてるキュッキュッという音のおかげでおちついた。これに先立つ一時間半は、宙ぶらりんの状態でスピードにさらされていたのだ。現代の生活は尋常でないテンポで進み、そんなつもりがなくとも、車や飛行機のおかげで人はみなタイムトラベラーになってしまった。ルースは車の窓から外の暗闇を見て身震いをし、G・Hの膝に手を置いた。そしてこの場所、この家のことを思った。堅固につくられ、趣味のよい内装を施され、すばらしい場所にあって、まちがいなく安全な場所だった。キッチンに赤の他人がいるというこの厄介な問題を除けば。「それはずいぶんと控えめないい方ね」

「停電か。ハリケーン・サンディのときみたいだな」クレイは根拠のない爆発の報道を思いだした。有害産業廃棄物除去基金（スーパーファンド）のせいでできたヘドロがゴーワヌス地区から上水道の水源に流れこみ、飲料水の一口一口に発がん性物質が混じっていると噂（うわさ）された。停電は一日半つづいた。魅力ある非常事態ではあった――カードゲームや読書に没頭することができた。明かりが戻ったときには、クレイはアップルパイを焼いた。

「あるいは二〇〇三年」アマンダがいった。「配電網が駄目になったときのこと、覚えてる？」

「マンハッタン・ブリッジを歩いて渡りました。妻に電話がつながらなくて」クレイは妻の手に手を重ねた。懐旧の念と独占欲の垣間見えるしぐさだった。「ものすごく心配でした。もちろん、9・11のことは誰もが覚えていると思いますが、それだってあの日よりはマシだった」

ある特定の地区について相手より詳しいような態度を取ることを、ニューヨーカーは独自の特権と思いがちだが、誰でも自分が住んでいる場所には独占欲があるものだ。人が災害について語るのは、忠誠心を示すためである。古くから知るその土地の最悪の部分も見てきたといいたいのだ。

「もちろん、わたしも9・11を思いだしましたよ」ルースは生ごみを排水口に流し、生ごみ処理機のスイッチを入れた。「いまこの瞬間にも人が死んでいるとしたら？　数年まえのことを覚えてる？　ウェストサイドで自転車専用道路に乗りいれたトラックの運転手がいたでしょう？　ニュージャージーでトラックを借りたばかりだったのよね。それであんなに大勢の人を殺してしまった。むずかしいことなんてなにもなかった。なんの計画もせずに、あんなことをしでかした」

「明かりだよ。すべての明かりが――」他人が昨夜見た夢の話に興味を持つ者などいないことはG・Hにもわかっていた。これは夢ではなく現実だったが、自分の目で見なければわからない物事もあるものだ。

クレイはとりあえず人の話を聞いたらほんとうなのだろうと信じた。「きっと朝になれば――」

「もう朝よ」ルースは窓に映ったクレイと目を合わせた。ちょっとした小細工だった。

「つまり、日の光のなかでは物事がちがって見えるということですよ。自己啓発の決まり文句みたいですが、あれも真実に根差したものですからね」弁解がましく聞こえたが、クレイはほんとうにそう思っていた。世界は人が思うほど恐ろしい場所ではないのだ。

「どう説明したらいいのかしら」ルースはタオルで手を拭き、かけるべき場所にタオルを戻した。明かりのともったビルは生き生きとしていた。灯台さながらに。ところが暗くなると、それが消えてしまった。デビッド・カッパーフィールドがマジックで自由の女神を消してみせたみたいに。突然明かりがなくなったことから、ルースはさまざまな連想をした。なにか消されたもの、スイッチが切られたもの、変化したもの。そしてそれが疑問を招いた。いったい何が消され、スイッチを切られ、変化したのだろう？

「不安になったのですね」クレイは理解を示した。

ルースは現状から一つだけ学んでいた。暗黙の同意ですべてがまとまるのだ、ほんとうに。なにかを解決するには、それに臨むみんなが黙って心を合わせようとするだけでいい。混乱を防ぐための決まった仕組みなどなく、秩序への信頼を共有するだけでいい。「そう、不安だった。いまも不安なまま」この最後の言葉も囁きというほど小声ではなかった。ルースは恥ずかしくはなかったが、ほんのすこしきまりの悪い思いはしていた。こんなことをいうと、怖がりなおばあさんと思われるのではないか？

「あしたになればもっとなにかわかりますよ」クレイはそう信じていた。

「北朝鮮だったらどうしましょう？　自分のおじを犬に食べさせたと噂されてる、あの太った男のせいだったら」ルースは自制できなかった。「爆弾だったら？　ミサイルだったら？」確か一年まえだったか、ハワイにデマが流れたことがあった。ひどい誤報かなにかのせいで、行楽客も、新婚旅行者も、退学者も、主婦も、サーフィンのインストラクターも、美術館のキュレーターも、自分たちを全滅させるために朝鮮半島からミサイルが飛んでくると思ったのだ。人生最後の三十二分間をどう過ごしたいだろうか。地下の防空壕を探す？　友達にテキストメッセージを送る？　子供にお話を読んで聞かせる？　配偶者とベッドに入る？　おそらく誰もが自分たちの破滅をCNNの実況中継で見るだろう。それとも地元局が逃げずにクイズ番組を流し、人々は〈ザ・プライス・イズ・ライト〉を見ながら死ぬことになるのだろうか。

「北朝鮮？」そんな場所の名前は聞いたこともない、とでもいうような調子でアマンダがいった。外モンゴル人かもしれないではないか？　リヒテンシュタイン人とか？　ブルキナファソ人とか？　だいたい、アフリカに爆弾はあるのだろうか？　ロリン・マゼールが平壌で指揮棒を振るっているところなら見たことがあった。ケーブル局の特派員か誰かが緊張緩和を請けあい、まえの大統領か誰かが平和を請けあった。アマンダには北朝鮮人について考える時間はなく、ルースがいっていたような、犬に人を食わせる話などまったく知らなかった。朝鮮人に関して非難したいことがあるとすれば、彼らが犬を食べる点だ、とアマンダは思った。

「北朝鮮じゃないよ」G・Hは首を横に振ったが、抗議するとしてもこの程度が限度だった。ルースを叱りつけることなどできなかった。ルースはかの有名女子大学、バーナード・カレッジの卒業生なのだ。どんな質問にも即答だった。G・Hは手首にはめた重たい腕時計をもてあそんだ。緊張気味のときに出る癖だと自覚していた。G・Hはイランに――ことによればプーチンにも――賭けていた。もちろん文字どおり金を賭けたわけではない。それは法律に反する。しかしG・Hは馬鹿ではなかった。

「どうしてわかるの?」いまや――疑問符の一つくらいはつくが――安全だったので、ルースは車に乗っていたあいだ喉もとに抑えこんでいた怯えをようやく認めることができた。車のなかではいえなかったことがやっといえた。口に出すことで不運をもたらし、燃料が空になったり、タイヤがパンクしたりするのではないかと恐れて黙っていたのだ。ルースは無言のまま娘や孫たちの顔を思い浮かべていた。無神論者の祈りだった。イスラム原理主義者。チェチェンの狂信者。コロンビアやスペインやアイルランドの反逆者。常軌を逸した人々はどこの国にもいる。

「しかしそれなら轟きが聞こえたはずでは?」クレイはおなじみの感覚を味わっていた。家具を組み立てたり、車がおかしな音をたてたりしたときにはいつも、自分はなんてものを知らないのだろうと思った。だからクレイの意見では、自分の知力など限られたものだと自覚する能力こそ本物の知力だった。この哲学のおかげでクレイは救われていた。「きっと……何かが聞こえたはずでしょう。爆弾だったら」

「私は9・11には〈バルタザール〉で朝食をとっていたんですが」G・Hは絹のような舌ざわりのオムレツや、塩けの効いたポテトフライを思いだした。「ツインタワーから二十ブロックも離れていないはずですよね？　しかしまったくなにも聞こえませんでしたよ」

「9・11の話はやめませんか？」アマンダは居心地が悪かった。

「サイレンは聞こえましたし、その後レストランにいた人々が噂しはじめたので――」

ルースは所在なげに指でカウンターをたたいた。暗闇について説明するなら、ほんとうに稀なものであるとしかいいようがなかった。ふつうならつねに周辺に明かりがあった。〝ここは暗い〟と認識するための対照となる明かりがなにかしらあった。針であけた穴のような星とか、ドアの下から洩れてくる光とか、電化製品の発する微光とか。自然と現れる、しかも猛スピードで現れるというのが、光の最も際立った性質ではないか？

クレイは無意識のうちに指紋でスマートフォンのロックを解除した。画面に子供たちの写真が映し出された。十一歳のときのアーチーと、まだ八歳だった、小さくてぽっちゃりした無垢そのもののローズ。いまとなっては消えてしまった幼さの証拠を目にするのは驚きだった。もっとも、クレイがこの写真をほんとうに見ることはふだんあまりないのだが。小さな四角い画面に現れる情報や、スマートフォンそのものの魅惑的な輝きに幻惑されてしまうのだ。電話がそばにないとチリチリするような疼きを覚えた。クレイは一月に、新年の決意のつもりで、眠っているあいだはスマートフォンをべつの部屋に置くことに決めたのを思いだした。しかしニュースを読むにもたいていスマートフォンを使っていたので、つねに情報を得られる状態でいることは新年の決意と同等の価値があると思いなおした。「まだなにもわかりませんね」クレイはいった。わざわざ口にはしなくとも全員が訊きたいはずの質問に先んじて答えたのだ。四人は寝ることにした。

12

地下室を仕上げてあったのは、もともとルースの母親のためだった。威厳たっぷりなしわだらけの人物で、シルクのスカーフとカラーコーディネートされたスーツをしっかり着こんでいた。二人と一緒に暮らすようになったのは、彼女が九十歳になったときだった――さんざん文句をいっていたが、シカゴの冬は過酷だったし、そばで見守っていられる人間がほかにいなかったのだ。シカゴの家はルースが売却の手配をし、売却金をきょうだいに分配して、母親を来客用寝室に迎えいれた。母親はよくメトロポリタン美術館まで歩いていき、印象派の絵画を眺めたあと、ダイニングルームに腰をおちつけてお茶とマンハッタン風クラムチャウダーを楽しんだ。もしいまも生きていたら、寝室の三つある地上十四階のアパートメントで身動きが取れなくなっていたところだった。そうならなかったのは小さな幸運だった。

G・Hは先に立って階段を降りた。地下室へは二人ともほとんど行ったことがなかった。都市住民にとっては夢のようなものだった——必要のない部屋があるなんて。G・Hは明かりをつけて回った。こんなにも明かりが安全と直結し、暗闇がその対極にあることに、いままで気づいていなかった。子供のころでさえ暗闇を怖いと思っていなかったので、これは意外だった。

「足もとに気をつけて」いくらか妻へのやさしさを発揮して、G・Hはいった。

「ここはわたしの家なのよ」ルースはしっかり手すりをつかんでいた。この事実を強調することが重要な気がした。

「まあ、彼らは料金を支払ったんだから」G・Hはスピードを出してここまで運転してきたが、どうしても振り払えないものがあった。ずっと無口だったのは特別な重荷のせいだ。なにかがおかしい、ほんとうにおかしいとわかっていたからだった。「放りだすことはできないよ」なにかが迫っていることはまえまえからわかっていた、とはいいたくなかった。直感を働かせるのがG・Hの仕事だった。利回り曲線（イールドカーブ）が効率の悪い進み方をするシャクトリムシさながらにつりあがったり落ちこんだりするのを見れば、知る必要のあることはすべて語られているも同然だった。あの放物線のようなパラボラアンテナを信用しないだけの分別はあった。前兆以上のもっと強い見込みとして、自分たちの身になにかが降りかかりつつあった。それはすでに定められたことだった。

「あの人たちがキッチンをどんなに汚していたか見たでしょ」〝母さんならあれをどう思ったかしら？〟とわざわざいう必要はなかった。母親の気配はいつもそばにあったから。この地下室は彼女のためにつくられたものだ。家の裏側をめぐる外の傾斜路は、階段よりも移動が容易だった。しかし母親は一度も来ないまま亡くなった。ルースには、自分が母親の劣化コピーになりつつあることがわかっていた。つまりは年を取ったということだ。否応なく起こることだった。気がつくと孫たちを抱いていた――双子だ！　当の孫たちには母親が二人いるという事実についてはなにもいわなかった。クララはマウント・ホリヨーク大学の古典文学の教授だった。マヤはモンテッソーリ教育の学校の校長だった。二人は大きくて寒い、小塔のある下見板張りの家を所有していた。ルースの母親だったら、モカカラーの肌をした曾孫たちを勘当していただろう。肌の色はクララのきょうだい――シリコンバレーでなにやら仕事をしているというジェイムズ――からの遺伝のなせる業だった。双子の少年たちは母親の両方にそっくりだった。そんなはずはないと思うなら、まあこれを見てほしい。これがほんとの白黒写真、なんてね。

　G・Hは明かりをつけた。まだ電気が来ていることに、立ち止まって感謝するのを忘れていた。地下室には大きなクローゼットがあった。中身は秘蔵のデュラセル乾電池や、ヴォルヴィックのボトルの詰まった平箱、〈ランチョ・ゴード〉の豆が何袋か、栄養食品のクリフ・バーが何箱か。それから、田舎にはネズミが出るので、〈バリラ〉のフジッリは頑丈なプラスティックケースに入れてあった。あとはツナの缶詰がいくつか、ガソリン缶のようなサイズのオリーブオイル、安いが悪くない〈マルベック〉のワインが一ケース、シーツや枕カバーは真空の圧縮袋に入れ、なかの空気を抜いてあった。二人なら、まあひと月くらいは——それより長くは無理だとしても——快適に引きこもっていられそうだった。G・Hは吹雪だって来るなら来いという気持ちだったが、いままでのところここで雪に降りこめられたことはなかった。地球温暖化の影響だといわれていた。

ルースは聞こえたしるしになにやらつぶやいた。二人は改装にお金をかけすぎていた。改良が中毒になっていた。G・Hの仕事はお金を確保しておくことだった。実際の出費はただの数字のように感じられて、建築業者のいうなりに払った。業者のダニーは、この人のまえで馬鹿な真似をしたくないとほかの男たちが思うようなタイプだった。人間関係においてセックスはいつだって結局は支配力を持つものだが、それと似た意味合いで支配力を持った男だった。人はダニーにいわれたことをやり、最悪の瞬間にあっても、まずはダニーに笑われることを心配するのだ。G・Hとルースの小切手は、ダニーの娘が通う私立学校の一年分の学費になったはずだった。だから二人は家を貸しだしたのだ——かかった費用を回収するために。

「地下はなんだかにおうわね」ルースは顔をしかめたが、ほんとうに悪臭がするわけではなかった。ローザが屋内の清掃をし、ローザの夫が芝生の手入れをして、子供たちもやってきて手伝った。ファミリービジネスだ。一家はホンジュラス出身だった。ローザがにおいを残すはずがない。カーペットのけばの立ち方で、使われたことのないこの地下室にさえローザが掃除機をかけたことがわかった。寝室にはソファとテーブルと壁かけ式のテレビがあり、整えられたベッドは使われるのを待っていた。ルースは腰をおろし、靴を脱いだ。
「におわないよ」G・Hはベッドの端に腰かけた。思ったより勢いよくドスンと座ってしまった。こういうときには、ついため息が洩れた。朝になって安堵しているところを思い浮かべようとした。ラジオからおかしなニュースが流れるのだ——アライグマの一群がデラウェアの変電所に押しいって東海岸一帯の電力を停止させたとか、どこかの下請け会社の新米従業員が最悪の初日を過ごしたとか。われわれはなにを心配し、なにを怖れているのだろう？　結局のところ株式市場の信頼はすぐに回復するだろうし、そうなれば冷静な投資家たちが思いがけず大きな収入を得るだろう。

ルースは途方に暮れていた。ふだんなら決まって、まずは自分たちの特別な所持品や必需品の詰まったキャビネットの鍵をあけるところだった。水着とビーチサンダルとか、〈資生堂〉の日焼け止めとか、〈エルメス〉のウールのピクニック用ブランケットとか。食品庫には、缶入りの〈マルドン〉の塩や、〈イータリー〉のオリーブオイルのボトル、恐ろしいほど鋭利な〈ヴォストフ〉の包丁、〈ルクサルド〉のチェリーの瓶詰めが四つ、それに〈クラセアスール〉のテキーラと〈オーバン〉のウイスキーと〈ヘンドリックス〉のジン、以前に招いた客人たちが土産として持ってきたワイン、ドライベルモット、ビターズがあるはずだった。こうした所持品と再会を果たし、表面を撫で、部屋のあちこちに配置するところまでやって初めてほんとうにくつろげるのだ。服を脱いで——裸同然の恰好で家のなかを歩きまわることもできないなら、田舎に家を持つ意味などないではないか？――お気に入りのカクテル、マンハッタンをつくり、プールかジャグジーに滑りこむ。あるいはまっすぐベッドに入ってもいい。二人はいまでもベッドをともにしていた。例の効果絶大な青い錠剤の助けを借りて。「なんだか怖い」

「なにはともあれここに着いた」G・Hはいったん口をつぐんだ。思い返すことが重要だったから。「ここは安全だよ」G・Hはトマト缶のことを思った。何カ月ももつくらいあったはずだ。

バスルームの引出しに未開封の歯ブラシがあった。洗いたてのタオルが軽快に丸められ、小さなピラミッドになるように積まれていた。ルースはシャワーを浴びた。体がきれいになるとすっかり気分が変わった。寝室のドレッサーのなかに、よく覚えていないが昔チャリティ・ランに参加したときのTシャツと、どこで入手したのかも忘れてしまったショートパンツがあった。身に着けたとたんにばかばかしく感じた。こういう安っぽい衣類を着ている姿を階上にいる人たちに見られたくなかった。

G・Hは、興味があったので寝室のテレビをつけてみた。なにも映らなかった。チャンネルを次々替えても、青い画面があるだけ。G・Hはネクタイを外した。義母が生きていたときには、そこにいるだけで非難されているような気分になったものだった。G・Hは自然体でいることに慣れきっていて、それでよかったのだと信じていた。マヤの様子を見にきたとき、義母は毎日十四時間も働いているなんてといってG・Hを責め、高層階に住んでいることを非難し（不自然よ！）、あなたたちのニューヨークでの生活なんて幻よとのたまった。G・Hは揺さぶられ、一家は生活を変えた。セントラルパーク沿いのアパートメントを買い、マヤを私立の進学校であるドルトン・スクールに入れ、あとは慎ましく暮らした。実際、ときどき地面を踏みしめたい気持ちはあったのだ。年長者の知恵は馬鹿にならなかった。

体から湯気を立てながらルースが戻ってきた。

「テレビを試したよ。おなじだった」ちがうことを期待していたわけではないが、一応ルースにも報告しなければと思った。

ルースは清潔な寝具にもぐりこんで、身動きしながら整えた。風がうるさかった。「それで、なにがあったんだと思う？」ルースはご機嫌を取られるのはいやだった。

G・Hにはルースのことがわかっていた。何十年も一緒にいるのだから。「結局なんだったのか聞いたら、笑ってしまうようなたぐいのことじゃないかな。私はそう思うよ」ほんとうはそう思っていなかった。だがときには嘘（うそ）をついたほうがいいこともある。G・Hは鏡に映った自分の姿を見て、自分たちのアパートメントを、自分たちの家を、ウォークイン・クローゼットにあるスーツを、何週間もかけてリサーチしてから設置したコーヒーメイカーを思った。そしてマンハッタン上空を飛ぶ飛行機のことを考えた。あの街が暗くなっているのは、乗客にはどう見えるだろう。それからマンハッタン上空を飛ぶ飛行機の上の通信衛星を思い浮かべ、それが撮っているはずの画像や、見せてくれるはずのものを想像した。飛行機の上の通信衛星よりさらに上にある宇宙ステーションのことを考え、そこにいる多民族、多国籍の科学者たちが独自の高みから眺めたらなにが起こっているかわかるのだろうかと思った。距離をおいたほうがはっきり見えることもある。

G・Hは電気は必需品であると理解していた。市場の加減で簡単に価値が変わるものではないと思っていた。アメリカの金融の中心地からプラグを抜くことなど誰にもできないはずだった。そんなことになったら、各種保険会社は何十年もかかる係争を抱えることになるだろう。ニューヨーク市から電気が消えるとしたら、それは神の御業(みわざ)だった。神の御業。義母が口にしそうな言葉だった。

13

人は子供の声がすると目が覚める、いや、子供がそこにいるだけで目が覚めるものだ。アマンダは、ローズの湿った息が耳にかかるまえから、ぽっちゃりした体がクレイとのあいだの隙間に入りこんできたのを感じた。

「ママ、ママ」腕にかけられたやわらかな手は、穏やかではあったが執拗だった。

アマンダは身を起こした。「ロージー」そういえば去年、〝ジー〟は卒業すると本人が宣言したのだった。「ローズ」

「ママ」ローズは完全に目を覚ましていた。夜のあいだに復活していた。それこそバラが花ひらくように。生まれたときからずっとこうだった。朝になると、なにかがしたくてたまらないのだ。目をあけるとすぐに床に飛びおりた（階下に住むミセス・ウェストンは、おなじく百平方メートル程度のスペースで娘二人を育てていたので、文句をいってきたことはなかった）。

兄がどうして十一時とか、十二時、一時まで寝ていられるのか、ローズには理解できなかった。なにをするにもワクワクするのは朝だった——顔を洗うのも、服を選ぶのも、本を読むのも。ローズは夢中で過ごした。なんでもできた。下の子供として生まれたら、なんでも自力でやることを覚えるものだ。「テレビがおかしいの」

「ハニー、そんなに緊急の用じゃないでしょ」アマンダはそういってから思いだした——これは緊急放送システムです。そしてたるみきった枕をたたいてきちんと直した。

「めちゃくちゃなんだよ」最初のいくつかのチャンネルは白黒で、光が踊っていた。その後は真っ白になり、なにもなくなった。

夫妻は寝るまえにブラインドをおろすのを忘れていた。外は明るかったが、直射日光は入ってこなかった。曇っていたわけではなく、時間が早いからだった。来るかもしれないと思っていた嵐は、ここには来なかった。ベッド脇のずんぐりした置時計を見ると、七時四十八分から七時四十九分に変わったところだった。そう、電気だ。停電だった。「なんでかしらね」

「直せないの?」ローズはまだ、親にできないことはないと信じている程度には幼かった。

「ひどいよ、休暇旅行なのに。休暇中はテレビも映画も見たいだけ見ていいっていってたのに」

「パパがまだ寝てるのよ。リビングで待ってて。いま行くから」

ローズは足を踏み鳴らしながら出ていき——ローズのいつもの歩き方だ——アマンダはスマ

ートフォンを手に取った。アマンダとの再会がうれしいかのように画面がついた。アマンダもうれしかった。ニュース速報は一つだけでなく、四つもあった。しかしまえとおなじく、見出し以外は見られなかった。通知をクリックしても、画面は一瞬つながろうとしただけで、結局つながらなかった。おなじ見出しだった。〝アメリカ東海岸で大規模停電発生〟。それから〝ハリケーン・ファラー、ノースカロライナに上陸〟。次が〝速報：アメリカ東海岸で電力障害〟。最後は〝速報〟のあとに意味不明な文字列が並んでいた。テレビが映るといいけれど、とアマンダは思った。公共ラジオ放送(NPR)を聴くのはやめていた――四歳だったロージーが朝のニュース番組のホストを真似て「おはようございます、デイヴィッド・グリーンです」と自己紹介し、七歳だったアーチーがフェミニスト・パンクバンドの名前を聞きかじってプッシー・ライオットってどういう意味？　と訊いてきたときに。たくさんのものから子供たちを守らねばならなかった。

アマンダがシーツをならしていると、手がクレイの尻にぶつかった。「クレイ」夫はなにやらつぶやき、アマンダは夫の肩を揺さぶった。「起きて。見て」

クレイの口からは酸っぱいにおいがし、目は焦点が合っていなかった。アマンダは電話を夫の顔の正面に突きだした。クレイはよくわからない音を発した。

「見て」アマンダはもう一度電話を振った。

「見えない」目が覚めた瞬間には、なにも見えないものだ。目に力を入れて焦点を合わせなければならない。しかしいまはスマートフォンの画面が消えて暗くなっていた。

アマンダは画面を突いていった。「ほら、これよ」

「なに？」クレイは昨夜のことを思いだしたが、眠りから覚醒状態への切り替えはそうすぐにはできなかった。「だれもぼくたちを殺さなかったみたいだね」

アマンダは無視していった。「ニュースを見て」

クレイの目のまえの画面にはなにも書かれていなかった。「アマンダ、なにも書かれてないよ」日付と、いつもの写真――二年まえのクリスマスカードに使った子供たちのスナップ写真――があるだけだった。

「ここに出てたのに」アマンダはクレイにこの情報の重荷を一緒に背負ってもらいたかった。

クレイはあくびをした。ずいぶん長いあくびだった。「ほんとに？　なんて？」

「もちろんほんとよ」そうだろうか？　アマンダはスマートフォンをじっと見た。「通知はどうやって見たらいいの？　アプリがひらかないんだけど。でも四つあった。きのうとおなじ停電の件と、停電関係のべつの一件と、ハリケーンがどうのっていう一件と、〝速報〟とだけ書いてあった――」

「なんの速報？」

「ただでたらめな文字列が並んでただけ」

「だいたい、〝速報〟は乱用されすぎてるよ。速報：オーストリアの議会選挙では自由民主党がリード、とか。速報：アダム・サンドラー、次の映画が自作のベストと語る、とか。速報：自動アイスクリームメイカーを発明したドリス・なんとか死去、享年九十九歳、とかさ」

「ちがう、そういうんじゃなかった。ちゃんとした言葉でさえなかったの。文字が並んでるだけで。きっとなにかのまちがいね」

「たぶんネットワークのせいじゃないかな。携帯用の回線の。配信のときにおかしくなったんじゃないの？　それも停電の影響かな？」クレイには世界のなりたちがよくわからなかった。だがほんとうにわかっている人間などいるのだろうか？

「スマートフォンの故障だと思う？　それとも、単にこの場所のせい？　ここに着いてから電話の動きにむらがあるから。町なかではちゃんと動いてたんだけど。食料品店に行ったときとか」

「人里離れた場所だからね。去年もあったじゃないか、覚えてる？　去年借りた家はここほど辺鄙（へんぴ）な場所でもなかったのに」

それとも――アマンダは口には出さずに思った――《ニューヨーク・タイムズ》まで影響を受けるほど、ものすごく悪いことが起こったとか。アマンダは立ちあがり、ベッド脇に置いたボトルから水を飲んだ。室温になっていた。もっと冷たい水がほしかった。「ニュース速報が四つ。選挙の日の夜だってこんなにたくさん入ってこなかったのに」アマンダはバスルームへ行き、用を足すあいだも電話の画面を見ていた。電話はもうなにも伝えてはこなかった。

クレイは夜のうちにどこかに紛れていたトランクスを穿きなおし、裏庭を眺めた。嵐の前兆があったわりには、ふつうの夏の朝だった。風も弱まってきたようだ。いや、もっとよく見ていれば——部屋から見えるよりもっとそばで見ていれば——その静けさが風への反応なのだとわかったはずだった。虫の音がやんだことに気づいたはずだった。鳥が鳴いていないことにも気づいたはずだった。そしてそれに気づいていれば、奇妙な瞬間だとわかったはずだった。雲がよぎって月が隠れ、一時的に陰になるのが動物たちに理解できないのと似たようなものだった。

アマンダはバスルームを出て、順番を待っていた夫のそばを通り過ぎた。「コーヒーを淹れるわ」薄いコットンのポケットのなかで、スマートフォンが重く感じられた。

ローズはキッチンのアイランド型のカウンターでシリアルを食べていた。深皿を取って、そこにシリアルを入れ、バナナをスライスして、牛乳を注ぐところまでするのに大人の手助けが必要だったころ(そう遠い昔ではない)をアマンダは思いだした。当時は努めて苛立ちを抑え、こういう時期はあっという間に過ぎるものだと自分にいい聞かせたものだった。それがいまはほんとうに過ぎ去っていた。子供たちに子守唄を歌ってあげたことにも、お尻の穴から排泄物を拭きとったことにも、五体満足で生まれてきたときとおなじ息子の丸裸の姿を見かけたことにも、最後の一回があった。いつが最後になるかは、なってみなければわからない。まえもってわかっていたら、人生を先へ進めることができなくなってしまう。「あら、食べてるのね」

アマンダはコーヒーの粉をすくい、ペーパーフィルターのなかへ落とした。またなんの変哲もない、すばらしい一日がはじまるはずだった。

「ママのパソコンで映画を観てもいい？」

「インターネットが切れてるのよ、ハニー。切れていなかったら、ネットフリックスを見せてあげたんだけど。聞いて。話しておかなきゃならないことが――」

「今回の休暇、最悪」核心をついた発言だった。不当な評価ではあったが。

「――きのうの夜、ある人たちが――ワシントンさんっていうんだけど――この家の所有者ね、その人たちがここに来たのよ、それで――」ここで必要な名詞はなんだろう？　「問題があって。その人たちの車に。ここからそう遠くない場所だったから、二人はここに来たの。今週はわたしたちに貸してるってわかってはいたんだけど」母親として、いや、単に人として、進んで嘘をつかねばならなかった。嘘も方便だった。

「なんの話？」ローズはもう注意を払っていなかった。ヘイゼルにテキストメッセージを送って、彼女がどうしているか知りたい、と思っていた。まさにいまこの瞬間にもヘイゼルはテレビを見ているかもしれなかった。

「車の調子がおかしくて、ここから遠くない場所だったから、わたしたちがここにいるのは知っていたけれど、二人はここまで来て事情を説明しようと――」わざわざ隠し立てするまでもなかった。子供というのは複雑な物事を――じつは単純な物事さえ――頭のなかにとどめておくことができなかった。それに、気にかけてもいなかった。すばらしきナルシシストたち。

クレイはトランクスだけの恰好で、眠そうな目をしていた。「そのコーヒーをすこしもらえるかな」

アマンダはマグを満たした。「ローズにワシントンさんたちのことを話していたところ」

「パパ、テレビが映らないの」ローズはクレイの腕をぐいと引っぱった。父親こそ、気にかけてくれる相手、助けてくれる相手だった。

熱い液体がクレイの右足に飛び散った。「おいおい、おちついて」

「使ったお皿をシンクに入れておくのを忘れてない？」アマンダは本を読んで、子供たちが聞きいれる話し方を学んでいた。「クレイ、服を着たほうがいいんじゃない。あの人たちがいるんだから」ちょっと無礼に聞こえるいい方だった、とアマンダは思った。「ワシントンさんたちが。すぐ階下にいるんだから」

「パパ、テレビを直せる？」

「そんなに急かさないでくれ」もしかしたら、テレビを見ていい時間についてすこし寛容になりすぎたかもしれない。依存症の患者に薬を分け与えるみたいに。しかしクレイはローズの懇願には抗えなかった。よちよち歩きの幼児だったときには、一種独特の声で呼ばれたものだった。娘が父親を必要としているのだ。クレイはコーヒーを置き、リモコンをいじった。雪だった、受信が切れているときに映るものをすこしばかり詩的にいえば。「ああ。映らないみたいだね」

「なにか——リセットするとか、できないの？　それか、屋根に登ってなにかするとか？」

「誰も屋根に登ったりなんかしないわよ」アマンダがいった。

「屋根には登らないよ」クレイは夜中のパスタで膨らんだ、ぽつぽつと毛の生えた腹を引っかきながらいった。「それに、問題がここに、屋根の上にあるのか、それとも——どこかほかの場所にあるのか、よくわからないんだよ」クレイは身振りでまわりじゅうのすべてを指し示した。世界全体について答えを出せる者などいるだろうか？　だいたい世界は……まだそこにあるのだろうか？　「外に行って座っていたらどうかな。ぼくもすぐに行くよ——ただ、そのまえに、ちょっとママと話があるんだ」

　ローズはどちらかというとテレビのほうがよかったが、なにかやることがほしかった。父親が遊んでくれるならそれでもよかった。「すぐ来てくれる？」

「二分で行くよ」クレイはローズの向こうの朝の景色を見やった。すっきりしない、淡い黄色だった。

　ローズは答えた。「いいよ（ファイン）」思春期に特有の発音だった。この年ごろの子供たちは、四文字ならどんな言葉でもいやに熱をこめていう。朝は静かで、きれいだったが、テレビ番組ほどおもしろくはなかった。

　ローズは大きな音をたててドアをしめた。わざとそうしたわけではなかったのだが。ヘイゼルがいる場所は、なにもかもがもっといいにちがいなかった。テレビが映らないなんてことは絶対にないだろう。インスタグラムのアカウントだって、親から鍵つきにしろなどといわれていないし。ローズは金属製の白い椅子の一つに腰かけ、森を見た。

庭も家から離れた場所ではところどころ草が生え、森の——あるいは野原であれなんであれ——縁には砂埃（すなぼこり）と落ち葉と雑草があるだけだった。その向こうの空間にシカが見えた。短い、ベルベットに覆われたような枝角を生やし、好奇心はあるが同時に退屈してもいるような雰囲気をまとい、妙に人間じみた黒い目でローズをじっと見ていた。

ローズは「シカがいる」といいたかったが、聞いてくれる人が誰もいなかった。肩越しに家のなかをふり返ると、両親が話をしているのが見えた。プールに入ってはいけないことになっていたが、もともと入るつもりもなかった。ステップを降りて湿った草の上に立った。シカはかろうじて興味を保っているかのようにローズを見た。ローズは横にもう一頭いるとは思っていなかった——そして、もうそれ以上はいないだろうと思った。ところがシカは五頭、いや七頭いて、ローズが目を慣らしてなにが見えているのか理解しようとするたびに、新しいものが目に飛びこんできた。シカは何十頭もいた。もっと上から見ていれば、何百頭、何千頭といることがわかったはずだった。ローズは屋内に駆けこんで両親にいいたかったが、そこに立ったまま見ていたくもあった。

14

ルースはぱちっと目を覚ました。記憶もすぐに戻った。眠りに落ちそうなときにビクリとするのに似た、あのおなじみの感覚だった。最初は自分だけの特異な癖かと思い、のちにふつうのことだとわかるあの身体現象だった。平凡な朝の音が聞こえた――パイプのなかを水が流れる音、誰かの足音、べつの部屋からの話し声。ルースはマヤに会いたくてたまらなかった。いまはベッドのなかにいるが、気持ちのうえではまだ車のなかにいて、娘のことを考えていた。胸に抱いた赤ん坊、膝の上の幼児、太い四肢と細い三つ編みの髪の十歳児、フランネルのシャツを着て多すぎるくらいイヤリングをつけたそっけない十代の少女、女子学生、顔を赤らめた妻、喜びに満ちた母親。すべての段階のマヤの姿が、ルースの頭のなかで重なった。ケーブルボックスの緑色の明かりが目につき、まだ電気が来ていることがわかった。スマートフォンは相変わらず世界とつながっていないようだったが、まあ、期待はしていなかった。ジョージは寝かせたままにしておき、ルースは足音を忍ばせて階段を上った。

キッチンに入ると、ダニーの勧めで取りつけた電話を手に取った。あの建築業者は、独特のやり方でジョージを支配した。G・Hは、ほかの男たちに愛情を抱くことなど考えもしない世代の人間だった。そのためなおさら、G・HがダニーOの魔力に屈する様子を見るのは楽しく、その後苛立たしくもなった。あの男は肉体労働者だった。G・Hはハーヴァード・ビジネス・スクールを出ていた。だが、ダニーは筋骨たくましく有能で、シャンブレー織りのシャツの袖をしっかりした前腕の上までまくりあげ、サングラスを頭のうしろに引っかけていた。ルースは受話器を耳に押しつけた。ダイヤルするまえの安定した低音ではなく、電話がすでに死んでしまったことを示す葬送歌が聞こえてきた。恐ろしいことに一瞬、ルースは娘の声が思いだせなくなった。マヤは――現在のマヤ、実在のマヤは――どんな声をしていたっけ？

マヤは大人になってからも、子供のころとおなじく両親を戸惑わせた。丈の長い、多彩な色柄のワンピースを好んで着た。マヤの子供たちの名前はベケットとオットーで、二人は裏庭の芝生の上を裸でちょこちょこ歩きまわった。ルースにはなぜそんな名前をつけたのかも、なぜ包皮を剝かないのかも理解できなかったが、それは自分の胸の内にしまっておいた。ルースはすこしばかり乱暴に受話器を置いた。

夫妻はリビングにいた。男は半裸で、女はゆったりした服を着ていた。

アマンダはビクッとしたのを見せまいとしながらいった。「おはようございます」

ルースはこれにふだんどおり、礼儀正しく応じた。偽善的な態度というか、不正確な態度というか、あるいはその両方だった。「電話がまだつながらないんですよ」

「ぼくたちはちょうど――けさ、アマンダのスマートフォンに通知が入っていたんですよ」

「なんて?」なぜわたしのスマートフォンはなにもいってこないのだろう、とルースは思った。このいまいましい代物をいつまでたってもうまく使いこなせなかった。

「きのうとおなじ、停電のことでした。それからなにかハリケーンのことと、停電の更新情報。あとはわけのわからない文字の羅列が一件」アマンダがこれを説明するのは三回めだった。この情報にはもうなんの意味もないように思えた。

「コーヒーをいかがですか」クレイがいった。服を着ていないのが恥ずかしかった。

「ハリケーンね。それには意味があるかもしれない」ルースはなにかしら意味を持たせようとした。

「そうなんですか?」クレイはルースにマグを(ルースのマグを)手渡した。

「ええ、たぶん関係があるんじゃないかしら。電力が阻害されたことと。可能性はあるでしょう。ハリケーン・サンディのときがそうだったじゃない。今回の嵐がニューヨークへ向かっていると聞いた覚えはないけれど、正直なところ、そんなにちゃんと注意を払っていなかったから」百年に一度の嵐が十年に一度の嵐になったという話は全員聞いたことがあった。嵐の種類を正確に説明するために新しいカテゴリーが導入されるかもしれないというのはルースも知っていた。人類が海を大きく変貌させてしまったからだ。

「子供たちになんて話したらいいのかしら」アマンダは見知らぬ女の顔を見た。彼女になにかいいアドバイスがあるかもしれないとでもいうように。それからフレンチドアのほうへ顔を向けた。全員がそちらを向き、庭まで降りて立っているローズを見た。

「いくつなの？」何年もまえ、ルースは学校の事務室で働いてほしいと頼まれた。ドルトン・スクールは多様性を求めていたのだ。だからルースには、子供たちが持っている菌にも、子供たちが振りまく魅力にも耐性があった。

「十三歳になったばかりです。先月に」アマンダはかばいだてするようにいった。「でも中身はまだほんの子供で。だからわたしとしてはどうしても……大人とは分けて考えたいんですよ」

「そんなに心配する必要はありませんよ」子供たちは否応なくその子自身の気質に沿って育っていくものであり、ルースは学校の子供たちをそういうものとして扱った。ハンサムに育った少年たちはそれゆえ愛想がよくなり、美人に育った少女たちはそれゆえ残酷になった。裕福な生徒のなかには共和党支持者になる者もいれば、ドラッグ依存症になる者も、両親の期待を超える者もいた。貧しい生徒のなかには成功する者もいたし、プリンストンをやめてイースト・ニューヨークにこそこそ戻ってくる者もいた。子供時代などほんの一時期のことだとルースは知っていた。だが、孫ができてからはすこし丸くなった。

「子供たちに、なんでもないことで大騒ぎしてほしくないんです」ルースと彼女の夫がしたのはそれだというほのめかしに聞こえないよう気をつけながら、アマンダはいった。

ルースの母親なら神を持ちだしただろう。だいたいにおいて子供のほうが親よりましな人生を送るものだが、ルースが無神論者なのはその最たる例だった。理解しがたいものに出くわすたびに神の御業として片づけていたのでは人生を切り抜けることなどできはしない。「わたしも、誰かを怖がらせたいわけじゃないんですよ」しかしルース自身は怖がっていた。「コーヒーをどうもありがとう」

「ほかにもありますよ――卵とか、シリアルとか」クレイはバナナを手にしていた。自分が霊長目の動物のように見えていることには気づいていなかった。「ちょっと着替えてきます」娘との約束はすっかり忘れていた。

ルースは腰をおろした。世間話なら安心してできた。「どんなお仕事をなさってるの？」

その安心感はアマンダにも理解できた。「広告業界で働いています。クライアント側で。人間関係の調整とか」アマンダも座り、脚を組んだ。

今度はルースの番だった。「わたしはもう退職したんですよ。入学者の選考をしていました。ドルトン・スクールで」

アマンダは思わず姿勢を正した。もしかしたらコネができるかもしれない。うちの子たちには非凡なところなどないけれど（それでもすばらしい子供たちだけど！）、なにか有利なことがあれば有名進学校にだって行けるかもしれない。教育とは暗示のようなものだとアマンダは思っていた。自分たちのような一家は、より幸運な人々の寛大さによって生かされているのだとも思っていた。「それはおもしろそうなお仕事ですね」

ルースの昔のオフィスからは、ときどきウディ・アレンが向かいの家を覗いているところが見えた。あの仕事におもしろいところは三つか四つあったが、これはそのうちの一つだった。ルースは自由の身になったのがうれしかった。「それで、ご主人は?」

「クレイですか? 大学教授です。英文学がメインですけど、メディア学も教えています」

「それがどういうものなのか、わたしにはよくわかっていないかも」ルースは、自分についての冗談のようにそういった。

じつはアマンダにもはっきりわかっているわけではなかった。「映画とか。なにかを読み解く力とか。インターネット関連のこととか。実際、そんな感じです」

「コロンビア大学?」

「市立大学です」相手の最初の予想がアイヴィ・リーグの大学だったので、期待外れの答えのようにも見えたが、アマンダは誇らしげにいった。

「わたしはバーナード・カレッジに通ったんですよ、その後、教員養成大学に行きました」ルースはこの人たちをもうすこしよく知りたいと思い、型どおりに話を進めた。ギブ・アンド・テイクだ。

「本物のニューヨーカーですね。わたしはペンシルヴェニア大学に行きました。当時のわたしには、フィラデルフィアがすごく都会に見えたんですよ。異国情緒のある都会に」アマンダは車でキャンパスに到着したときのことを思いだした。両親のカローラに寝具や電気スタンド、浴室用の小物入れ、トーリ・エイモスのポスターやなんかを溢れんばかりに積んでいた。街にはあまり活気がなかった。〝街〟と聞いて、空に届くようなビル群を想像していたのに。それでもメリーランド州のロックヴィルに比べればまし、だった。REMの〈ロックヴィル〉の歌詞は正しかった――誰もこんにちはと声をかけてきたりしない。知らないやつに話しかけるな。

「ニューヨークの大学に行けばよかった」

「わたしはね、シカゴ出身なんです」そこが出身地として最高の場所であるかのようにルースはいった。「いまでは自分のことを本物のニューヨーカーだと思っていますけどね。どこより長く過ごした場所だから」

G・Hは着替えて――汚れた下着と汗の染みた靴下はパスして、わざわざネクタイを締めたりもしなかった――ベッドを整えた。ベッドメイクをしないなど、G・Hの人生ではありえなかった。ふだんどおりに顔を洗い、身支度をしようとしたが、なんのために身支度をするのかはよくわからなかった。「おはようございます」

アマンダは立ちあがってG・Hを迎えた。自分のなかにこんな礼儀へのこだわりがあることを、アマンダはいままで知らなかった。

「なにかニュースはありましたか？」結局ほとんどなにもわかっていないのだというアマンダの報告を聞き、G・Hは自分もニュースを見たいと思ったが、同時に、市場の動向を確認したくもあった。情報がほしかった。自分が正しいことを証明したかった。「嵐が来たのは確かですね。大枝が折れていた」

「固定電話がつながらないのよ。なにが起こってもつながるってダニーがいうから設置したのに」ルースはなだめられるのはかまわなかったが、騙されるのはいやだった。

「電気はまだ来ている」これは見落としてほしくないとG・Hは思った。「きょう、ダニーのところへ行ってもいいかもしれない」テロリストにでも包囲されるようなら、一緒にいたいと思える相手はダニーだった。

「ダニーというのは？　近くに住人がいるんですか？　農家の無人販売所なら、この道に入るすこしまえに通り過ぎましたけれど。あそこに誰かいるはずですよね。もしかしたら、その人たちがなにか知っているかも」アマンダは気づいていなかったが、彼女がいま感じているもどかしさは、長時間ニコチンなしで過ごしたときのクレイの気分とよく似ていた。アマンダはここを抜けだしたかった。

「仮定の話ですが。集団ヒステリーみたいなものじゃないですか。みんなでなにか病気のようなものにかかって、おなじ妄想を抱いたとか。何百人もの人が熱で震え、発疹が出たと思いこんだ、といったような。そういうケースでは皮膚をピンク色にすることだってできるんですよ」G・Hはただ単に一つの説を披露していただけだった。

ルースが夫にコーヒーを持ってきた。「わたしがヒステリーだというのね。人が、いえ、男が女に対して使う言葉よね」

「われわれはおなじものを見た。」トロイについて予言をしたカサンドラはもちろん正しかった。

「われわれはおなじものを見た。確かになにかが起こったんだ、そこは同意できると思うがね」しかしこれは詭弁だった。なにかが起こるというのは世界の本質なのだから。

「あなたが運転したんじゃない」逃げだしたのはG・Hだ、という意味でルースはいった。

「あなたもわたしとおなじくらい怖がっていたんでしょう」

「まあ、エレベーターも止まっただろうし」二人のフロアは十四階と称されていたが、ほんとうはちがった。ビルには十三階がなかったのだ、ひどい悪運の数字だから。ただ存在しないようなふりをするほうがまし、だった。

アマンダはばつの悪い思いをしていた。この二人のことはよく知らなかったので、口げんかするところを見ていられなかった。「ダニーはどこに住んでいるんですか?」

「そう遠くないところですよ。正しい情報がないとなにもできませんからね。あとで行ってみます」G・Hは外を見た。朝の様子が奇妙に見えたが、なぜそう思うのかはっきり言葉にすることはできなかった。奇妙に思うのはこの状況のせいではなく事実だと確信できなかった。

「どこにも行ってほしくないわ」ルースは、ダニーのところに逃げ場を求める——まるで料金を払った相手ではなく、息子のように——というアイデアを一蹴した。ルースは可能性のあるすべてのシナリオを考えていた。失うもののなにもないようなイスラム教徒が自爆テロをしたとか。また飛行機が墜ちたとか——もっと多発してもおかしくないではないか？　飛行機を武器に変えるというのは見事だった。

この小さな家は安全に感じられた。アマンダには理解できた。

「衣類が必要なのだけど。清潔な衣類が」ルースはアマンダのほうを見た。

「あら。もちろんそうですよね」

「ちょっとクローゼットに入りたいだけだから」二人は家を貸してはいたが、家のなかに他人がいるのを実際に見たのは初めてだった。いままでは自分たちが来るまえに必ずローザを入れていた。だからつねに家は汚れのない、おちついた状態で二人をすんなり迎えいれた。

「クレイが着替えているから、ちょっと急かしてきますね」

ドアをあけてわたしたちを見たとき、この二人がどういう顔をしたかはいわぬが花ね、とルースは思った。誰が夕食に来たか当ててごらん？　といわんばかりだった。「ありがとう」

ルースは六十三歳だった。自分でなにかをするようには育てられておらず——それがあるべき姿だったけれど——人にやらせるようにしつけられた。それが女の身の処し方だと、ルースの母親は理解していた。男を操縦して自分の望む行動を取らせることが。「怖い」ルースは打ち明けるようにいった。「マヤと孫たちのことを思うと。マヤはわたしたちに連絡しようとしてるかもしれない」

「娘のことです」G・Hが説明した。そして手を妻の肩に置いた。「いま、その心配はしなくていい」

ルースは極地の氷冠のことや大統領のことを考えずにいることならできた。不安を寄せつけないように、自分の人生のこまごまとした物事に気持ちを集中するのだ。「イタリアに行った年のことを覚えてる？」

カラッとした暑さ、豪華なホテル、三つ編みのマヤ。甘いジュースをちびちび飲み、ローズマリーとポテトの載ったピザを食べ、車をレンタルして、田舎の別荘に泊まった。活気のない、木もほとんど生えていないような場所で、プールがあるのだけはありがたかった。マヤは、瓦礫の山と化した古代の広場を見て、どうして全部壊れちゃった場所をわざわざ見にくるのといっていた。歴史の意味がわかっていなかったのだ。時の経過など、九歳のときには想像も及ばない。六十三歳でもおなじかもしれない。この人生には、ある瞬間、いまという瞬間があるだけだった。「どうしてそれを思いだしたんだい？」

「ほかになにを考えたらいいかわからないから」ルースはいった。

15

ローズは舌に載せた飴玉(あめだま)のようにシカの秘密を何度も何度もひっくり返した。まだ、いうことを全部信じてもらえるような年齢ではなかった。きっとつくり話だといわれるだろう。大げさだといわれるだろう。子供ねといわれるかもしれない。だがローズは、きょうはいつもとちがうと感じていた——ほかに誰もそう思わなかったとしても。まず、暑かった、ありえないほど暑かった、まだ太陽が完全に昇っていないことを考えると。空気が人工的な暑さだった。温室か、植物園の展示室のなかにいるようだ。それに今朝はあまりにも静かだった。そういう状況がローズになにかを伝えていた。ローズはそれを聞こうとした。

キッチンでは、父親が老人と話をしていた。ローズはこの人に会ったことがなかった。一緒に外に来てくれるはずじゃなかったのと、わざわざ父親に思いださせるような真似はしなかった。忘れたままにさせておくほうがよかった。父親は二人を引きあわせた。

「初めまして」ローズはきちんとしつけられていた。

「こちらこそ」G・Hは自分の娘を思わずにはいられなかった。ロックつきの箱の組み合わせ数字を、娘の名前から取ったのを思いだした。

「歯は磨いたのかな？」クレイは娘に席を外してもらいたかった。

「外はものすごく暑いよ。泳いでもいい？」

「かまわないよ。まず母さんを探して、父さんがいいといったと伝えるんだ。ぼくはミスター・ワシントンと話がある」

どういうわけか、男二人は夜のうちにお互いの顔を忘れていた。きっと警察の似顔絵係に特徴を説明することはできないだろう。いずれにせよ目撃者は信用できないといわれている。たいていの人は自分のことしか気にかけていないのだ。それはこの二人についてもいえた。とりわけ、お互いに権利を主張すべき一つの家のなかにいて、そういう場合のエチケットの先例もない状態にあっては。

朝の光のなかでこの男をまた目にするのは、行きずりのセックスの相手をあらためて見るようなものだった。「よかったら外に行きませんか？」クレイが煙草を吸いたいだけだと知らなければ、この言葉は男らしく、決然としたものに聞こえたかもしれない。

「そうしましょう」G・Hは小さく笑った。シチュエーション・コメディの愛想のいい隣人の役を演じずにいるのはむずかしかった。テレビがそういう状況をつくり、黒人は調子を合わせるしかなかった。しかしここはG・Hの家だった。G・Hが物語の主人公なのだ。

二人は横のドアから出た。G・Hは土地も所有していた。茂みが正しい境界線だった——芝生は木々の壁へ向かうにつれて徐々に薄くなっていた。海辺に家を持つのとはちがった。海は大きくぼんやりと現れる。木々は守ってくれる。「外は暑いですね」G・Hは上を見あげ、空が抜けるように青白いことに気がついた。

クレイはポケットから煙草を取りだした。「ちょっとした悪癖で——すみません」

G・Hは理解を示した——男同士として。いまではもう、男たちはそういうことをあえて口に出さず、ただほのめかすだけだった。昔は、机上の灰皿を空にするのは秘書の仕事だった。いまでは〝秘書〟という言葉を口にすることすら憚られ、〝アシスタント〟と呼んだ。「わかりますよ」

二人は生け垣を通り過ぎた。砂利が足の下で心地よい音をたてた。クレイは必要以上に歩いた——生け垣が二人の姿を隠し、子供たちから見えなくなるところまで。そのほうが礼儀にかなっているような気がしたからだ。「家のなかでは吸わないんですよ」

「保証金を設定しているかいがあるというものです」借り手についてはいままで運に恵まれてきた。ワイングラスを割られたり、ドアノブがゆるんだり、石鹸の受け皿がなくなったりした程度だった——これはルースが大きな貝殻で代用した。

「アマンダからなにを見たか聞きましたか？　ニュース速報が入ったんです」これについては、

クレイは心配していなかった。文字の羅列と化した一件だけが気がかりだった。国家よりもテクノロジーのほうが心配だった。

G・Hはうなずいた。「私がなにを生業としているかわかりますか？　お金の管理をしています。その仕事をするためになにが必要かご存じですか？　情報ですよ。それだけです。まあ、あとはお金ですが。しかし情報が大事なんです。なにかしら知っていることがなければ、選択をすることも、リスクを見積もることもできない」

しかしクレイは自分でなんとかしたかった。自分がみんなを安心させたかった。そういう意味ではクレイは自己中心的だった。「車で町へ行ってきますよ。それが唯一の方法でしょう」

「もしかしたらテロじゃないかと思うんです。しかし私が怖れているのはそこじゃない。テロリストなど頭の悪い田舎者ですからね。だから神のために身を焼くよう説得されたりするんです。騙されやすいんですよ。しかし次に来るのはなにか？」G・Hはアメリカ的な暮らしをつくるシステムをかつては信頼していたが、いまはそうでもなかった。「たとえばニューヨーク市でなにか起こったとしましょう。いまの大統領が正しく対処すると思いますか？」この手のことは以前は被害妄想じみて聞こえたものだが、いまや現実問題だった。

「ぼくが真相を探ってきますよ」クレイは自信満々だった。霊長目の本能だろうか、思わず胸を張っていた。

「世話になった建築業者が、この道の数キロ先に住んでいます。善良な男ですよ。私は信頼している。彼の家へ行ってもいい」G・Hは考えを声に出していた。

クレイはニコチンのおかげでリラックスできた。「ここは安全だと思います」

G・Hはそこまで確信していなかった。「そう見えますね。いまのところは」

「あなたのご友人を煩わせる必要はないんじゃないでしょうか。ぼくが町へ行ってきますよ。新聞を買って、われわれよりなにか知っている人を探します」

「ご一緒しますといいたいところですが、ルースが賛成してくれるかどうか」G・Hはプロの交渉人なのだ。じつはただ行きたくないだけだった。

「あなたはここにいてください」クレイはなんとなく自分の父親を思いだした。「貸家に所有者がいるというのはよくあることです。ホストとして。そんなにおかしなことではありません」年配の二人にこれ以上車移動をさせるのは心配だった。それがまっとうな感覚だと思った。クレイは善良な人間に見られたかった。

G・Hはまた空を見た。「きょうはよく晴れそうですね。外はもうこんなに暑い」年を取るとこういうことがいえるようになる。まるで自然の秘めたリズムと調和しているかのように。人生の大半をミッドタウンの超高層ビルのなかでなく、トロール漁船で過ごしてきたかのように。あとでひと泳ぎしてもいい、とG・Hは思った。

クレイもつられて上を見た。黄色かった空が青くなっていた。さっきは雨になるかもしれないと思ったが、いまや完全に夏空だった。なんという思いちがいをしていたことか。

16

クレイはボタンを二回押し、車の四つの窓を同時にあけた。この機能を――こういう暑い日に人が最初に求めるのは外気だと理解していた、洞察力のある設計者のひらめきを――高く評価していた。だが、しめ切った車内の乾燥した熱気や、そのなかを舞う微細な塵や、日射しのにおいが嗅げそうなところにも一種の喜びがあった。砂利の上を走るとタイヤが独特の音をたて、次いでアスファルトに移ると音はやみ、動きもなめらかになった。クレイはゆったり、呑気に運転した。そのほうが、自分が勇敢になったように思えた。それにあの二人の滞在時間が延びれば延びるほど、あの千ドルを受けとる自分の権利が強化されるような気がした。

なにかが栽培されている畑があったが、クレイにはなにが植わっているのかまったくわからなかった。大豆と枝豆はおなじものだろうか、それともちがうもの？　そしてなにに使われるのか？　卵を売っている小さな小屋のそばをゆっくり通り過ぎた。走っていたのはつなぎの道で、まだ狭く、本式の道路とはいえなかった。GPSが動きだすのを心待ちにしてはいたが、ついきのうの朝には海へ向かう道を自力で見つけたではないか？　クレイは自分がなにをしているかちゃんとわかっていた。

人は煙草を吸うと気持ちがおちつく、本質的には深呼吸とおなじだからだ、という話を以前誰かから聞いたことがあった。路肩がなかったのでただその場に車を停め、エンジンを切った。ボタンを押すと窓が見事にそろってしまった。煙のにおいが染みつくといやだったので、クレイは車から三メートルほど離れて立った。

ニコチンが押し寄せるなじみの感覚があった。卒倒するかと思った。もたれる場所がなかったので、ただ背筋を伸ばし、まわりの世界を眺めた。静かだった。一瞬、冷えたコーラの清涼感がほしくなった。ぼんやり残った二日酔いをふり払うために。これからそれを手に入れに行く。この道をまっすぐ進み、大通りに入ってカーブを曲がり、交差点まで走る。あとは右折して海を目指す代わりに、左折して町へ向かう。ガソリンスタンドや公共の図書館、ジャンクショップ、アイスクリーム・パーラー、モーテルなどがあり、さらに先へ進むと、食料品店、ドラッグストア、ドライクリーニング、チェーンのサンドイッチ店が駐車場のまえに整然と並んだ、よくある気の滅入るような低層のショッピングセンターがあった。駐車場は絶対に満車にならないくらい広い。情報を求めてクレイが行こうとしているのはそこだった。図書館ではなく、ものが売られている場所だ。コーラならどこでも買えた。

クレイはスマートフォンを見た。習慣とは根強いものだ。電話はなにも教えてくれなかった。クレイは煙草の吸殻を落とし、踏みつけてから車に戻った。脳の働きは驚くべきものだ。頭のすべてを使って運転のことを考えなくても、運転することはできる。毎日の通勤で使う慣れたルートなら、車を発進させ、ハイウェイに乗って、ときどき車線を替えながら進み、いつもの出口でおりて、赤信号の手前ですっと停まり、青信号でまえへ進む。そのあいだじゅう、NPRがくり返すトップニュースを聞くともなく聞いたり、オフィスで受けた無礼について考えたり、六年生と七年生のあいだの夏休みに見たコミックオペラの上演のことを思いだしたりする。運転は決まりきった手順の連続だった。ただやればいいだけのことだった。

このときのクレイは六年生と七年生のあいだの夏休みに見た〈ペンザンスの海賊〉の上演のことを考えていたわけではなく、自分がまだ母親のお気に入りの子供でいられた短い黄金の季節としてその時期のことを思いだしていたのだが、きっと上の空だったにちがいない。クレイはどこかで曲がり、いくらか進んでおり——クレイには距離や分量を予測することができなかった——さっきより本格的な二車線の道路、GPSが作動していたらきっと名前がわかったはずの道路を走ってはいたものの、それが自分の求めていた道かどうかはっきりわからないことに気がついた。もちろん、アマンダのノートに道順が書き留めてあったが、アマンダのノートは家に、アマンダの〈ルイ・ヴィトン〉のバッグのなかにあった。いずれにせよ、書き留められた案内のとおりに一方に進む能力や、そのおなじ道を反対にたどるためにメモをひっくり返して見る能力は過去のものになっていた。取っ手をくるくる回して車の窓をあけるようなものだった。人類はとっくに進歩していた。クレイは道に迷っていた。

すべてが緑色だった。頼るべきものがなにもなかった。木が何本かある。畑がある。屋根がちらりと見え、建物の気配はあるのだが、納屋なのか家なのかわからなかった。道路がカーブしてべつの場所に出ると、そこにもまた畑と何本かの木と納屋だか家だかの屋根が見え、動いているような錯覚を生みだすためにおなじ背景を何回も使う昔のアニメを思いだした。より分別のある行動はなにか——車を停めて来た道を戻るのがいいのか、どこへ向かっているかわかっているときのようにそのまま前進するのがいいのか——見当もつかなかった。自分がどれくらい運転しているかさえわからなかったし、家族の待つ家のまえの砂利の私道へつながる道路に戻れるかどうかも怪しかった。その道路に標識があったかどうかも、あったとしてなんと書いてあるかもわからなかった。もっときちんと注意を払っておくべきだったかもしれない。この外出を、もっと真剣に捉えるべきだったかもしれない。

風の音と、風が顔に当たる感触で気が散った。クレイは車の速度をすこし落として窓をしめ、中央のパネルを突いてエアコンを作動させた。まっすぐ進みつづけたが、正しい道ではなかった。道路はくねくね曲がり、クレイはおなじところをぐるぐる回っているだけのような気がしてきた。きっと、だから木々やときどき見える建物にこんなに見覚えがあるのだろう。おなじものだからだ。クレイはガムを見つけ、口のなかに入れた。いいさ。

ほかに車は見あたらなかったが、クレイにはそれが妙なことなのかそうでないのかもわからなかった。いずれにせよ、一時停止の標識があるようなたぐいの道路ではなかった。地域の設計者は地域住民を信用したのだ。クレイは土埃まみれの路肩に乗りあげ、方向転換をして、来た道を戻りはじめた。通ったばかりの道路だというのにまるで見覚えがなかった。すべてが反対向きだったので、道路の左側にあるものを、自分の右側にあったときには見逃していたのだと気がついた。〈マッキノン農場〉と書かれた素人くさい手書きの看板があった。野原に馬が一頭いて、焼け落ちた建物の跡があった。そこを通り過ぎて、しばらくすると速度を落とした。家へ戻るための曲がり角が近いはずだと思ったからだ。だが、曲がるつもりはなかった。そのまま家とは反対方向へ、町があるとわかっているほうへ向かうつもりだった。

右側に道があり、通り過ぎるときに見たが、家へ通じる道ではなかった。卵が一ダース五ドルで買える、ペンキの塗られた小さな小屋がなかったから。クレイは速度をあげてまっすぐ進んだ。べつの曲がり角があったが、ここにもまた、塗装された小屋はなかった。もしかしたら、いまいる道路に出るために二回曲がったのだろうか、そして自分はありもしない目印を探しているのだろうかとクレイは思った。スマートフォンを取りだした。運転しながら見てはいけないとわかってはいたのだが。電話が機能していないのを見てぎょっとした。その後すぐに、もちろん動いていないはずだと思いだした。その原因を探るのが、この外出のほんとうの目的なのだから。キンキンに冷えたコーラは本来の目的ではない。クレイは自分が男であること、それも主導権を握っている男であることをみんなに示すためにこうして車で出かけ、いまや道に迷ってばかばかしく感じていた。

隣のシートにスマートフォンを放りだした。当然のごとく、ほかに車などいなかった。ここは一握りの住民のための田舎道なのだ。一日が奇妙に思えるのは、昨夜が奇妙だったからだ。すこしばかり道をまちがえたが、正しい道はやがて見つかるだろう。救助が必要なほど遠くまで運転したわけではない。火事の起こりやすい山のてっぺんに住むといって聞かない隠者のような変人のために、政府がヘリコプターを送ったことをクレイは思いだした。人は山火事を災害と考え、森にとってはそれがライフサイクルの重要な一部であることを理解しない。古いものは燃え、新しいものは育つのだ。クレイは運転しつづけた。ほかにどうしたらいいというのだ?

17

太陽はつねと変わらず空をゆっくり進んだ。彼らはそれを歓迎し、賛美した。肌がチクチク痛むのは罰のようだった。汗が美徳に感じられた。カップはテーブルに集められ、使われたタオルは放置されていた。みながため息をつき、会話ははじまりそうではじまらなかった。水音と、ドアの開閉する音がした。音になって聞こえそうなたぐいの暑さだった。そんな暑さのなかで、泳ぐ以外になにができる？

アマンダは新しい日焼け止めを胸に塗り、繊維質のねばついた液体が肌に染みていくのを感じた。即興芝居さながらだった。観客の陰にいた誰かがシナリオを叫んだのだ。この芝居に意味などなかったが、アマンダは意味があるかのように演じる仕事を割りあてられた。クレイは車で町へ向かった。アマンダはここでこうしていた。ある映画を思いだした。息子のために、ナチス政権下の暮らしはごくふつうで、すばらしいものでさえあるかのようなふりをした男の話だった。いまになって考えると、あの映画はなにかを予見しているようでもあった。人は自分のありようをさまざまに偽ることができる。

ガレージにもっと浮き輪があると、ルースは子供たちに話した。子供たちは、しぼんだビニールと化したオルデンバーグの小型の浮き輪を持って戻ってきた。アーチーは小さな突起を唇のあいだにはさんだ（膨らめばドーナッツに見えるはずだった、粒状のチョコを散らした齧りかけのドーナッツに）。強く息を吹きこもうとしたせいで、透かし模様のようにあばら骨が見えた。

ローズにとってはひどく不公平だった、アーチーのほうがこんなになんでもできるなんて。アーチーは三年分有利だった。ローズは自分の浮き輪にすこしも息を吹きこめなかった。浮き輪はただの円い筏（いかだ）だったが、使い心地はよさそうに見えた。しかし癪（しゃく）だった。アーチーはほとんど大人のようなものなのに、自分はいまのまま行き詰まっているようにローズには思えた。

「やってあげるわよ、ハニー」アマンダはだらりとした浮き輪を手に取ると、木製の長椅子に腰かけて脚のあいだに挟み、うまく膨らました。

「やっぱりドーナッツの形のほうがいい」なにもかもが思いどおりにいかなかった。ローズはどうしてもそれが気に食わなかった。

「遅いんだよ、馬鹿」アーチーはできあがった輪をプールの水面に放った。そして飛びこみ台からジャンプし、半分だけ浮き輪に乗るようなかたちで着水した。狙いどおりといわんばかりに。アーチーは妹の抗議には耳を貸さなかった。妹の言葉をいかに無視するかは、もうずいぶんまえに学んでいた。

「筏のほうが乗り心地がいいわよ」ローズはぽっちゃりした地味なタイプの女の子で、ルースは思わずかわいそうになった。アーチーのことは、学校の廊下を集団で歩いていた少年たちとそっくりだと思った。自分の魅力を自覚しているのだ。もしかしたら、母親が息子をそんなふうにしてしまうのかもしれない。ルースは孫たちが心配だった。なにしろふつうの二倍も世話（マザード）をされ、愛情で息が詰まる（スマザード）だろうから。

　ローズは礼儀正しいふりができる程度の歳にはなっていた。それでもごねた。「でも、ドーナツのほうがおもしろいでしょう」自分の親以外の大人に訴えるときに子供が使う独特の声でローズはいった。

「おもしろいというのは、長い目で見ればそういいことでもないのよ」パラソルのついたテーブルのまえに座り、ルースは脚を組んだ。清潔な衣類を身に着けていた。整えられていないベッドやバスルームの床に落ちた洗面タオル、散らかった汚れ物などに顔をしかめながら、大股で主寝室に入って取ってきたのだ。すこし気分がよくなった。くつろいでいるといってもよかった。

「これ、見かけより大変ね」アマンダは一息ついて、クレイの煙草を思いだした。自分に悪癖がないのは不公平だと思った。現代はあまりにも楽しみがすくないのだから。二人はいつからお互いの親のようになってしまったのだろう?

ローズは、たいていの十三歳の少女とおなじく我慢がきかなかった。「ママ、早く」

アマンダは、唾液に濡れた半透明の空気栓を口から引っぱりだした。「はい、どうぞ」これくらい膨らませれば充分だろう。

ローズはプールのステップに立った。なま温い水が脛まで来ている。ローズとアーチーは二人でゲームに没頭した。子供たちだけの陰謀だった。未来と過去が対立するとき、子供はお互いの見方になった。

アマンダはよく、きょうだいというのは長く連れ添った夫婦に似ていると思った。口げんかがすぐに終わるところとか。これは子供でいるあいだだけのことだった。アマンダは自分の兄弟とはあまり関わりがなく、ときどき兄のブライアンから長すぎるメールが届いたり、弟のジェイソンからほとんどスペルミスのないテキストメッセージが届いたりするくらいだった。

「クレイが出かけてどれくらいになるかしら?」アマンダはスマートフォンを確認した。すくなくとも時計は機能していた。

「二十分くらい?」G・Hは自分の時計を見た。町へ着くのにだいたいそれくらいかかるだろう。ゆっくり運転すればもっとかかるし、この辺りをよく知らない者ならそうするかもしれない。「きっとすぐに戻りますよ」

「ランチでもつくりましょうか?」空腹というよりは退屈して、アマンダはそういった。

「手伝うわ」ルースはすでに立ちあがっていた。そうしたかったからなのか、そうしなければいけないと感じたからなのか、ルース自身にも区別がむずかしかった。確かに料理は好きだったが、最初は因習にとらわれてキッチンで過ごすことを強いられていただけで、楽しむようになったのはあとになってからだった。

「人数が多いほど陽気になれますね」アマンダはこの女に一緒に来てもらいたくはなかったが、もしかしたら気が紛れて、夫のことを考えずに済むかもしれないと思った。

室内のほうが涼しかった。寒くなり過ぎないように、ルースがあらかじめエアコンを調節しておいたのだが。冷やしすぎるのは無駄だと思ったから。「心配することなんかありませんよ」

親切でいってくれているのだと、アマンダにも理解できた。クレイがブリーチーズとチョコレートを買ってあった。ローズがとくに好きなサンドイッチがあって、クレイはどういうわけか元日によくそれをつくった。はじまったと思ったらすぐに終わってしまった慣習だった。「先にいっておきますけど、このレシピは奇妙に思えるかも。だけどとてもおいしいんですよ」アマンダは材料を並べた。

感謝祭の鶏を塩水に浸けておくのはルースだった。ベーコンをラックの上に伸ばして並べ、オーブンでカリカリに焼くのもルースだった。ナイフを使ってグレープフルーツの内側の皮から果肉を外すのもルースだった。ここはルースの部屋なのだ。「チョコレート？」

アマンダはカウンターの上に並んだものを見た。チョコチップの一粒一粒がかわいらしかったし、V字型のやわらかいチーズもすばらしかった。「しょっぱさと甘さの組み合わせが魔法を生むんです」

「反対のもの同士は引きつけあうってことね」ルースはふざけていったのだろうか？　たぶんそうだろう。ルースとアマンダは反対のもの同士だろうか？　偶然の状況が二人を引きあわせたわけだが、結局のところ、偶然でない状況などあるのだろうか？　アマンダはバジルを刻んだ。

ルースはバケツ型の容器に氷をたっぷり入れた。それから布ナプキンを出してきて、きっちり四角にたたみ、トレーに並べた。

アマンダは指先のバジルの香りを嗅いでいった。「ガーデニングをされますか？」

「ジョージは絶対、そういう老人がやりそうなことはしないんですけどね」クロスワードをしたり、ガーデニングをしたり、チューダー朝に関する歴史ものの分厚いペーパーバックを読んだりといったおばあさんのような趣味があるからといって、それがなにかの証拠になるわけではない。ただ自分が好きなものを好きといっているだけだ。ルースは年寄りではなかった。

アマンダは当てようとした。「G・Hのお仕事は法律関係ですか？　いえ、財務関係かしら。いえ、やっぱり法律ね」高価そうな時計やきちんと整えられたグレイの髪、上品な眼鏡、最高級の靴といったものが、G・Hがどういうタイプの男かを物語っているとアマンダは思った。

「未公開株を扱っているんですよ。このチーズはスライスするべき？」ルースはこれをいままでにもう何度も説明してきた。しかしルースにとってはほとんど意味のないことだった。だからなんだというのだろう？　G・Hだって、ルースがドルトン・スクールでなにをしていたか、こまかいことは理解していなかった。たぶん誰も——どんなに愛している相手であっても——ほかの人間の人生のこまかい出来事など気にしないのだろう。「だからまあ、財務関係といってもいいんじゃないかしら。だけど大きな銀行のために働いているわけじゃなくて。小さな会社の投資顧問のようなものね」これが、自分とおなじくらいわかっていない人たちに説明するときの方法だった。

「薄くスライスしてください、グリルサンドのために」四人分には充分な材料があったが、六人分に足りるとはいえなかった。アマンダは一つべつにつくってクレイのために取っておくつもりだった。どういうわけか、クレイのことを考えると目に涙が浮かんだ。クレイが運んでくるはずのニュースは聞きたかったが、戻ってきてくれるだけでいいとも思った。

「すくなくとも子供たちは楽しんでいるじゃない」ルースはこの人たちがここにいるのはいやだったが、いるからにはある程度の人間関係を築きたいと思わずにはいられなかった。世界は心配だったが、他人の世話をすることが自分にできるせめてもの抵抗のように感じられた。自分たちにとっては、いまここにあるものがすべてなのだから。

アマンダは黒いフライパンでバターを溶かした。「それはそうですね」アーチーはもうほとんど大人だった。一世紀まえならヨーロッパの塹壕(ざんごう)へ送られていただろう。なにが起こっているか、アーチーには話すべきだろうか？　話すとしたら、どういえばいいだろう？

「オニオンディップを見つけたの。ちょっとつまむのにいいんじゃない？」ルースはボウルと大きなスプーンを出した。二人は無言で作業をつづけた。

アマンダはそれに耐えられず、沈黙を破った。「なにが起こっているんだと思います？」

「クレイがもうすぐ戻りますよ。きっとなにか探りだしているでしょう」ルースは小指を使い、優雅な動作でディップの味見をした。推測ゲームはしたくなかった。どうせアマンダは信じないだろうとも思った。ルースは恥ずかしい思いをしたくなかった。

アマンダはできあがったサンドイッチを移した。「子供たちは天気を知るのさえスマートフォンに頼っているんですよ。時間を知るのも、自分のまわりでなにが起こっているか知るのもそう。スマートフォンというプリズムを通さないと世界が見られなくなっているんです」しかしそれはアマンダもおなじだった。ズーイー・デシャネルが出ているテレビのコマーシャルを、スマートフォンに訊かないと雨が降っているかどうかもわからないのかといって馬鹿にしたが、アマンダもまったくおなじことをしていた。「スマートフォンがないと、島流しにされたようで」まさにそれだった。引きこもっているような感じ。飛行機に乗ったときだって、あのポンという音が聞こえ、高度三千メートルより下に達したことがわかると、アマンダは即座に機内モードを解除してメールのチェックをはじめるのだ。客室乗務員もシートベルトをしているせいで叱りに来られない。接続が確立され、自分がなにを逃したか確認できるのを待ちながら、何度も画面をスクロールする。

「スマートフォンで見て初めて信じられるのね」ルースはそれを責めたりしなかった。事実の客観性に関しては近年さまざまに議論されているので、誰もがすくなからず影響を受けていた。

「まだなにもわかっていないでしょう？　わかればずっと気分がよくなると思うんです。クレイが戻ってくるまで、長くかかると思います？」

ルースは汚れたスプーンをシンクに入れた。「こういう古いお題があるの。あなたは無人島にとじこめられました。社会からもほかの人々からも遠く離れていますが、本かレコードを十作選んで持っていくことができます。幽閉場所というよりはパラダイスみたいだけど」無人島はすてきだとルースは思った。まあ、海面は年々上昇しているけれど。そういう島はいずれ全部消えてしまうかもしれない。

「でも、本が十冊もありません。インターネットに接続できれば、自分のアカウントに入って、買った本は全部キンドルにダウンロードできますから。いまはそれもありませんけれど」アマンダはこう思ったがいわなかった――ここにはプールがあって、ブリーチーズとチョコレートのサンドイッチがある。それに、わたしたちにはお互いがいる、知らない者同士ではあるけれど。

18

アマンダはワインを出した。休暇中なのだから。迎え酒でもあった。子供たちがまだ食べるには早すぎると文句をいうと、アマンダは二人がゲームへと消えるに任せ、一息ついた。薄いピンクのワインをアクリルグラスに注ぎ、大人に渡して回った。儀式のように。神聖な儀式といってもよかった。布ナプキンには、気がきくうえに忍耐強い誰かのおかげでアイロンがかかっていた。ルースがかけたのだろうか、とアマンダは思った。

「お子さんたちはとても礼儀正しいですね」G・Hはこれを最高の褒め言葉と見なしていた。

「ありがとうございます」お世辞か、ただ話題として出しただけかとも思ったが、アマンダはそれでもうれしかった。「お嬢さんがいるんですよね?」

「マヤといいます。マサチューセッツ州のモンテッソーリ・スクールで教えているんです」G・Hはいまだにこれがどういう教育なのか完全にはわかっていなかったが、それでも娘のことは溺愛していた。

「学校の経営をしているんですよ。教えているだけじゃなくて。運営全般の責任者なんです」

ルースはベビーキャロットを齧った。ちょっとフラフラした。頭のどこかでまえに読んだ記事のことを思いだしたせいかもしれない。死にいたる病の診断を受けた人々が、ひとたび病状が安定すると、いっとき緩和状態というか、鎮静状態というか、健康といってもいいような状態になるという話だった。蜜月のように。歓喜に満ちた幕間のように。

「それはすごいですね。アーチーが小さかったころ、モンテッソーリ教育の学校に通っていたことがあるんですよ。すばらしいところでした。上履きに履き替えて。手を洗って。職場で同僚とするみたいに、おはようといい合って」アーチーが〝お仕事ごっこ〟をしたよというのが、アマンダはとくに好きだった。なにをするのもおぼつかない幼児が、ガラスのビーズをティースプーンですくったり、ランチタイムにこぼしたものをスポンジで拭いたりして、大人になる練習をするのだ。

「そういうことが発達の上で重要だといわれているの。マヤはとても熱心でね。孫たちもそこへ入るんですよ、あらやだ、もうあと何週間もしないうちじゃない。もうすぐだわ」ルースは身構えるような口調になった。

「もうそんな時期か!」G・Hはよくいわれる決まり文句がどれもほんとうだと知っていた。実際、子供が育つのは早かった。

「九月（セプテンバー）よ」ルースは希望をこめてそういった。ルースの母なら息をするように神を持ちこんだことだろう――神のご意思によって、と。ルースたちはそれを蔑みはしなかったが、彼女の献身から学ぶこともしなかった。もしかしたら、ルースの母はいいところを突いていたのかもしれない。誰かの意思によって――神だ、もちろん、当然ではないか――なにかが起こるという考えを否定するのは愚かなことなのかもしれない。

アマンダは〈セプテンバー〉を歌った黒人バンド、アース・ウィンド&ファイアーを連想したのだが、なぜそれが人種差別のように思えるのだろう？　アマンダやクレイの親しい友人のなかにも黒人はいた。友人のピーターはマーティカという名前の女性と結婚した。マーティカの母親は、一九七〇年代の有名な黒人モデルだった。おなじ建物の一階の住人も黒人で、トランスジェンダーでもあった。いや、ノンバイナリーだったか、それとも――アマンダは念のため、この人物のことはいつも名前で呼ぶことにしていた。ジョーダン、会えてうれしいわ。ジョーダン、この夏の調子はどう？　ジョーダン、最近ほんとうに暑いわね。「時間が飛ぶように過ぎますよね。アーチーが赤ちゃんだったとき、年上の親たちからいつもそう聞かされていて、そのときは〝これが過ぎてくれるのが待ちきれない〟と思ったものですけど。とても疲れていたので。でも、いまは彼らのいうとおりだったと思っています」アマンダは他愛もないことをペラペラとしゃべった。

「おなじことをいおうと思っていました。あなたに先を越されましたよ。私もその年ごろのマヤを思いだしました」G・Hは物思いに沈んだ表情をした。同時に心配そうでもあった。G・Hとルースはいい人生を——長生きで、幸せな人生を——送ってきた。もちろん、いまはマヤとその家族だけが生きがいで、それはすばらしいことだった。父親として娘を守るべきで、昨夜も運転しながら考えた。遠く離れたロングアイランドから、娘のためになにができるだろう。結局、できることなどたいしてないと気がついた。しかしマヤに助けは必要なかった。自分たちのほうが助けを必要としていた。マヤと孫たちは大丈夫だった。

夫の頭のなかにはどの時期の娘が思い浮かんだのかしら、とルースは思った。あえて尋ねたくはなかった。私的なことなので、知らない人のまえでは訊けなかった。だいたい、みんなで水着を着てここに座っているだけで充分に奇妙だった。

「祖父母になるのは、きっと楽しいんでしょうね。孫なら好きに甘やかして、なにかあっても一晩中起きている必要もないし、ひどい成績表を持ってきても怒らなくていいし」アマンダ自身の両親は無関心で、祖父母としての仕事を放棄していた。アーチーとローズが嫌いなわけではないが、溺愛しているわけでもない。アーチーとローズは七人いる孫のうちの二人だった。アマンダの両親は退職してサンタフェへ移り、父親はそこで下手くそな風景画を描き、母親は老犬の保護施設でボランティアをした。二人は湯が沸くまで余分に時間のかかる奇妙な場所で老年期の自由を謳歌（おうか）することに決めたのだ。

「このサンドイッチ、おいしい」ルースは食べてみるまでは疑っていたし、話題を変えたくもあってそういった。ほんとうのことをいえば、マヤがベケットとオットーをがっちりガードしていたのだ。マヤは自分の親を脆弱で保守的だと思っていた。自分がクララと共有している哲学など、親には理解できないと思っていた。ルースが〈ブックス・オブ・ワンダー〉で本を何袋も買って持参すれば、マヤは罪を探すラビのようにその本を全部詳しく調べるだろう。悪気はないのだ。マヤが不信を抱いている相手は両親ではなく、両親がつくった世界だった。たぶんマヤは正しいのだろう。ルースはどうしても孫たちにかわいらしいものを買ってあげたかった——テディベアに着せるような、ギンガムチェックの小さなシャツとか。マヤは侮蔑を隠そうとした。ルースはただ満足したいだけだった。いいにおいのする孫たちの体をぎゅっと抱きしめたいだけ。そういうときに感じる気持ちはなによりもすばらしかった。無敵だった。

「おいしいですよ」G・Hも同意した。

「まあ、わたしたちもときどきは甘やかしているかも」ルースは認めていった。「チャンスがあるときにはね」ルースがほしいのはそれだった。家族に会うチャンスだ。

アマンダはもうこの二人を詐欺師とは思っていなかった。だが、それは認知症の兆候ではないだろうか。鍵を冷蔵庫に入れたり、靴下をはいたままシャワーを浴びたり、いまもまだレーガンが大統領だと思ったりするような、最初の警告のサインでは？　実際、こんなふうに進行するのではないか——最初はつくり話、次に来るのは被害妄想、最後がアルツハイマー型認知症。アマンダは自分の両親についてもおなじように感じていた。二人の意思決定を疑わしく思っていた。両親は、十年まえに一回か二回、ニューメキシコ州でスキーをしたことがあるというだけで、サンタフェに移ることを決めてしまったのだ。アマンダにはまったく理解できなかったし、両親の満足はただの錯覚のように思えた。「祖父母としてはそこが肝心なところですもの」

「ジョージのほうがわたしより悪くて——」

「待って」そんなつもりはなかったのにずいぶん失礼ないい方になってしまい、アマンダはきまり悪そうな顔をしてみせた。「たったいま気がついたんですけど。あなたの名前はジョ、、ージ、、、、・ワシントンですよね？」

とくに恥ずかしいこともなかった。G・Hが六十年以上のあいだ何度も説明してきたことだった。「私の名前はジョージ・ハーマン・ワシントンです」

「ごめんなさい。失礼ないい方をしてしまって」たぶん、ワインのせい？「ただ、とてもぴったりに思えて」うまく説明できなかったが、説明の必要などなかった。世界のどこがおかしくなったのか夫が調べに行っているあいだ、ジョージ・ワシントンという名の黒人男性と一緒にプールサイドに座っていたことは、いずれ逸話になるだろう。まえの晩にはお互いに災害の話をしあったが、いつかこれもそのうちの一つになるのだろう。

「謝る必要はありませんよ。キャリアの最初のころ、イニシャルを使うことに決めた理由の一つがそれですから」

「いい名前よ」ルースは侮辱されたと感じてはいなかった。この女が話しかけてくるときのなれなれしさにただ驚いただけだった。こんなことをいうとさらにおばあさんのように聞こえるのはわかっていたが、この女性は礼節を守るという感覚に欠けていた。

「それですよ！　いい名前です。イニシャルもすばらしいと思います。G・Hというのは大企業家のように、仕事の達人のように聞こえます。G・Hという名前の人にだったら安心して自分のお金を任せられそう」アマンダは過剰に埋め合わせをした。いや、すこし酔ってもいた。ワインと、暑気と、不思議な状況に。「クレイがもうすぐ戻るはずです。そう思いませんか？」アマンダは手首を見たが、腕時計をしていなかった。

19

子供たちは暇な時間に飽き飽きしていた。大人たちに数で負けていたので、アーチーとローズはいくらかつながりを取り戻し、再び五歳と二歳になり、暗黙のうちに設定されたゴールに向かって協力した。二人はプールを出て、大人たちを置き去りにし、草のなかへ、影のなかへ、プールで得られなかった気晴らしを求めて入っていった。

「森へ行こうよ、アーチー」ローズは自分が見たものについて考えていた。自分でもよく意味がわからなかった。「今朝、いいもの見ちゃった。シカだよ」

「シカなんかどこにでもいるよ、馬鹿。リスとか鳩みたいなもんだろ。どうでもいい」どうしようもなくひどいやつというわけではなかった、妹は。ただ、まだ小さな子供で、だから馬鹿でも仕方なかった。しかし自分は十三歳のとき、こんなに馬鹿だっただろうか、とアーチーは思った。

「ちがう。そうじゃなくて。来てよ」ローズは大人たちがランチを食べているところを肩越しに一瞥した。〝お願い〟とはいえなかった。懇願するとアーチーはかえってやる気をなくすから。おもしろいことのように話さなければならなかった。ローズは探検しているふりをしたかった。いや、ほんとうに探検になるはずだった、だからゲームでさえなかった。「あっちになにがあるか見に行こうよ」

「なにもないだろ」そうはいいながら、アーチーもなにがあるのだろうと思わなくもなかった。先住民族の矢じり？　お金？　よその人？　いままでに入ったことのあるさまざまな森で、アーチーはいろいろと変なものを見つけてきた。エロ雑誌から破り取られた三ページ——古くさい髪形と日焼けした肌とでかいおっぱいの女が、唇を尖らせて、体をあんなふうに曲げたりこんなふうに曲げたりしているところ。一ドル紙幣。よくわからない液体がたっぷり入った瓶——アーチーは小便だと確信したが、どうやって確かめたらいいかはわからなかった。誰かの小便が入った瓶なんかあけたいと思わなかったから。世界には謎があり、ロージーもそういっている。それはアーチーも知っていたが、妹の口から聞くのは癪だった。

「なにかあったらどうする？　もしかしたら、奥のほうに家があるかもしれない」ローズは自分にもまだはっきりわからないなにかを想像していた。

「この近くに、ほかに家はないよ」アーチーは自分でもそれが信じられないかのように、あるいはそれを残念に思っているかのようにいった。アーチーにはわかっていた。自分も退屈しているのだ。

「あの農場があったじゃない。卵を売ってるのを見たでしょ、覚えてる？」あそこに子供がいるかもしれない。娘がいるかもしれない。名前はケイラかチェルシーかマディソンで、自分のスマートフォンを持っていて、もしかしたらお金も持っているかもしれない。あるいはなにか、楽しい遊びを知っているかもしれない。二人を家のなかに招いてくれて、家のなかにはエアコンが効いていて、一緒にテレビゲームをしたり、フリトスを食べたり、氷の入ったダイエットコークを飲んだりできるかもしれない。

ローズは暑くて、うずうずしていた。兄と一緒に森へ入りたかった。大人から見えない場所へ、大人に邪魔されない場所へ行きたかった。向こうに証拠があるのではないかと想像した。足跡とか。痕跡とか。なにか証明になるものが。

アーチーは地面から棒を拾い、木立に向けて槍（やり）のようにかまえた。子供というのは、犬とおなじように棒が大好きなのだ。公園に連れていくと、子供は棒を拾う。一種の動物的本能だった。

「ブランコがある。すごい」ブランコは木の高いところからさがっていた。掘っ立て小屋があった。子供の遊び用の家（プレイハウス）か物置きだったのだろう。その向こうを見ると、雑草が徐々に減って泥と木しかなくなっていた。ローズは小走りでブランコに向かい、腰をおろした。

アーチーは、ボコボコした木の根や石が足に当たることに文句をいい、悪態をついた。大人の男になったような気分だった。「クソ」

「あのなかにはなにがあるんだろ？」小屋にはどことなくローズを警戒させる雰囲気があった。なかになにがあってもおかしくなかった。ローズは〝ごっこ遊び〟をはじめた。いや、いままでもずっとやっていて、やめたことなどないといってもよかった。

「あけて見てみよう」アーチーは自信に満ちた声を出したが、じつは秘かに妹とおなじ畏怖を感じていた。いまはもう死んだどこかの子供のプレイハウスかもしれなかった。なかに人がいて、二人がドアをあけるのを待っているかもしれなかった。映画の一場面、いや、自分たちの人生で実現してほしくない物語のようだった。

大人たちは垣根の向こうにいて、存在しないも同然だ。ローズはブランコからひょいと飛びおり、小さな建物へと踏みだした。クモの巣に引っかかり——引っかかるまで見えなかったのだ——そういうときのつねとして、ひどい震えが起こった。体のほうが自分をよく知っている。体が意識を怖がらせているのだ、万が一、毒グモだったときのために。悲鳴をあげちゃ駄目とローズは自分にいい聞かせた。そういう女の子っぽいことに、兄は我慢がならないのだ。それでもやはり、押し殺した嫌悪の声が出てしまった。

「なんだよ？」アーチーは蔑みにいくらか心配が混じった様子で妹を見た。これも動物的本能だった、兄としての。

「クモの巣」ローズは『シャーロットのおくりもの』を思いだした。クモが人間のような個性や声を持たないことは知っていたが、自分が巣から追い出してしまったであろうクモのことが心配だった。やさしいメスのクモを想像せずにはいられなかった。ローズはやさしさと女らしさを結びつけて考えていることを――それがこの児童文学の名作の教訓の一つだったことを――自覚していなかった。二人が夜に読み聞かせをしてもらうくらい小さかった数年まえに、これを声に出して再読した母親が内容に反感を持ったことも知らなかった。

少年と少女は生い茂る草のなかを一緒に進んだ。裸に近い恰好で、肌はピンクに日焼けして、木陰の冷たい空気のなかではチクチクし、クモの糸に触れると鳥肌が立った。怖い思いをしても鳥肌が立った――これは探検の醍醐味(だいごみ)でもあったのだが。遠くから眺めれば、二人は早朝に見かける子鹿のようだった。若く、怖気づき、不恰好だが、それでいて自然体でいるだけで優美だった。

アーチーは、弱虫(プッシー)め、と思ったがいわなかった。弱さを認識したときの反射的な思考だったが、妹なのだから仕方がなかった。「あけてみな」

ローズはためらい、それからすぐにためらいを捨てた。勇敢にならなければ。それがゲームの決まりだった。親指で押しさげるようなへこみがあり、その上に取っ手があったので、ローズはそれを握った。ただし軽く。取っ手の金属は風雨にさらされていて、触ると帯電しているようにピリッとした。ローズはドアを引いてあけた。軋んで大きな音がした。なかには――なにもなかった。乾燥した落ち葉が、わざとそうしたのかと思えるほど隅のほうに積もっているだけだった。ローズの心臓は音が聞こえるくらい激しく鼓動していた。「ああ」ちょっとがっかりした。なにを見つけることになると期待していたのかは自分でもはっきりしなかったが。

アーチーは頭をひょいとさげてなかを覗いたが、入りはしなかった。「このばかばかしい小屋はクソみたいに退屈だな」

「そうだね」ローズは爪先で地面をほじった。爪には何週間かまえに淡いブルーのペディキュアをしてあった。

アーチーもようやく、これは即興のゲームなのだと理解した。「だけど、もしかしたらここはやつが眠る場所なのかも。夜の隠れ家だ」

ローズはすぐに怯えた。「やつって?」

アーチーは肩をすくめた。「誰であれ、あの痕跡を残したやつだよ」アーチーは枯れ葉を指差した。一度は濡れていたはずの落ち葉は、乾燥して表面が波打っていた。「つまりさ、この森のなかにいて、行く場所の当てもなく、寝床もないとしたら――おまえならどうする?」

ローズはそんなことは考えたくもなかった。「どういう意味よ?」

「たとえば――木に登って、木の上で眠ることなんかできないだろ。だけど地面にいたら――安全とはいえない。ヘビとか、狂犬病の動物とか、そういういやなものが出るだろ。そんなときに四つの壁だ! ついでに天井も。贅沢じゃないか。それにこの窓――」アーチーは小屋の側面にはまった、汚れた窓ガラスを身振りで示した。二人ともドアをあけるまで窓に気づいていなかった。

「まあ、そうだね」ローズは絶対に外で眠るのはいやだった。木の枝で眠るなど、想像もつかなかった。木に登ることさえできそうになかった。何年かまえ、〈パーク・スロープ・デイキャンプ〉でロッククライミングをやったことがあった。ウエストに命綱を取りつけられ、ヘルメットをかぶり、膝当てもつけたが、それでも壁を半分以上登ることを拒み、宙吊りになって悲鳴をあげていたところ、キャンプリーダーのダーネルがロープを操作しておろしてくれた。

アーチーは意味ありげに間をとっていった。「……ふーん、やつには見えるんだな」

「なにが？」

アーチーは屈んで小屋のなかへ身を乗りだし、窓から外を見た。「おれたちの家がだよ、もちろん。自分で見てみろよ。完璧に見える」

ローズは足の下のむきだしの泥にひるみながら、まえに踏みだした。兄ほど背が高くなかったので屈む必要はなかったが、手を兄の前腕に置いて体を支えつつ身を屈めた。その場所からだと、ほんとうに家がよく見えた。

アーチーはつづけた。「あれは……おまえが眠ってる部屋じゃないか？　ワオ。もしまちがってたらいってくれ。だけど絶対そうだろ。想像してみろよ、外は暗くて、あの家だけあちこち明かりがついているところを。ベッド脇の小さなランプが光っていて、おまえは布団のなかで居心地よく快適に本を読んでる。やつはその明かりをたよりに見あげるだけでいい。爪先立ちしなくたって、きっとおまえの姿は丸見えだろうな」

ローズはパッと身を引き、頭をドア枠にぶつけた。「黙れ、アーチー」

アーチーは笑いを噛み殺した。

「もう黙ってて」ローズは腕組みをした。「聞いてよ。今朝、シカを見たの。一頭じゃなくて。たくさん。百頭くらい。もっとかも。ここで。すごく変だった。シカってあんな大きな群れで動きまわるの？」

アーチーは一本の木のほうへ歩いた。この木のおかげで小さなプレイハウスのある場所は日陰になっていた。アーチーは手を伸ばし、ほんのすこし跳びあがって一番下の枝にぶらさがり、膝を胸まで引きあげて、行儀の悪い動物みたいに枝を揺らした。それからドスンと地面におり、土埃のなかに唾を吐いた。「シカのことなんか知らねえよ」

桃色で、産毛が生え、ベタベタになった二人の体は草木のなかに溶けこんだ。姿を見られることも、声を聞かれることも、覗き見されることもなく、二人は探検をつづけた。

二人はなにか起こってほしいと思っていた。しかしなにかはすでに起こりつつあった。二人はそれを知らなかったし、巻きこまれているわけでもなかった。そんなには。もちろん、あとで関わることになるだろう。世界は若者たちのものだから。二人は森のなかの幼児のようなもので、もしお伽話（とぎばなし）を信じるなら、死んだあとには鳥が二人の体を発見し、魂を天国へ案内してくれるかもしれない。まあ、それは知っているお伽話の種類によるのだが。マンハッタンを覆った暗闇は、あとになれば解明されるだろう。しかし暗闇の向こうにほかのすべてがあり、それこそがもっと曖昧で、クモの糸のようにつかみどころがなく、二人のまわりじゅうにありながらそこになかった。二人はさらに森へ分けいった。

20

家を出てから十四分経っていた。車を出すときに時刻表示を確かめたのだ。もしかしたら十六分か。まちがえて記憶していたかもしれない。ことによるともっと短いかもしれない。その後、車を停めてあの煙草を吸った。ふだんは吸い終わるまで七分かかるといっていたが、じつは四分くらいのものだった。だからクレイは十分間運転していたことになる。そんなに長くはなかった、つまりほんとうに道に迷ったはずがなかった。おちつけと自分にいい聞かせ、煙草を吸うために〈マッキノン農場〉の私道に車を乗りいれた。もちろん、そのまま私道を進みつづけて、農場の母屋か、なにかほかの建物のような、人のいそうな場所まで行くことだってできた。しかしそれではほんとうにパニックに陥っているようではないか。そんなことはないのに。だからクレイは煙草を吸い、その行為につきもののくつろいだ気分になろうとした。しかし途中までしか吸わずにイライラと吸いさしを地面に突きたてた。あの家に着いた最初の日に、自分たち以外に車が走っていたかどうか思い出せなかった。あの初日が何週間もまえのことに思えた。

意図したよりも強く車のドアをしめてしまった。たたきつけるというほどではなかったが。かえってまわりの静けさが強調されるような騒音だった。これはふつうのことだとクレイは自分にいい聞かせた。実際、ふつうのことだった。平穏さを見いだそうとする心づもりさえあれば、充分平穏に思える状況のはずだった。ところが実際は、よくて癪に障り、悪くすれば怖ろしかった。平穏さの象徴が目についたとしてもなんの意味もなかった。人は最も必要としているものに従って象徴に意味を付与するものだから。クレイはガムを噛み、車を出した。左折して農場の私道から出ると、右へ曲がれる角をすべて目視しながらゆっくり車を走らせた。角は一つあり、次いでもう一つ、それから最後にもう一つあったが、どれも見覚えがなく、どの道のそばにも卵を売っているスタンドはなかった。〝トウモロコシ〟とだけ書いてある看板があったが、それらしいものはまったく見あたらず、看板が古いにちがいなかった。

アーチーを一人で地下鉄に乗せるために、精神的な準備と実際的な準備をさせたときのことを思いだした。万が一スマートフォンをなくすか壊すかしたときのために両親の電話番号を暗記するようにいったり、電車を乗りまちがえて街の行ったことのない場所へ向かうはめになったらどうするかを示しあわせておいた。いまではアーチーは頻繁に地下鉄に乗っていた。クレイはこれをめったに思いださなかった。たぶんそういうものなのだろう。親は子供が夜通し一人で眠れるように、フォークを使えるように、トイレでおしっこができるように、頼みごとをするときにはお願い(プリーズ)というように、ブロッコリーを食べるように、大人には敬意を払うようにと心構えをさせる。そうすると子供の準備が整う。それでおしまい。なぜアーチーのことを考えているのか自分でもよくわからず、クレイはそれを頭から追い払うかのように首を横に振った。ここでUターンして、通り過ぎてきた三つだか四つだか五つだかの角の一つを曲がり、どこへつながっているか判明させ、正しい道かどうか確認しなければならないだろう。どれか一つが正しい道であるはずだった。順序立てて確かめればいいだけだった。道を家まで反対にたどり、次いでもっと慎重に、注意してもう一度出発し、ずっとしようと思っていたとおり町に向かえばいい。いまではほんとうにコーラが飲みたくなっていた。カフェイン切れで頭が痛かった。

休暇は台無しだった。魔法が解けてしまった。ほんとうのところ、クレイがやるべきなのは家に戻って子供たちに荷づくりをさせることだった。夕食まえには市内に戻れるだろう。アトランティック・アヴェニュー沿いのフランス料理の店で贅沢をしてもいい。アンチョヴィのフライと、ステーキとマティーニを注文するのだ。クレイはなにかが起こってからでないと決断できない質(たち)だった。そしていまは——まあ、何度もUターンしているが、道に迷ったわけではない。だが、なぜか子供たちに会いたいと強く思った。

最初の角を左折すると、三メートルも進まないうちにこの道ではないとわかった。上り坂だったからだ。探しているのは平坦な道だった。Uターンしてもとの道に戻った。スピードをほとんど落とさなかった。どちらの方向からも車など来ないとわかっていたからだ。二番めの角を左折すると、今度は正しい道のように思えた。そのまま進み、その後、曲がれたので右へ曲がった。たぶんこれで合っているだろう、塗装された卵売りの小屋が道の先に見えてくるだろう。すべてに見覚えがあるような気がした。木も草も、思ったとおりに生えているように見えた。

だがクレイはまたUターンして、もとの道路から一回曲がっただけの道に戻った。もとの道路が見えると、通りの向かい側に女が一人いた。白いポロシャツを着て、カーキ色のズボンを穿いていた。こういう恰好をするとリゾート服のように見える女もいるのだろうが、この女が着ていると、幅の広い顔のせいか、先住民族のような体型のせいか(古代からの血、時を超えた威厳)、制服のように見えた。女はクレイを見ると、手を挙げて振り、招くようなしぐさをした。クレイはもとの道路にこんどは速度を落として入り、スッと寄って車を停めた。助手席側の窓をあけ、女に向かって笑いかけた。犬と遭遇したときにそうしなさいと教わったような、不安を悟られないために浮かべる笑みだった。

「やあ、こんにちは!」クレイはなんといっていいかわからなかった。道に迷っていることを認めたほうがいいだろうか?

「こんにちは」女はクレイを見てしゃべりはじめた。ものすごい早口のスペイン語で。

「悪いけど」クレイは肩をすくめた。内心で認めるのさえいやだったが、女の言葉はまったくのチンプンカンプンだった。クレイは英語以外の言語は話せなかった。挑戦したいとさえ思わなかった。自分が馬鹿みたいに、いや、子供になったみたいに思えるからだ。

女はしゃべりつづけた。言葉が流れでてきた。息継ぎさえほとんどしなかった。なにかどうしてもいわなければならないことがあって、知っているはずの英単語も忘れてしまったのだろう――〝こんにちは〟とか、〝ありがとう〟とか、〝大丈夫です〟とか、窓拭き用クリーナーの〝ウィンデックス〟とか。〝電話〟、〝テキストメッセージ〟、送金アプリの〝ベンモ〟、曜日の名前なんかも。女はしゃべった。しゃべりつづけた。

「悪いけど」クレイはまた肩をすくめた。なにをいわれているかは当然わかっていなかった。いや、ことによるとすこしは理解したかもしれない。あの単語は〝理解する（コンプレンデ）〟ではないか。映画のなかで聞いたことがある。この国で暮らしていれば、スペイン語がいくらかはわかるようになる。もしもっと考える時間があったら、もし無理にでも気持ちをおちつけていたなら、クレイはこの女と意思の疎通ができたかもしれない。だが、女はパニックに陥っていたし、クレイをパニックに陥らせてもいた。クレイは迷子で、家族に会いたかった。アトランティック・アヴェニュー沿いの店でステーキが食べたかった。「スペイン語はわからない」

女はさらになにかいった。なんとかかんとか。クレイにはビール（ビア）と聞こえたが、女はシカ（ディア）といっていた。この二語はどちらの言語でも似た発音なのだ。女がまたなにかいった。〝電話〟

といったのだが、クレイにはわからなかった。〝電気〟ともいったのだが、クレイには聞きとれなかった。女の小さな目の隅に涙が浮かんだ。女は背が低く、そばかすがあり、太っていた。十四歳にも四十歳にも見えた。女は鼻を垂らしていた。泣いていた。さらに大きな声で、早口に、不明瞭な発音で話した。もしかしたら完全にスペイン語から逸脱して、どこかの方言を、もっと古い言葉を、大昔に死に絶えた文明で使われ、ジャングルの瓦礫の山に埋もれた隠語を話しているのかもしれない。この女の祖先がトウモロコシと煙草とチョコレートを発見したのだ。天文学と言語と交易を考案したのもそうだ。そしてその後、姿を消した。いまでは彼らの子孫がトウモロコシの皮を剝いたり――なにしろトウモロコシを最初に見つけたのは彼らなのだから――敷物に掃除機をかけたり、一年の大半は使われることのないハンプトンズの豪勢な別荘でプールサイドにある華やかなラベンダーの花壇に水やりをしたりしているのだ。女はわれを忘れ、クレイの車に両手をかけた。それが侵害であることは二人のどちらにもわかっていた。女はドアから五センチあがった窓の縁にすがりついた。女の手は小さくて茶色かった。まだ涙を流しながらしゃべっていた。なにか質問をしていたが、クレイにはその質問が理解できなかったし、いずれにせよ答えを持ちあわせていなかった。

「悪いけど」クレイは首を横に振った。もしスマートフォンが動けば、グーグル翻訳を試したかもしれない。車に乗るよう相手に促すこともできたかもしれない。しかし自分が道に迷っていることをどうやってわからせたらいいだろう？　車でぐるぐる回っているのは、彼女を殺すつもりだからではないし、よく田舎の親たちが幼児にやるように彼女を寝かしつけるためでもないとわからせるには？　ちがう男ならちがった反応をしただろう。しかしクレイはこのとおりの男だったので、この女が必要とするものを提供することはできなかった。翻訳するまでもなく伝わってくる女の切羽詰まった様子が、不安が、怖かった。女はなにかを怖れていた。クレイも怖れるべきだった。いや、すでに怖れていた。「悪いけど」女に対してというよりは、ひとりごとのようにクレイはそういった。クレイが窓をしめはじめると女は手を離した。クレイは急いで道路をまっすぐ進んだ。すべての曲がり角を調べるつもりだったのに。家族と一緒にいたい気持ちよりも、この女から離れたい気持ちのほうが強かった。

21

森のなかではどんなにがんばっても見えないものがある。そんな感覚がつきまとった。虫がいて、焦げ茶色になってじっと動かないヒキガエルがいて、思いがけず幻想的なかたちをしたキノコがあって、なにかが腐ったような甘いにおいのする湿った空気があった。自分が小さくなったような、たくさんあるものの一つでしかないような、重要度の最も低いものになったような気がした。

たぶん、たぶんだが、二人になにかが起こった。起こりつつあった。花をつける美しい自生植物がありそうもない場所に根を張るように、肺のなかに腫瘍が花ひらくことがあるが、何世紀ものあいだその事実を説明する言葉がなかった。しかしなんと呼べばいいかわからなくとも、胸のなかが水泡で満たされれば水死するという事実は変わらない。

ローズは視線を感じたが、それをいうならローズが見られているふりをすることはよくあった。スマートフォンのカメラで自分の姿を見ることもあった。人は誰でも自身を文字どおり何十億ものうちの一人であるとは思わず、自分こそが物語の主人公だと思うものだが、ローズは幼く、それを理解していなかった。自分たちの肺がゆっくりと塩水で満たされていくことも。

森のなかでは光がちがって見えた。木々が光を遮った。木々は生き生きとしていて、トールキンが『指輪物語』に描いた威厳ある生き物のように感じられた。木々は見ていた。その目は公平ではなかった。木々はなにが起こっているか知っていた。木々は自分たちのあいだで話をした。遠くに落ちた爆弾の振動にも敏感だった。何キロも離れたところ——海が陸地を浸食しはじめている場所——にある木々は死にかけていた。白くなって枯れるには何年もかかるのだが。木々には人間にない長い時間があった。マングローブは生き延びるかもしれない。ヴィクトリア朝の女性のスカートのように根を引っぱりあげ、地面から塩をすすることができるかもしれない。だからアリゲーターやネズミやゴキブリやヘビがいても、マングローブは大丈夫かもしれない。もしかしたら人間がいないほうが繁栄するかもしれない。ときどき、ほんとうにときどきだが、自殺は救済になる。〝救済〟こそ、起こっていることを正しくいい表す言葉だった。地面と空気と水のなかの病はすべて、巧妙な一つのシステムなのだ。森のなかには脅威があり、ローズにはそれが感じとれた。べつの子供ならそれを神と呼んだだろう。もしも嵐が、まだいい表す言葉もないなにかに変わったとしても、それが問題だろうか？　送電網がレゴでつくったおもちゃのように壊れたとしても、それが問題だろうか？　レゴが生物分解されず、ノートルダム大聖堂やギザのピラミッドやラスコー洞窟の壁画より長持ちしたとしても、それが問題だろうか？　国家が電力供給停止の責任を認め、それは戦争行為だと非難されたとしても、それが問題だろうか？　今回の停電が長く望まれてきた報復を実行するための口実だとしたら、そして誰がどの電線、どのネットワークを通じて起こしたのか明らかにすることが事実上不可能だとしたら、それが問題だろうか？　デボラという名前の喘息持ちの女が、ハドソン川の下で停車したまま動かなくなったF系統の地下鉄に六時間閉じこめられて死んだとしたら、そしておなじ地下鉄に乗っていたほかの乗客たちがとくになんの感慨もなくデボラの遺体のそばを通り過ぎたとしたら、それが問題だろうか？　マイアミで、アトランタで、シャーロットで、アナポリスで、生命維持装置が補助発電機の不具合によって懸命な動作を停止したとしたら、それが問題だろうか？　総書記の病的に肥満した孫がほんとうに爆弾を発射したのだとしたら、単にやりたければできるからという理由で彼がそれを実行したのだとしたら、それが問題だろうか？

こうした物事の一部が実際に起こったことを、子供たちは知るよしもなかった。ポート・ヴィクトリーと呼ばれる海沿いの町にある介護施設で、かつてヴェトナムで従軍したピーター・ミラーという名の退役軍人が深さ六十センチの水に顔を下にして浮かんでいたことも。航空管制システムが混乱していたあいだに、ダラス－ミネアポリス間を移動中だったデルタ航空の飛行機が消息を絶ったことも。ワイオミング州の住人のいない地域で、パイプラインが地面に原油を撒き散らしたことも。テレビに出ている有名人が、七十九番ストリートとアムステルダム・アヴェニューの交差点で車にはねられ、救急車がどこにも行きつけなかったために死亡したことも。田舎ではこのうえなくくつろいだ気分になれる静けさが、街では脅威になることも知らなかった。街は暑く、静止し、わけもわからないままに沈黙していた。子供たちにとっては自分以外のことはどうでもよかった。いや、おそらく子供だからではなく、人間とはそういうものなのかもしれない。

裸足で、無帽で、水着姿のまま、爪先を丸めて足をアーチ形にし、子供たちはおそるおそる進んだ。枝が二人の皮膚をこすった。二人の痕跡は目には見えなかった。地球が病んでいることは秘密でもなんでもなかったし、その病の性質には疑問の余地などなかった。もしなにかが変わったとしたら（実際、変わったのだが）、二人がまだそれを知らないという事実は問題そのものとはまったく無関係だった。問題がなんであれ、それはいまや二人のなかにあった。世界はロジックに従って動いているが、そのロジックはここしばらく進化しつづけてきたので、二人はそれを考慮に入れるべきだった。二人がなにを理解している――と、自分で思っている――のであれ、それはまちがってはいないが無関係だった。

「アーチー、見て」言葉は囁きとなって出てきた。ローズは敬意をこめるつもりで声を落とした、聖なる場所にいるかのように。そして指差した。屋根。芝生になった空き地。二人が滞在しているのとおなじような煉瓦づくりの家、プール、頑丈そうな木のブランコ。

「家だ」アーチーさえ馬鹿にしたような口調にはならず、ただそういった。アーチーはなにかが見つかるとは期待していなかった。ルースはこの辺りにはなにもないといっていたが、二人はルースよりも遠くまで散策したのだ。世界に対し、ルースとはちがう種類の好奇心を持っていたから。満足のいく発見だった。ほかの人々。アーチーはスマートフォンを電源につないだまま寝室に置いてきてしまった。持ってくればよかった、ここの人たちにＷｉＦｉを使わせてもらえないか訊いてみればよかったと思った。

「向こうまで行ってみる?」ローズはブランコのことを考えていた。たぶん、子供たちがもう大きくなってしまったのだろう。知らない人に話しかけてはいけないというのは街なかだけのことだろうとローズは思った。

「いいや。帰ろう」アーチーは踵を返し、自分たちが来たと思える方向へ戻った。日々の地球の悠然とした自転を感じないのとおなじく、ダニが足首にへばりついているのも感じなかった。大気中になにかあるとも思わなかった。まわりの空気はなにも変わらないように感じられたから。

　二人は歩いた。のんびりではないが、急ぐわけでもなかった。森のなかでは時間の流れ方がちがう。家を出てからどのくらい経ったか、二人は知らなかった。自分たちがなにをするつもりだったかもよくわからなかった。木陰をぶらぶら歩き、空気と日射しと虫と肌の上の汗を感じているだけなのに、なぜ満足を覚えるのかもわからなかった。こうしているあいだにも父親が車で一キロ足らず、いや、五百メートル足らずのところを通過したのも知らなかった。駆け寄って父親を助けられるくらい近くだったのだが、二人が立っている場所には道路の音は聞こえなかったのだ。二人は父親のことも母親のことも誰のことも考えていなかった。

歩きながら、アーチーとローズはほとんど口をきかなかった。小さく身震いしつつ落ち葉越しに泥を踏んだ。体は、頭が知らないことを知っていた。子供ときわめて高齢な人々に共通の性質だった。生まれたてのときには、世界についてなにかしら理解している。だからよちよち歩きの幼児は幽霊と話したなどといって、親を怖がらせるのだ。きわめて高齢な人々は生まれたてのころを思いだしはじめるが、それを明確に説明できない。どのみち老人の話は誰も聞かない。

二人がほんとうに怖がることはなかった。心穏やかだった。一つの変化が二人に降りかかった。世界中に降りかかった。その変化をなんと呼ぶかは問題ではなかった。二人の頭上では木々の葉が揺れ動き、ため息をついた。アーチーとローズがお互いになにかをいう音がした。意味のわからないなにか、二人のあいだにだけ存在するなにか、若者たちだけの言葉。それを除けば、大枝を揺らしている木々のたてる静かな葉ずれの音と、姿の見えない虫たちの囁きだけが聞こえた。それもやがてやむだろう。突然の夏の嵐の前触れにも似た静けさが訪れるだろう。なぜなら虫たちには予感があり、なにかが来るのを待つあいだ、小さな斑点のある樹皮にしっかりつかまっていなければならないから。

22

さて、クレイが出かけてから四十五分が経過していた。つまりどこかで煙草休憩をしたということだ。食料品を買いに寄ったのかもしれない。わたしが心配しているとでも？　とアマンダは思った。

ルースがサクランボ——赤というよりは黒に近い色のサクランボ——を盛ったボウルをテーブルに置いた。どこか儀式めいた雰囲気で。

「ありがとうございます」なぜこの女にお礼をいっているのか、アマンダは自分でもよくわからなかった。十一ドル払ってこのサクランボを買ったのはわたしじゃないの？

雲が空に広がりはじめた。よくあるやわらかい綿のような、子供が絵に描きそうな雲だった。しかし気温の変化は大きく、G・Hは身震いした。「ちょっとジャグジーに浸かったほうがよさそうだ」

アマンダはこれを誘いと捉えた。テーブルを離れ、よく知らない男の隣で泡のなかに身を沈めた。お湯で体が浮いて、座るのがむずかしかった。アマンダはまえに身を乗りだして森のほうを見た。子供たちの姿がなかった。

「二人は大丈夫ですよ」ジョージにもわかっていた。子供を持つと、つねに気を張っていなければならないのだ。「あの向こうにも木があるだけだから」

ルースが二人を見た。ランチに合わせてワインを飲んだせいで眠くなってしまった。「コーヒーでも淹れてきましょうか」

「それはいいね、きみ。ありがとう」

アマンダは微笑んだ。「なにかお手伝いしましょうか？」

「くつろいでて」ルースは家のなかへ戻っていった。

「プール。ジャグジー。電気代で一財産持っていかれそうですよ。ソーラーパネルを設置するつもりです。自分たちもこの家を使うので、シーズン中の工事は避けたくて、九月か、十月になるまで待っているところです。業者がいうには、電力会社に売れるくらい発電できるようになるそうで。もっと多くの人がそうすべきですよ」G・Hはこの女との会話を楽しみはじめていた。聞き手がいるのはいいものだった。

「クリーンなエネルギーですね。地球を救わなきゃ。法律にするべきだわ」ときどき、映画館や大通りの歩道で風力発電の宣伝活動としてパンフレットやバッジを配っているのを見かけるが、アマンダはいつもそれを詐欺のように思っていた。「いまのお仕事はどんなふうにはじめたんですか？」さらなる世間話だった。

「大学のときに、よき師に出会いましてね。彼のおかげですよ、私がこの道に――まあ、ふつうの人がどうやって生活費を稼ぐのか、当時の私はよく知らなかったので。母は美容院をやっていました」G・Hの声の調子からは、母親の仕事に対する敬意が伝わってきた。母親はがんで亡くなった――肝臓と胃と膵臓（すいぞう）のがんで。おそらく、自分と似たような女たちの髪をきちんと整えるために使った化学物質のせいだろう。「スティーヴン・ジョンソン。もう亡くなっていますが、すばらしい人生を送った人です」

「きっと、園芸の才（グリーン・サム）みたいなものなんでしょうね。あるいは、ルービックキューブが上手にそろえられるとか。お金を稼ぐことができる人も、できない人もいる」アマンダもクレイも身のほどはわきまえていた。

これはG・Hにとって得意な話題の一つだった。「一般的にはそう思われているようですね。それがなぜなのか、考えてみる必要があります。お金を――大金持ちとはいかないまでも、快適に過ごせるだけのものを――手に入れることが不可能だと思わせたがっているのは誰なのか？　これもスキルなんですよ。教わることができるんです。大事なのは情報だけです。新聞を読み、世のなかで起こっていることに聞き耳を立てなければならない」当然、抜け目なく働く頭脳も必要だが、それは大前提としていわずにおいた。

「新聞なら読んでます」自分は世慣れた女だとアマンダは思っていた。自分の仕事についてもなにかひとことといいたかったが、いえるようなことはほとんどなかった。

「世のなかの動きを支配しているパターンを理解するだけでいいんですよ。クイズ番組の〈プレス・ユア・ラック〉で勝った男の話を聞いたことがありますか？」G・Hは〈レイバン〉のサングラス越しにアマンダを見おろした。いますぐ新聞がほしかった。数字のことを考えていた。どの数字が動いただろうと思った。

「ハズレ（ワミー）か、アタリ（ノー・ワミー）か、というやつですか？」

「勝者の男は充分に注意を払って、ハズレが決してランダムではないと気づいただけなんですよ。ハズレは必ず一定の順序に従って出るんです。その情報は目のまえにあったのに、わざわざ探そうとした者はそれまで誰もいなかった」裕福な人々は道徳的な権威を持っているわけではない。ハズレがどこにあるか知っているだけだった。

「おもしろいですね」ほんとうはまったくそう思っていないことを暗ににおわせるような口調でアマンダはいった。子供たちはどこだろう？　「わたしは、いまは仕事を離れることができてうれしいんです。誤解しないでほしいんですが――おもしろい仕事ですよ、まあ、わたしにとっては。人が自社の物語を披露する手伝いをするというのは。彼らが顧客を見つけ、つながりを築くお手伝いをするんです。でも、交渉する手腕が必要で。ときどき疲れてしまって」

ジョージはつづけた。「私の師はウォール街の会社で働いた最初の黒人でした。ある日の午後、一緒にランチをとりました——ランチですよ！　私は二十一歳でした」コミュニケーションの手段としてレストランでランチをとるなど、G・Hはそれまで考えたこともなかった。ましてやそのレストランが、床にはカーペットを敷き、壁は鏡張り、真鍮の灰皿が置かれ、制服を着て髪をポニーテールにした気の利く女たちのいる場所だなんて。G・Hがネクタイなしで現れると、スティーヴン・ジョンソンは彼を〈ブルーミングデールズ〉へ連れていき、〈ラルフローレン〉の店舗でネクタイを買ってくれた。G・Hはそれをどう締めたらいいかわからなかった。それまでのクリスマスにはクリップで留められるたぐいのもので済ませていた。

「女性は職場で協力しあう必要があると、まえまえから思っていました。まあ、どんな場所でもそうかもしれませんけれど。先輩たちがいなければ、きっとどこにもたどりつけなかった」これは百パーセント真実というわけではなかった。アマンダは女性のために働いてきたが、じつは男性と働くほうが好きだった。男性のモチベーションはとてもわかりやすかった。

「師匠が私にいったんです、〝われわれはみな機械だ〟と。そのとおりなんですよ。選べるのはどういう種類の機械になるかという点だけで。われわれはみな機械なんですが、なかにはプログラムを自分で決められるほどの切れ者もいる」彼がいうのはこういうことだった——愚か者は反乱が可能だと信じているが、じつは資本がすべてを決定する。人はそれに自分を合わせることもできるし、拒否しようと思い定めることもできる。しかし後者は幻想だ、とスティーヴン・ジョンソンはいった。人は裕福になるか、ならないかだ。どちらかを選ぶしかない。スティーヴン・ジョンソンとG・Hはおなじタイプの人間だった。彼がいまの彼であるのは——家長で、知力ある人物で、夫で、すばらしい腕時計のコレクターで、つねにファーストクラスを使う旅行者であるのは——そうなることを選んだからだった。

アマンダは混乱した。双方向の会話ではなく、互いを迂回するような会話だった。「ご自分のお仕事が大好きなんですね」

G・Hは自分の仕事が最初から好きだったのだろうか？　それともあとから好きになったのだろうか？　見合い結婚をした夫婦のあいだで、何年も経つうちにいつのまにか契約が愛情に似たものへと変わるように？　「私は幸運な男なのです」

暑気にはオーガズムとおなじような爽快感があった。鼻をかむのにも似ていた。日射しは熱く、湯も熱かったが、それでもまだこんなにエネルギーがあった——アマンダはブロック周辺を走ることもできたし、昼寝をすることもできたし、懸垂だってできた。しかしクレイの車があの道を戻ってくるのを待っていた。もう一時間になるではないか。アマンダは車の音がしないかと耳を澄ました。

一家でここを発つべきだった。うまく時間を合わせれば、夕食の時間には帰宅できるだろう。近所のレストランで——ふだん行くにはすこし高すぎるような店で——ちょっとしたご馳走を食べてもいい。アマンダはもちろん、クレイがおなじことを考えたのを知らなかった。二人がどんなにお似合いの夫婦かが、知らないうちに証明されていた。

ジャグジーの振動がなければ、庭は静かだった。アマンダは森を見て、なにか動いているものが見えたと思ったが、子供たちの体を見つけることはできなかった。母親ならそれくらいできてしかるべきだと昔は思っていたが、その後、よちよち歩きの幼児だったわが子を遊び場に連れていったら即座に見失った。そこにあったのは、自分とはなんの関係もない小さな人間たちでできた海だった。自分の子供にきょうだいがいてよかったと思った。そして二人がまだ子供で、一緒にゲームに没頭したり、田舎の子供がしそうな森の探検を二人でしたりするのを見るとうれしかった。

アマンダがとくになにもせず、ただそこに座っていたときに、それが起こった——なにかがあった。音(ノイズ)があった。いや、そのひとことでは説明しきれなかった。ノイズというのは不十分な名詞だった。あるいは、ノイズはそもそも言葉で説明できないものかもしれなかった。音楽だってノイズの一種ではないか——言葉でベートーヴェンを捉えきれるだろうか？　そう、これもノイズだった。ただし、物理的に存在するかと思うほど大きかったし、当然なんの前触れもなく、ひどく唐突だった。なにもなかった（現実世界では！）ところに、次の瞬間にはノイズがあった。もちろん彼らもこんなノイズはいままで聞いたことがなかった。こういうノイズは、聞くのではない——経験し、耐え、乗り越え、目撃するのだ。彼らの人生は二つに分けられたといってもいいだろう——このノイズを聞くまえと、聞いたあと。それはノイズだったが、一つの変化でもあった。一つの形態でもあった。なにかが起こった。起こりつつあった。それは進行中で、正体は不明ながら、まぎれもなく一つの形態だった。

理解は事実のあとからやってくる。人生とはそんなふうに働くものだ――自分は車に轢かれたらしい、心臓発作を起こしたらしい、脚のあいだから出てきたこの灰色がかった紫色のものはわたしたちの子供の頭らしい、などと。悟りだ。エピファニーは一連の出来事の最後にあって、到達するまで見えない。理解するには、うしろ向きに歩かねばならない。人々がしたのはそういうことだった。人々はそうやって知った。そう。それで、とにかく問題はノイズだった。

バン、でもなく、ピシャリ、でもなかった。雷鳴よりも大きく、爆発よりも大きかった。ここにいる人々は誰も本物の爆発音を聞いたことがなかった。爆発音がよく知られているのは映画に頻繁に出てくるからなのだが、本物は珍しかった。いや、彼らはみな幸運だったのだ、爆発のようなものを経験せずに生きてこられたのだから。とにかくこの時点でいえるのは、それがノイズで、ノイズという言葉の実用的定義を以後ずっと変えてしまうくらい大きかったということだ。こんなにも怯え、驚き、理解できないような影響を受けていなかったら、泣いたかもしれない。いや、受けていても泣いたかもしれない。

ノイズそのものはおそらく一瞬だったが、それに伴う大気の振動は長くつづいたように思われた。あのノイズは、そしてあのノイズの余波は、なんだったのだろう？　珍しくもない、答えの出ない疑問だった。アマンダは立ちあがった。二人の背後で、寝室とデッキを隔てるドアのガラス板がひび割れた。ごく細いが長いひびで、美しく、幾何学模様のようでもあり、しばらくは誰も気づかなかった。ノイズは人間が思わず膝をつくほど大きかった。遠く、森のなかでアーチーがやったのもそれだった――剝き出しの膝を地面についた。人間に膝をつかせることのできるノイズは、名前がノイズであるというだけで、じつはまったくの別物だった。その別物をいい表すための名詞はなかった。だいたい、そんな言葉があっても使う機会がどれだけある？

「いったいなんなの？」まあ、これが唯一の適切な反応だろう。アマンダはジョージに向かっていっているわけではなかった。誰かに向かっていっているわけではなかった。「いったいなんなの？」三回、四回、五回そういったかもしれないがそれは問題ではなかった。アマンダはそういいつづけ、その言葉は祈りとおなじく聞き届けられなかった。

アマンダは震えていた。揺すられるのではなく、みずから体を揺らし、振動していた。そして黙った。こんなにも大きなノイズに対し、黙って迎える以外なにができるだろう？　自分では悲鳴をあげているつもりでいた。感情の悲鳴。心の悲鳴。しかし実際には、アマンダは池からひょいと釣りあげられた魚のように喘いだだけだった。聴覚も発声も不自由な者が激情の瞬間に出すような音だった。発話の影、発話の輪郭だった。アマンダは腹を立てていた。「なんなの――」とくに最後までいう必要は感じなかった。ひとりごとなのだから。「なんなの。なんなの。なんなの」

ジョージはバスタブを飛びだし、タオルをはおることさえしなかった。世界中が静かで、あったのはおそらく余韻だけ、ノイズがなくなったあとの空間だけだった。アマンダは耳にダメージを受けたような気がしたが、それは錯覚だった。おそらく脳にダメージを受けていた。ハヴァナにある領事館の職員がノイズと関連があると思われる神経症状を患ったという話があった。兵器が音波を出すことをアマンダは思いつきもしなかったし、このノイズを怖れるべきかもしれないとは思いもよらなかった。激しい雷雨のときに子供やペットに怖がらなくていいといって聞かせるのに似ていた。

アマンダは震えていた。ケネディの横顔が浮き彫りになった五十セント硬貨を舌の上に置いたような、ピリッとくる味がした。動いたらノイズがまた起こるかもしれなかった。また起こったら、アマンダには耐えられる自信がなかった。もう二度と聞きたくなかった。「なんだったの？」なによりも自分に向けた言葉だった。局地的なものだろうか？　家のなかだけとか、敷地内だけとか。あるいは気候や星間の動きに関わるものだろうか？　それとも神その人の到来を告げるために天が割れたのだろうか？　そう問いながらも、あのノイズに満足のいく説明がつけられないことはわかっていた。アマンダが思いついたのは過去の論理、過去の説明に過ぎなかった。

最初は緩慢な反応しかできなかった。アマンダは歩き、それから飛ぶようにステップを降りた。さっきは外の木々をただ眺めていただけだった。いまは緑色と茶色ばかりのなかに子供たちの体を見つけようとしていた。大声で二人を呼ぶべきだったし、自分ではそうしたつもりだったが、実際にはしていなかった。声がうまく出なかった、いや、体に追いつかなかった。アマンダはやみくもに進んだ。最初はゆっくり、その後ジョグから疾走へとスピードをあげ、プールを通り過ぎてゲートを乱暴に押しあけ、草のなかへ侵入した。子供たちが——あの完璧な顔、非の打ちどころのない体が——どこかにいるはずだった。しかし見えるのは固まりになった風景だけだった。もしもアマンダが近視で眼鏡をかけていなかったらこう見えるだろうと思うような光景だった。ぼやけ、まぶしく、耐えがたかった。

　アマンダはさらに速く走った。庭はあまり大きくなく、走る場所もそんなになかった。それでもアマンダは声に出して呼ばず、ただ走った。日陰に掘っ立て小屋があった。ドアをあけると、なかは空（から）だった。流れるような一つの動作で——完全に足を止めてはいなかった——庭の端までやわらかい泥と乾いた落ち葉の上を走りつづけた。例のノイズはやんでいたが、雑音ならまだほかにもあった。アマンダの血が血管を流れる音、弾力のある心臓の鼓動。どうしても子供たちの体を抱きしめたかった。

　棒切れの上を飛び越えた。踏んでもいいくらい小さな棒だったのだが。アマンダの足は腐葉土のカーペットのなか、あちこちで小石や、尖った木の皮や、とげや、なにかやわらかくて不快なものを踏んだ。声に出して二人を呼ぶべきだったが、もし万が一、二人が自分を呼んでいたら、囚人が死刑執行のときに発するといわれるような、切羽詰まった〝ママ〟という呼び声をあげていたら、その声を掻き消してしまうのはいやだった。

子供たち、わたしの子供たちはどこ？ 木々はほとんど動きもしなかった。無関心な様子でただそこに立っていた。アマンダは地面にくずおれた。短パンを穿いていたので、落ち葉や、木の皮や、土の感触が心地よかった。ピンクの膝についた泥が軟膏(なんこう)のようだった。きれいだった足の裏は黒くなり、でこぼこになっていたが、痛くはなかった。アマンダはようやくわれに返り、子供たちを呼ぼうとした。愛情をこめてつけた名前を口に出そうとした。だが、〝アーチー〟〝ロージー〟（あだ名が口をついて出たはずだった、愛と切望のゆえに）という代わりに、アマンダは悲鳴をあげただけだった。恐ろしい、動物の鳴き声のような悲鳴だった。いままで耳にしたなかで二番めに強烈なノイズだった。

23

三人はふだんより静かな声で話した。もちろん、ノイズを憂慮してのことだった。みんな、あれが戻ってくるのを待っていた。不意を突かれるのはいやだったが、まえに一度聞いたことがあったとしても、予測できるものではなかった。なにはともあれ、意見は一致しなかった。G・Hは百パーセント確信を持ってしゃべっているわけではなかった。「雷だったんじゃないかな」ときには、意志の力で自分の言葉を信じることだってあった。

「雲がなかったわ！」アマンダの激しい苛立ちは、安堵したせいですこし矛先が鈍っていた。子供たちを見つけたからだ。物乞いのように汚れ、目を丸くした二人を、アマンダは放そうとしなかった。ローズの右手を自分の両手で握った。何年もまえ、ローズが悪いことをしたときによくそうしたように。ローズの左の手のひらには切れめのないまっすぐな赤い線が刻まれていた。左膝を擦りむき、顎と肩とやわらかいおなか――ビキニを着るために何カ月もダイエットしていた——は汚れ、髪はべたつき、目は赤くなっていたが、そのほかは問題なかった。子供たちは二人とも大丈夫そうに見えた。大丈夫だと思いたかった。

アマンダは向こう見ずに森に飛びこんでいって、持っていることさえ忘れていた本能のようなもので二人を見つけた。いや、たぶんまぐれだったのだろう。ノイズのせいで走りだした三人の道が、たまたま交わったのだ。ノイズのせいで、クレイは気が変になりそうなほど誰もいない道路の脇に車を停め、ドアをあけて、天国のことを考えた。ノイズのせいで、コーヒーポットをいっぱいにしていたルースは驚いてスプーンを床に落とした。ノイズのせいで、千頭を超えるあのシカは——もともと人間が引いた土地の境界線などには無頓着だったが——暴走して人家の庭を踏み荒らした。草を食むために立ち止まることさえしなかった。家の所有者たちはそれどころではなかった。砕けた窓や、泣き叫ぶ子供たちや、回復不能なほど影響を受けた乳児の鼓膜に気を取られ、シカをポカンと眺めるようなことはなかった。

アマンダと子供たちが森から姿を現すと、他人同士ではあったものの、全員が再会を心から喜んだ。ルースは腕を少年の剝き出しの肩に回した。G・Hは父親のようにほっとして、アマンダの腕をぎゅっと握った。ノイズの余韻——ブンブンいう唸りのような、振動する感覚——がまだ残っているような気がした。海岸でときどき遭遇するアブのような、つきまとってくる虫の群れのような感じだった。そこにあるようで、そこにない。しつこかった。アマンダは全員が思っていることを代弁して、なかに入りましょうといった。空は真っ青でとてもきれいだったが、戸外はなんとなく信用ならなかった。ノイズは自然のもののようだったが、その音を締めだしておくには煉瓦では充分でないことをルースは知っていた。「爆弾だったのかしら?」キノコ雲の映像が頭に浮かんだ。

「パパはどこ?」ショックのあとに退行現象を起こしたかのように、アーチーはかん高い、おちつきのない声になっていった。〝パパ〟といったところで声が割れた。父親はどこにいるのだろう?

「ちょっと用足しに出かけたの」アマンダは短く答えた。

「きっともう、いまにも戻ってきますよ」ルースはグラスに水を注いだ。子供たちは汚れ、汗をかいていた。どう手助けしていいかよくわからなかったが、とにかく手助けしたかった。ルースには、孫たちを抱きしめることはできなかった。しかしここにいる他人の子供たちに水のグラスを手渡すことはできた。

「ありがとうございます」アーチーは礼儀を思いだした。いい兆候だった。

「体を洗ってきたらどう?　わたしがアーチーと一緒にいるから」ルースは身を屈めて、さっき落としたスプーンを拾った。コーヒーの粉を計るのに使ったティースプーンだった。手助けしたいのもほんとうだったが、なによりも気晴らしがしたかった。

アマンダはローズをバスルームへ連れていき、傷を洗った。どれもたいしたことはなかった。儀式のような手当ては二人のどちらにとっても心地よかった。湿らせたトイレットペーパーに、抗生物質の入ったネオスポリン軟膏。子供の顔は、熱い息のにおいがわかるほど近くにあった。ルワンダ虐殺のあと、美容院は人々の助けになった。人肌に触れることには治療のような効果がある。アマンダは濡らした洗面タオルでローズの顔を拭き、トレーナーと短パンを着せた。もう裸同然の恰好をさらすのはいやだと思っていたローズは異議を唱えなかった。ノイズはローズを震えあがらせていた。

ルースはなにかせずにはいられなかった。「ねえ（スウィーティ）、水をお飲みなさいな」こういうご機嫌取りのような言葉は自然には出てこなかった。学校では、職員はどの子にも〝フレンド〟と呼びかけた。なにか厄介な状況になったときでさえ、〝マーム〟や〝サー〟ではなく〝フレンド〟に訴えるのだ。あなた（フレンド）、そのふるまいについて話しあう必要があります、とか。皆さん（フレンズ）、もうすこし声を小さくしてください、とか。上下関係をはっきりさせないという点においてすばらしい言葉だった。

アーチーのつるりとした背中は汗と土埃のペーストで薄く覆われていた。皮膚についた汚れに言葉を書くことができそうだった。いたずら者が砂埃のついた車に〝わたしを洗って〟と書くように。アーチーは律儀に一口飲んだ。「耳が変なんです」

「それがふつうよ」ルースの耳は変ではなかったが、ほかのあらゆる場所が変だった。「あれは——大音声だったから」鼓膜がダメージを負っているのかもしれなかった。

アマンダが戻った。きれいになった少女は子供に返ったように母親の手をつかんでいた。

「あら、アーチー。汚れてるわね」アマンダは安心したように、元気づけるように、アーチーのベタベタする背中を撫でた。

G・Hは窓の外を覗いていた。プールや、さらさらと音をたてる木々といった、目に映るすべてのものを疑わしい思いで眺めた。外にあるものはこれで全部、彼に見えるものはこれで全部だったが、ほかのものが見えるのを期待していたわけではなかった。なにが見えるというのか？　爆弾？　ミサイル？　この二つはおなじものだろうか？

「飛行機だったんでしょうか？」アマンダは頭のなかで再現しようとしたが、ノイズは痛みに似て、体が細部を覚えていなかった。機械的な音だったかもしれず、機械といえばやはり飛行機だった。

「飛行機の墜落？」これがほんとうに自分のいいたかったことなのか、ルースにはよくわからなかったし、墜落でどういう音が出るのかは想像もつかなかった。ロッカビーの上空で爆発した飛行機とか、ハイジャックされて国会議事堂へ向かうはずだった飛行機とか。これもまたハリウッド映画で見たことがあるだけだった。

「それとも超音速ジェット機の音とか？　ソニックブーム……超音速による衝撃波のせい？」アマンダたちは結婚十五周年のちょっとした記念にコンコルドに乗ったことがあった。フランソワ・ミッテランもおなじ便に乗っていた。「国土の上空を飛んでいるときには音速を超えてはいけなかったはず。だけど海の上なら衝撃波は雲散霧消する。そんなところじゃないかしら」

「飛行機は、ふつうは音速を超えたりしないよ」アーチーはこれについて六年生のときにレポートを書いた。「コンコルドはもう飛んでないし」

アーチーのいうとおり、コンコルドは北大西洋でクジラを怯えさせただけだった。しかしいまは特別な時だった。アーチーは知らなかったが、ローマとニューヨークから送りだされた飛行機はふつうは北へ向かい、公海への最短ルートを取る。だが今回はアメリカの東側に近づいていたものを迎撃しに向かったのだ。そのときに生じたノイズによって影響を受けたのは直径およそ八十キロのエリアだった——彼らの小さな家の真上に天空の裂けめができたようなものだった。

ルースはあの変わったサンドイッチの食事をとったとき、それをすでに考えていた。「きょう、気になったんだけど——気がついた？　空の交通が止まっていたの。飛行機も、ヘリコプターも、一機も飛んでいなかった」

妻がいうならそれはほんとうだと、G・Hにはわかった。「きみのいうとおりだ。ふだんならたくさん聞こえるのに。飛行機の音も、ヘリの音も」

「どういうことですか？」アマンダが尋ねた。「きっとなにか——」

「趣味のパイロットがレッスンを受けていて、堪え性のない人たちがマンハッタンから飛び立ったりするの。地元紙の論説でも大きく扱われている問題なのよ」ルース自身は騒音公害に慣れており、音がしなくなって初めて気がついたくらいだった。これがどういうことかはわからなかったが、なにかしら意味があるだろうとは思った。

アマンダは子供たちを部屋から送りだしたかったが、彼らの気を逸らすためのテレビがなかった。「アーチー、服を着てきたら?」アマンダの手はアーチーのベタベタする背中に乗っていた。アーチーは触れられているところが熱かった。「もっと水を飲んで。シャワーを浴びてきたほうがいいんじゃない?」

ルースは理解を示した。たぶん、親なら誰でもわかっただろう。「ローズ、ちょっと横になったらどう?」

この知らない女の人がいうことに従うべきかどうか、ローズにはわからなかった。どうしたらいいか確認しようと母親の顔を見あげた。

「それはいい考えだと思うわ、ハニー」アマンダは感謝していた。「ママのベッドでゴロゴロしてなさい。本でも読みながら」

「おれはシャワーを浴びてくるよ」アーチーは、服を着ていないことが突然気になりはじめた。それに、これは絶対に白状できなかったが、あのノイズを聞いたとき、水着のなかにおしっこを洩らしていたのだ、赤ん坊のように。もっと小さかったときには、大人の会話が理解できればいいのにと思ったこともあった。しかしいま理解できるようになってみると、自分はそれを過大評価していたのだとわかった。「行こうぜ、ローズ」兄の心遣いだった。

アマンダは子供たちがいなくなるのを待ってからいった。「あれはなんだったんでしょう?」

ルースは夫の向こうの窓から青一色の空を見た。「天候のせいではない――」泳ぐのに理想的な日だった。それに、あんなにも大きな音があんなにも長くつづく雷など見たことがなかった。もしここがハワイだったら、火山の噴火だといっていたところだ。

G・Hはイライラしてきた。この話は終わりにしたかった。「あれがなにかはわからない、という点で意見が一致するところですね」

「クレイはどこにいるんでしょう?」アマンダはルースを見た。まるでルースのせいであるかのように。ノイズは十代の少女を幼児に戻し、アマンダのことを弱く、頼りない人間にした。

ルースは時間の感覚をなくしていた。「出かけたのはそんなにまえじゃなかったわよね。そんな感じがする」

「すぐに戻りますよ」G・Hはそう請けあった。

「でも、こういうことですよね。なにかが……起こっている」スマートフォンの電波を止めるというのは攻撃だった。テレビがないのは戦略だった。「なにかしなくちゃ!」

「なにをしたらいいのかしら、あなた?」ルースは反対はしなかったが、途方に暮れていた。

「わたしたちは攻撃されているんです。これは攻撃ですよ。攻撃だった場合にはどうしたらいいんですか?」

「攻撃されているわけではありませんよ」しかしG・Hにも百パーセント確信があるわけではなく、それが顔に出ていた。「変わったことなどなにもありません」

「変わったことがないですって？」アマンダの声が大きくなった。「わたしたちはここに座ってるだけ。ただの、なんていったらいいか、役立たずみたいに。座ってるアヒルがこんな感じじゃありませんか？　アヒルはただそこに座って、撃たれるのをまっているのでは？」なんて馬鹿なことを。アヒルはなぜ座るのだろう？

「つまりね、われわれにはまだなにが起こっているかわからない。だからクレイが戻るのを待って、わかったことを確認すべきだと思うんですよ」

「車で町へ行って、クレイを探すべきじゃないかしら？」アマンダは家を出たくはなかったが、そうするつもりだった。なにかしなければ。「バスタブに水を張るべきでは？　電池とタイレノールはありましたっけ？　近隣の人を探すべきじゃないですか？　食料は充分にあるかしら？　いまは非常事態なんでしょうか？」

G・Hはヴァーモント産大理石のカウンターに茶色い手を置いた。「非常事態です。備えは充分です。ここにいれば安全ですよ」これは事実だった。エナジーバーも、ワインのケースもある。

「発電機はありますか？　防空壕(ごう)は？　それから——あとはなにかしら。手回しラジオとか？汚い水を安全に飲めるようにするストローとか？」

「クレイはきっともうすぐ戻ってきますから」G・Hは自分にもいい聞かせていた。「ここにいましょう。ここにいれば安全です。全員。ここにいましょう」

「町までは十五分。それから、帰るのに十五分。それで三十分はかかる。すくなくとも」ルースはそわそわしていった。自分たちはなにをしているのだろう？「たぶん、道を知らなければもうすこしかかるわね。片道二十分くらい。四十分ね、行きと帰りで」

アマンダは全員に対して腹を立てていた。「もし帰ってこなかったら？　車が故障したとか、あのノイズがクレイになにかしたとか、あるいは――」なにを想像したのだろう？　クレイが永遠にいなくなるところ？

「ジョージのいうとおりですよ。わたしたちは安全だから。ここにしっかり腰を据えていましょう」

「なにが起こっているかもわからないのに、どうして安全だなんていえるんですか？」アマンダは子供たちに聞かれていないことを望んだ。いまや泣いていた。

「わたしたちはあのノイズを聞いた」ルースは合理的に考えた。「やはり待つべきだと思う。次になにをしなければならないかわかるまで」

アマンダは逆上した。「インターネットもつながらなくて、電話もつながらなくて、なにがなんだかわからない」アマンダはそれをこの二人のせいにしていた。二人がドアをノックして、すべてを台無しにしたのだ。

「もしかしたら、似ているのは——なんだったかしら？　テンマイル島？」ルースは飲み物がほしかったが、それがいい考えかどうか判断がつかなかった。「このへんに発電所があったじゃない？」

「スリーマイル島だね」G・Hはつねにこの手のことをよく知っていた。

アマンダはそれを歴史の本で読んで知っていた。「原発事故？」若いころに抱いた不安がいまも変わらず押し寄せてきた。大統領専用の赤い電話、閃光、放射性降下物。こういうものすべてを、ある時点から忘れていた。「ああ、どうしよう。窓に目張りをするべき？　わたしたち、病気になるのかしら？」

「それであのノイズの説明がつくかどうかはわかりませんよ」G・Hは思いだそうとした。エネルギーをつくりだすための反応を起こしている物質がある。それを冷やすのに使われた海水によって蒸気が生じる。日本で起こった地震が虚偽を暴いた。海水は環流し、有毒物質は海を越えて移動するのだ。オレゴンでも瓦礫が見つかった。それにしても原発事故であんな音が出るだろうか？　この近辺の原子力発電所は街に電力を供給していただろうか？　発電所のダメージで停電の説明がつくのだろうか？

「ミサイルかも？」アマンダは声に出して考えていた。「北朝鮮。ルース、あなたは北朝鮮だっていってましたよね？」

「イランじゃないかな」G・Hはたいして考えもせずに口にした。

「イラン？」アマンダはその場所の名前を初めて聞いたかのようにいった。

「憶測はやめたほうがいい」G・Hは後悔しつついった。

「もしかしたらそうだったのかもしれない。停電があって、それから――あのノイズの原因になったものが来た。爆弾だかなんだか」テロリストというのは計画者だ。活動そのものが衝動的に見えるのは、テレビが準備段階を――会合、戦略、草案、資金などを――映せないからだ。だいたい、あの同時多発テロの十九人だって、フライトシミュレーターで練習したというではないか。だいたい、フライトシミュレーターなんてどこにあるのだろう？

「われわれはちょっと神経が昂っているから――」G・Hは見えているものから離れないことが重要だと感じた。

ルースは飲むことにした。ワイン棚の鍵を見つけ、カベルネの赤ワインをキャビネットに取りにいった。「だけど……クレイ。もしも――クレイがなにかを見つけたら？」もっと悪いことがあった。クレイが戻ってこないとか、あるいは戻ってきたとしても、外の世界でほんとうに耐えられないようなことを、いままでにみんなで想像したよりももっと悪いことを発見し、その知らせを伝えようとしていたら？　そして一緒に耐えるしかなくなったら？

アマンダはさらに泣いた。「でもなにが起こっているのかまだわからない。わたしたち……」アマンダはペンダント・ライトに目を向けた。新しいのだが、一、二世紀まえの校舎にあったものを模したアンティークだった。それからステンレスの食洗機を隠すデザインの内装や、レモンが山盛りになった乳白ガラスのボウルを見た。この家はとても魅力的だった。しかしもう安全には感じられない。なにもかも、以前とおなじようには思えなかった。

「もしかしたら、テレビがまたつくようになっているかも」ルースは努めて楽観的にいった。

「あるいは、スマートフォンが動くようになっているとか」アマンダは祈るようにそういった。

カウンターを見おろすと、たぶん初めて、抽象画のような美しい石の模様に気がついた。頑丈そうには見えなかったが、新しい美しさがあった。それは意味のあることだった。

24

男の責任なんてものはまったくの戯言だとクレイは悟った。みんなを助けたいなどという自惚れ！　あのノイズのせいで、クレイは家に帰りたくなった。誰かを守りたくなんかなかった。自分が守られたかった。ノイズは涙をもたらした、失望の涙、苛立ちの涙を。何回もUターンさせられ、完全に道に迷っていた。煙草を吸いたいとさえ思わなかったが、あれが起こったときには——空が割れ、触れることのできないものがまわりじゅうに降ってきたときには——スピードを落として車を停めた。鳥やリスやシマリスや蛾やカエルやハエやダニも驚いただろう、とは思わなかった。自分だけに注意を払った。

クレイはその場でアイドリングしていた。邪魔になるようなこともなかったから。ノイズはもう一度来ると確信して八分待った。確かに来たが、クイーンズの上空だった。クレイに聞こえない程度には遠かった。クレイにとっては、孤独だったがゆえにノイズが耐えがたいものになったが、反対でもおなじだった。クイーンズでは人混みができ、パニックが広がった。人々は走った。泣いた。警察は何とかしようとするふりさえしなかった。

そのときだった、クレイが道を見つけたのは。これまでの四十四分がなかったかのようだった。右に曲がると、卵があると謳った看板が見えた。考えるのもばかばかしかった。クレイには情報もなければ、冷たいコーラもなかった。何分かまえには、家に戻ったら家族をまとめて車に乗せ、ここを去るつもりだった。去ったあとは二度とあの家を見たくなかった。

しかしいま、塗装された煉瓦が昔からの友人のようにクレイを迎えた。不安が安堵に変わり、泣けてきた。クレイは車のエンジンを切った。空を見て、車を見た。それから木々を見やった。家へ向かって走りながら、自分が知っていることを列挙しはじめた。

海面が上昇しつつあるといわれていた。人々はグリーンランドのことを頻繁に話していた。ハリケーンの季節はとくに悪かった。アメリカの第四十五代大統領は認知症のように見えた。アンゲラ・メルケル首相はパーキンソン病のように見えた。エボラ出血熱がまた流行りだした。金利になにかが起こりつつあった。いまは八月の第二週で、授業がもうすぐはじまるはずだった、日数でカウントできるくらいすぐに。《ニューヨーク・タイムズ・ブックレビュー》の担当編集者はおそらく、クレイの書評へのコメントを書いた返信メールをくれているはずだった。

もしも、たとえば今夜、日が落ちたあとに——農地特有の深い闇がまわりじゅうを覆ったあとに——あのノイズがまた来たら、クレイは生き延びられないだろう。どんな人でも無理だろう。それがあのノイズの本質だった。蒸留されたような恐怖だった、ほんの一瞬、ほんとうにつかのまの。もう一度考えただけで、あれがなんだったのか推測しようと、どんなふうに聞こえたか思いだそうとしただけで、鳥肌が立って皮膚がザラザラになった。怖くて眠れそうになかった。どうやって出ていくつもりだったのだろう？

　クレイは父親を思いだした。ミネアポリスの自宅でテレビを見ていた父親が、ロングアイランド上空に発生した謎めいたノイズのことなどなにも知らないというのはものすごくありそうだった。人生に影響する、ほんとうに大きな出来事というのはあるものだ。クレイが十代だったとき、母親はふり払えない眠けに悩まされ、それをインフルエンザのせいだと思っていた。そして数カ月後に白血病で死亡した。十五歳だったクレイは、インスタント食品の〈ハンバーガーヘルパー〉を使って食事をつくることを覚え、白いものと色ものを分けて洗濯することを覚えた。人は突然死ぬことがあるが、生き残った者はそれでも夕食をとる必要がある。もしかしたら戦争がはじまったのかもしれないし、産業事故のようなものがあったのかもしれないし、何千人ものニューヨーカーが地面の下で地下鉄に閉じこめられたかもしれないし、ミサイルが発射されたのかもしれないし、自分たちが可能性すら思いつきもしなかったような何事かが展開したのかもしれなかった――偶然にも、これらはすべておおむね当たっていた――が、それでもクレイは煙草が吸いたい気分になったし、子供たちの行儀が心配だったし、夕食になにを食べさせようかと考えていた。変わりばえのしない日常生活（ビジネス・アズ・ユージュアル）、生きるという仕事（ビジネス）だった。

アマンダとG・Hとルースがなかにいた。三人は芝居の演者のように、この瞬間のリハーサルをしてあったかのように——一人はここに立って、もう一人はこっちに立って、あとの一人はそっちに立って、あなたは入ってきて——クレイを見た。自分は拍手を待ち、さらに拍手がやむのを待ってからしゃべるべきなのではないかとクレイは思った。その場合、自分の台詞はなんだろう?

「やだ、びっくりした」アマンダは駆け寄ってハグをしたりはしなかったし、叫んだりもしなかった。言葉と安堵の気持ちがドサッと落ちただけだった。

「ただいま」クレイは肩をすくめた。「みんな、大丈夫?」

G・Hは無罪が証明されたかのような顔をした。満足そうだった。

アマンダはクレイを抱きしめた。なにもいわなかった。一度身を離してクレイの顔を見あげ、それからもう一度抱きしめた。

クレイはほかになんといっていいかわからなかった。例のノイズを聞いて顔をしかめ、ノイズが引いていくと自分の血が血管を巡る音が聞こえるようになった、それだけのことだった。

「ぼくは大丈夫。帰ってきただろう。きみはどう? 子供たちはどこだい?」

「われわれはみんな大丈夫です」G・Hが断言した。「みんなここにいます。みんな無事です」

「あなたもどう?」映画に出てくるバーテンダーのように、ルースがワインのボトルをクレイのほうへ押しだした。思ったよりも自分がほっとしていることに、ルースは気がついた。最初はそれを恥ずかしく思い、それからすぐにゾッとした。ルースはクレイがほんとうに戻ってくるとは思っていなかったのだ。

クレイは木の床をこするように椅子を引いて腰をおろした。「あれを聞いた?」

「町へ行った? なんだったの?」アマンダは夫の手を取った。

クレイはノイズのことを考えられなくなった。自分の恥を考慮しなければならなかった。恥を認められるかどうか、自分でもわからなかった。「行かなかった」クレイは単調に、抑揚をつけずにただそういった。

「行かなかった?」アマンダは混乱した、いや、全員が混乱した。「どこに行ってたのよ?」アマンダは怒っていた。

クレイは赤くなっていった。「そんなに遠くまで進めなかったんだ。だってあの音が聞こえて――」

「でも、いままでなにをしていたの?」アマンダにはわけがわからなかった。「わたしたち、ずっとあなたを待っていたのよ。わたしなんて頭がおかしくなりそうなほど――」

「よくわからない。煙草を吸ってた。考えをまとめようとしながら。それからまた煙草を吸った。運転しはじめたところにあのノイズが聞こえて、すぐに帰ってきた」恥ずかしかったので嘘をついた。

アマンダは声をたてて笑った。残酷な声が出た。「どこかで死んじゃったのかと思った！」

「では、誰にも会わなかったんですね。なにが起こったかわかる手がかりになりそうなものは見つからなかった、と」G・Hは話題を逸らしたくなかった。

「とにかく戻ってきたんだから。行きましょう。ここを出ましょう。家に帰りましょうよ！」

自分が本気でいっているのか、それとも止めてほしいのかなんなのか、アマンダ自身にもよくわからなかった。

クレイはうなずいた。嘘だった。あの女に会っていた。あの女は泣いていた。誰か助けてくれる人が見つかっただろうか？　試されたときに自分がどんな人間だったか、改めて認めるのは耐えられなかった。あんな女など問題ではないと自分にいい聞かせるのは簡単だ。女の外見もほとんど覚えていなかった。ノイズが聞こえたとき彼女はどうしただろうとクレイは思った。

「なにも見つからなかったし、誰にも会いませんでした。車も一台も通らなかった。なにもなかった」

「ここはそういうところですからね」G・Hは努めて冷静でいようとした。「私たちはそれが好きなのです。たいてい誰にも会いません」

全員が黙った。

ルースは窓の外に目を向け、プールのほうを見ていった。「外が暗いわね。あんなに晴れていたのに」ルースは立ちあがった。「嵐かしら。もしかしたら、あれは雷だったのかも」

「いや、雷ではありませんでしたよ」確かに、空はいまやむくむくと湧いた雲でいっぱいで、灰色から黒に変わろうとしていた。しかしクレイにもそれくらいは断言できた。

ルースはふり返って三人を見た。「何年もまえに、G・Hがバレエに連れていってくれたんですけど。〈白鳥の湖〉に」

それこそニューヨークに住む理由だと、クレイが第一に主張するたぐいの催しだった。しかし実行に移すとなると悪夢なのだ。夫婦ともに都合のよい夜のチケットに、六時半に夕食のとれる店、一時間につき十八ドルのベビーシッター代。それをクリアするには二人は忙しすぎた。能力以上の仕事をこなしているというイメージにこだわっていたから。そういうものを度外視して、数時間確保するくらいできなかったのだろうか。

「最初は、〝まあ、すごく変だわ〟と思ったのを覚えてる。みんなスパンコールのついた衣装を着ていて。数分踊るとすぐにステージからいなくなるの。そのくり返し。わたしは一つの物語だと思っていたんだけど、バレエというのは一つのテーマに寄せてゆるく組み立てられた短い場面の集まりで、最初は意味がわからないのよね」

人生のように、とクレイは口に出さずに思った。

ルースはつづけた。「白い衣装の鳥、黒い衣装の鳥、大音量の圧倒的な音楽。興味が湧いた。あれがいままで生きてきて聴いたなかで一番美しい音楽だったと思う。初めて聴く音楽に合わせた踊りが一つあって、なぜ映画やコマーシャルに使われないんだろうと思った。とてもきれいなの。CDを買ったわ、アンドレ・プレヴィン指揮の〈白鳥の湖〉。楽曲の名前を覚えてる。〈パ・ダクシオン〉とか、〈オデットと王子〉とかね。あれほど――圧倒的で、ロマンティックで、甘美で生き生きとしたものを聴いたことがあるかしら」

「ないかもしれません」アマンダは、バレエのことはなにも知らなかった。しかしルースがしゃべってくれてうれしかった。沈黙が埋まった。

「チャイコフスキーは〈白鳥の湖〉を作曲したとき三十五歳だったのよ、知ってた？　当時は失敗作と見なされた、だけど――あれはバレエのアイデアそのものだった。ダンサーに鳥を模した衣装を着せて」ルースはためらってからつづけた。「こう思ったのを覚えてる――感傷的な考えなんですけどね、でも、たまにこんなふうに考えるっていうのは誰にでもあることじゃないかしら――もしもわたしが死ななければならないなら、まあ、わたしたちはみんな死ぬわけだけど、もしも死につつあるときに音楽が聴けるのなら、あるいは、死ぬ直前に最後に耳にするものとして音楽が選べるなら、あるいは、死にそうなときに記憶だけでも頭に呼び起こせるなら、これがいいと思ったの。チャイコフスキーによる〈白鳥の湖〉からのこの踊り。そんなことを、ここに座りながら考えていたのよ。まあね、こんな言葉は聞きたくないかもしれませんけど、くそっ、あのCDはアパートメントに置いてきちゃった、とも考えた」

「あなたがここで死ぬことはありませんよ、ルース」ここで？　このこぢんまりとした素敵な家で？　ありえない。「ここにいれば安全です」クレイはいった。まるで子供の伝言ゲームのようだった。自分たちのあいだだけで話をするうちに、なにがなんだかよくわからなくなっていた。

「どうしてわかるの？」ルースは静かにいった。「現実には、不幸なことではあるけれど、あなたにはわからない。これからなにが起こるのか、わたしたちにはわからない。わたしが〈パ・ダクシオン〉や〈オデットと王子〉を聴くことは二度とないかもしれない。まあ、ここにはあるから」ルースはこめかみをとんとんとたたいた。「聴くことはできますけどね。ハープの音。弦楽器の音。記憶がまちがっているかもしれないけれど。それでもここに入っている音楽は充分美しい」

「火星にいるわけじゃないんだから。ほんの数キロ先には人がいる。なにかしら聞こえてくるだろう。われわれはなにかを聞いた。あれがまた聞こえるかもしれない」G・Hは、安心させることと合理的であることを両立しようとしていた。「近隣の人を訪ねてもいい。あるいは、誰かがやってくるかもしれない。そうなるのも時間の問題だよ」

「もう二度とあれは聞きたくないですね」あのノイズが聞こえたことを完全に否定できればよかったんだが、とクレイは思った。G・Hがいったことを実行する自分の姿を想像できればよかったが、それもできなかった。クレイは怯えていた。ここを発つのはいやだった。それが用心深い行動といえないからではなく、ただひどく怖かったから。

アマンダは、まだ自分に腕を回したまま安堵して放心状態でいる夫から身を引いて、G・H

を見た。「あなたはちょっとデンゼル・ワシントンに似ていますよね」

G・Hはなんと答えていいかよくわからなかった。そういわれるのは初めてではなかった。

「誰かにいわれたことはありませんか？　ちょうど姓もワシントンだし。親戚とか？」アマンダは夫のほうを見ていった。「彼の名前はジョージ・ワシントンなのよ。ごめんなさい、こんなふうにいうのは失礼だってわかっているのに」アマンダは声をたてて笑い、ほかの三人はなにもいわなかった。

25

べつの部屋にいた子供たちには、母親の笑い声は聞こえなかった。べつの部屋にいた子供たちには、父親が戻ってきたのも聞こえなかった。このこぢんまりした家はとてもつくりがよく（壁が非常に堅固で！）、ほかの人々がいることを完全に忘れていろいろなことがしたくなる誘惑が強かった。

アーチーはシャワーをかなり熱くして浴びた。睾丸（こうがん）がぎゅっと縮み、プールから出てきたばかりのときのように脚に当たった。最初は汚れた湯が、次いできれいな湯が旋回しながら排水口へ流れていくのを見ているうちに背中の筋肉がほぐれた。白いタオルで体を拭き、トランクスを穿いてベッドに入った。コメディ・ドラマの〈ジ・オフィス〉を見ることができなかったので、例の大事な保存場所――スマートフォンに入れた秘密のアルバム――を眺めて気分転換をすることにした。画像はほとんどきれいなものばかりだった。アーチーが一番好きな写真は、そうひどいものではなかった。ネット上のポルノ動画の複雑な設定は不気味だと思った。女三人とか、女五人とか、女七人とか、巨大なペニスとか（自分のペニスがあんなに大きく育つことはないだろうと思うと心配になった）、男二人とか、男三人とか。近親相姦（そうかん）のふりをしたり、人種間の暴力を取りいれたり、精液をかけたり、ロープで縛ったり、運動器具を使ったり、公衆の面前での行為だったり、スポットライトが当たっていたり、めちゃくちゃなメイクをしていたり、プールのなかだったり、アーチーが名前も知らないようなおもちゃや道具を使ったり、美しいとされるお仕置きだったり。アーチーは女が好きなだけだった。黒髪と日焼けした肌の女が。全裸のほうが好ましかった、見せたい場所を強調するために衣類をまとってポーズを取った姿よりも。サテンのような乳首のついた大きな胸が押しあげるウールのセーターとか、アーチーがプッシーと呼ぶもの――正確な名称は知らない――をひけらかすために白い尻に半分かかったチェックのスカートとか、切り裂かれたり破かれたりしたデニムの短パンとか、突きだされた唇なんかには関心がなかった。女にはきれいで幸せそうな顔をしていてほしかった。悦ばせたかったし、悦ばせてもらいたかった。

ローズは両親のベッドの羽毛布団を顎まで、次いで鼻まで引っぱりあげ、合成洗剤のにおいと、お風呂の石鹼のにおいと、自分の肌のにおいと、両親が使っている化学的な香料の残り香を吸いこんだ。心地よくて、犬になった気分だった。ローズの読書は逃避ではなく（思春期の試行でも、体への裏切りでも、心に芽生えた新しい欲望でもなく）準備だった。いずれ行こうと思っている国の観光ガイド、《フォーダーズ》のようなものだった。しかしいまは集中できずにいた。ローズは森の静けさを思い、その静けさがあの頭上のバンという音で破裂してしまったことを思った。ブルックリンの狭い自室がほとんど思いだせない。頭をすっきりさせようとして首を横に振ったが、なんの役にも立たなかった。

　ベッドのなかに隠れているのはいやだった。そもそも、ローズは隠れたいとは思っていなかった。一晩眠って回復したあとのように立ちあがって伸びをした。腕を伸ばし、脚を伸ばすと、どちらにも生き生きと力がみなぎった。窓辺まで歩き、木立のなかを見ようとする。自分がなにを探しているのかよくわからなかったが、見えればそれとわかるはずだった。それが姿を現すであろうこともまたわかっていた。さっきは、たくさんのシカを見たことを証明したかった。しかし地面には痕跡が残っていなかったのだ。軽く踏んだだけだったのだろう。

　裏口のガラスドアのまえに立ち、外に広がる平らな空を眺めた。雲が触れそうなほど近くにあった。ガラス板のひび割れが目につき、まえはなかったのにと思った。無理もない。雨はいつもとおなじだった。最初はためらいがちに、その後は大胆に降った。木々の葉が密に繁っていたので、雨水の大半は土に届かなかった。ドアの上の雨樋から溢れた水が滝になっていた。雨が降ったらシカはどうするのだろう？　動物も濡れるのを気にするのだろうか？　ローズはまた泳ぎたい、いや、ジャグジー風呂に浸かって座っていたいと思った。もうすこしだけ休暇を味わいたかった。あと一時間でいいから。

一方の手にスマートフォンを、もう一方の手に自身の性器を握りしめていたが、アーチーの体はふだんとおなじようには反応しなかった。ふだんなら朝のシャワーでも、ボリュームを低くしたノートパソコンの明かりのなかの夜の寝室でも抜けた。昼間だって大丈夫だった――小便くさい、隙間風の抜ける個室にうずくまり、手のひらに出すのだ。最初はひものように細く、それから短いくしゃみのような勢いで精液が出て、最後には乾いた震えが走る。ペニスは赤くなって疲れ、すこしヒリヒリすることもあった。もう何回もやめると誓ったが――方法はいろいろあるものだ。それが人生だった!

外は嵐になりそうで、空が妙な色をしていたが、仮にそうでなくともアーチーにはいまが何時かわからなかった。家の所有者が現れるなんておかしいとは思ったが、気にしなかった。二人はいい人そうだった。ミスター・ワシントンは大人がたいていするような質問をしてきたが、感じのいい人に見えた。アーチーは電話を放りだし、優雅な虚無へ滑りこんだ。もしなにか夢を見るとしても(例のノイズの夢とか?)、それは自分の頭のなかでありながら、ほとんど自分でコントロールできないほど遠い場所の出来事だった。

体がほてっているのではないか? まあ、シャワーを浴びたばかりだからだろう。頰(ほお)の下に手首を押しつけてもなにもわからなかった。自分で肌に触れても診断はできない。体は複雑で優れた機械で、たいていは機嫌よくブンブンと動いていた。どこかの調子が崩れれば、自然と調整がなされるくらい性能がよかった。空は玉虫色でどんよりしており、部屋のなかは、雨が屋根に当たって奏でる音楽と、室内の物体――アーチーの体やベッド、枕、グラス一杯の水、ペーパーバックの『ナイン・ストーリーズ』、昼寝中のペットさながらに床に丸まった濡れタオル――がたてる控えめな音で満ちていた。アーチーが幼児だったころに両親が寝かしつけに使ったホワイトノイズマシンの音のようだった。

手を洗っていたので、ルースには雨音が聞こえなかった。来客用バスルームを出て初めて水が落ちてくるのが見え、雨だとわかった。ワインの影響はまったくない。眠くもなければ、満たされた気分でもなく、ボーッとしているわけでもなかった。汚れた衣類を集めて小さな山にした。もうこんなに汚れものがあるなんて。ベッド脇のランプの黄色い明かりと、窓の外の灰色の空には、どことなくほっとするところがあった。ベッドに入って本を読むこともできた。別荘ならではの怠惰な気分でうたた寝をしてもよかった――休む必要があるからではなく、やりたければできるからという理由で。

そうする代わりに、ルースは廊下の先のウォークイン・クローゼットまで行き、棚の上に洗濯かごを見つけた。かごの横にはジョージの用意した食料があった。ワインのボトルとか、いろいろ役立つ缶詰めとか、大量のカロリーのもとの入った頑丈なプラスティックのケースとか。いい上出来だ、と思っていいだろう。いま起こっていることがなんであれ、備えは充分だ。これで安心できるかと思いきや、トマト缶やベタベタするエナジーバーは食べたくなかった。だったら何を食べたいのかとあれこれ考えるのも無益だった。それなら意志を強く持ってなにかするほうがよかった。ルースはかごに汚れた衣類を入れた。ベッドの上の装飾用クッションを直した。役に立たないテレビのリモコンはドレッサーの上に戻し、誰も使っていない読書用ランプを消す。バスルームから湿ったタオルを回収した。

かなりなれなれしいことではあるが、アマンダに汚れた衣類を出すようにと自分が勧めるしかないのはわかっていた。そのほうが電力と水の有効活用になるだろう。隣人らしい行動でもあった。まあ、隣人というのは自分たちの関係を表す言葉ではなかったが。たぶん、当てはまる言葉はないのではないか。会話が必要なのはわかっていたし、そのためには自覚しているよりもよい人間であるふりをするべきなのもわかっていた。ルースは、孫たちを抱っこしたときの満足感のある重みを思いだした。

ローズは窓に手を当てた。冷たかった。ガラスはたいていそうだ。降りつづく雨に掻き乱されてさざ波の立ったプールの表面を眺めていると、なんとなく満足を覚えた。雷は鳴っていなかった。いずれにせよ、さっきのノイズが雷でないことはわかっていた。雷だと信じたい誘惑に駆られたけれど、十代なりに、信じることと事実であることのあいだにはなんの関連もないというのは知っていた。

問題はあれがなんだったかではなく、自分たちが次にどうするかだった。大人だと思われていないので、両親が真剣に取りあってくれないのはわかっていた。しかし頭上のあの音がトラブルの本質ではないとローズは思っていた。ほんとうの問題はなんなのかを自分なりに見通し、解決しようとした。その後、母親がした約束を思いだした。雨が降ったらケーキを焼くことになっていた。ローズは本を忘れ、それをしに行った。

26

テレビがあれば、一時しのぎにはなっただろう。テレビはびっくりさせ、楽しませ、情報を与え、忘れる手助けをしてくれただろう。現実には、なにも見せてくれないテレビを囲んで三人が座っているだけだった。聞こえるものといえば、天窓や屋根、デッキ、キャンバス地のパラソル、木の梢(こずえ)に当たる雨が奏でる心地よいオーケストラと、ローズが――「一人でできるもん！」――キッチンでたてる騒音だけ。その後、箱入りの材料でつくったケーキがオーブンのなかで膨らむにつれ、添加物のにおいが漂ってきた。

「バスタブに水を張る必要がある」アマンダにも、なにが必要かについては確信がなかった。当て推量だった。

「バスタブに水を張る？」クレイはなにかの比喩かと思った。

アマンダは声を低くしていった。「万が一のために――水の確保」

「電力が切れると水も出なくなるのかい？」クレイにはわからなかった。水は出なくなるのだ。翌日、あるいはその翌日には、あるいは三日後ならなお確かだが、マンハッタンでアパートメントの上層階に暮らす人々の一部は最終的に脱水症を起こし、そのまえに錯乱状態に陥るはずだった。「そのとおりだと思いますよ。電動のポンプがタンクを満たすわけですから。だから電気が止まれば水も止まります」Ｇ・Ｈは電気がまだ来ていることに驚嘆していた。この小さな家はほんとうによくできていると思った。まあ、それと電気に関係がないことはわかっていたが。

「電気はいずれ止まると思いますか？」クレイにはきょうのこの日が——黄色いスポンジケーキのにおいがしたり、パーカッションのような雨音が聞こえたりして——不安になるほどふだんどおりに思えた。

「嵐になれば停電は起こるものですよ、そうじゃありませんか？　倒木やなんかで。街でなにかが故障しているならなおさらです。それに、正体はわかりませんが、あのノイズがあったでしょう？　まだ電気がついているのは幸運だと思います。しかしその幸運に甘えるべきじゃないかもしれない」

アマンダは夫を見た。「お願い！」

クレイは立ちあがり、頼まれたことをやりに行った。バスタブも水も自分たちのものではないという事実には言及せずに。

アマンダは座ったまま、向かいにいるG・Hのほうへ身を乗りだした。「雷は鳴っていませんよね。稲妻さえ見えない。雨だけ」

「いずれにせよ、私はあれがほんとうに雷だったとは思っていません」

「だったら、なんだったんでしょう？」囁き声になったのは、ローズに聞かせたくないからだった。娘を馬鹿だと思っているわけではなく、守ろうとしているだけなのだ。

「それがわかればいいんですが」

「これからどうします？」

「お嬢さんが焼いているケーキを待ちましょうか」

「わたしたち、ここを出るべきでしょうか？」アマンダはこの年配の男を父親であるかのように見た——アマンダの本物の父親とはちがう、適切なアドバイスを期待できる相手として。

「自宅にいたほうがいい——より安全である——とは思いませんか？　街なかで、まわりに人がいるほうが」

「さあ、どうでしょう」

「なにが起こったのかわかりさえすれば、ずっと気が楽になるのに」アマンダは廊下を見た。バスタブのなかで水のはねる音が聞こえてきた。いま口にした言葉はほんとうではなかったが、アマンダ自身はそれに気がついていなかった。

クレイが短パンで手を拭きながら戻ってきた。「できたよ」

「陛下にもバスタブがあります。おなじように水を張っておきましょう」G・Hは感謝をこめてうなずきながらいった。

「そんなところかしら」アマンダは自分を納得させようとしていった。「水は確保した。必要ないかもしれないし。もしかしたら、ぜんぜん使わないかも」

「備えあれば憂いなしだよ」クレイはいった。

「家に帰るべきだと思う?」アマンダは夫のほうを向いていった。

「あるいは、あしたまた町に行ってみてもいいのでは? いや、またじゃなくて、初めてか」

G・Hは自分で訂正した。

「すみません」クレイは両手を膝の上に置いた。きまり悪そうなしぐさだった。

「なにが?」アマンダが尋ねた。

「だってぼくが行っておくべきだったのに――あのノイズを聞いて、戻ってしまったからね、心配で。しかし、ほかに一台も車がいなかった!」やはりあの女のことはいわずにおいた。あの女はこの雨のなか、まだ外にいるのだろうかとクレイは思った。

「わたしはてっきりあなたが――なにがあったかぜんぜんわからなかった」

G・Hは理解を示した。「車を一台も見ないことはよくありますよ。一年のうちのどの時期かにもよりますが。だけど静かでしょう。そもそも、だから私たちはここを選んだわけですし」

「腰をおちつけて様子を見るべきだと思う」クレイはあの紛らわしい道路をもう走りたくなかった。

「どうしてよ?」アマンダはいった。親になれば、虚勢を張ることや大胆な行動、勇気、強い信念が必要だった。本能ゆえに。愛ゆえに。

「土砂降りだからさ。嵐のなかへわざわざ出かけるのは、いい考えとは思えない」

「そう。だけどあしたは?」アマンダは促すようにいった。

「町へ行く」クレイはいった。「そうすれば――決められる。街で停電がつづいてるなら、やはり様子を見るべきじゃないかな」

「ここで?」賃貸契約というものがあるのに。まあ、それが大きな問題になるとも思えなかった。アマンダには誠意を示す用意があった。とりあえず荷物をまとめ、出ていく準備はするつもりだ。目的説明書のようなものだった。

「あしたですね。クレイとあなたと私で、朝になったら行きましょう。私が道を知っていますから」G・Hはクレイの話を信じていなかった。信じなくて正解だった。「そうすれば、自分たちがどういう状況に置かれているかわかりますからね。電気はあるのか、問題はあるのか、あのノイズはなんだったのか。なにかしらわかるでしょう。わかったあとに、どうするのが最善の道か判断すればいい」G・Hは顔をあげて、大人たちに近づいてくる少女を見た。アマンダとおなじく、親の気持ちになった。「おいしそうなにおいがしているね」軽い言葉だったが、

G・Hは本心からそういった。

「粉砂糖をかけるまえに冷ます必要があるんです」

「もう焼けたの？」アマンダは時間を計算しようとした。「夕食のデザートに取っておくべきじゃない？」

「二層に分けたの、早く焼けるように。分厚いのを一つじゃなくて、薄めのを二つつくったの。飾りつけできるような材料があればいいのに。トッピングシュガーとか」

「食品庫を覗いてみたらどうかな。ミセス・ワシントンのところに行って、焼き菓子の材料なんかをしまってある場所を見せてくれるように頼むといいよ。なにか手近に使えるものがあるとしてもぜんぜん意外じゃない」この少女に自分の娘と似たところはまったくなかったが、やはり自然と思いだすのは娘のことだった。

「では夕食はぼくがなんとかしましょう」クレイはこれを、さっきの失敗の埋め合わせのように思っていた。バスタブに水を張り、みんなの夕食をつくって、おのれの価値を証明しているのだ。「ローズ、ケーキのデコレーションに取りかかるまえに、キッチンを片づけようか」

「アーチーはどこ？」アマンダにとって、子供たちが視界から離れるのはかまわなかったが、頭から離れることはないのだ。

クレイは肩をすくめた。「たぶん、昼寝でもしてるんじゃないか」

「起こさなきゃ」遅すぎる時間の昼寝は危険だった――頭が朦朧（もうろう）とした状態を、どうやっても払いのけられなくなる。よちよち歩きの幼児だったころ、アーチーはよく寝具で顔にしわをつけて起きてきて、休息を取るという大仕事のせいで顔を赤くし、すくなくとも十分くらいは口をとがらすことしかできないくらい不機嫌だった。アマンダはG・Hに「失礼します」と声をかけ、少年の寝室のドアへ向かった。そしてドアをノックした。ティーンエイジャーには、まずノックをするくらいの注意は必要だった（アマンダの経験からして）。それからドアをあけ、名前を呼んだ。

少年はぴくりとも動かず、母親の存在に気がついていないようだった。

「アーチー？」アマンダにはブランケットの下で体をよじって寝ているアーチーの姿が見えた。

「ハニー、眠ってるの？」

聞こえていたとしても、アーチーはなにもいわなかったので、アマンダは息子の顔から上掛けを剥(は)がした。出てきた髪の毛は見事にぐしゃぐしゃで、あちこちに飛びだしている様子が古い木の根のようだった。アマンダは髪の房を撫でつけ、反射的に額に手を当てた。熱があるのだろうか、それとも寝ていたせいで熱いのだろうか？「アーチー？」

アーチーは目をあけた。まばたきはしなかった。眠っていたものが、次の瞬間には目覚めていた。目は母親に向けられたが、焦点が合っていなかった。

「アーチー？　大丈夫？」

アーチーはゆっくり息を吐いた。長く、震える息だった。自分がどこにいるか思いだせず、何が起きているかもわからなかった。唐突な動きで身を起こし、口をあける。しゃべるためではなく、顎を動かすためだった。顎が痛んだ、いや、アーチーが気づいたところでは、どことなく新しい感触があるというか、まえとちがうというか、なにかが変だった。「わからない」「わからないって、どういうこと?」アマンダは上掛けを引き剝がし、アーチーの細い体をあらわにした。アーチーの体から熱が放出された。手を当てなくてもわかるほど強烈な熱だった。

「アーチー?」

アーチーはなにやらつぶやくような音をたてた。それからまえに身を乗りだして、自分の膝の上に嘔吐(おうと)した。

27

親になると、人は強靭（きょうじん）になる。親の仕事は子供の健康を良好に保つことで、親というのはそれに必然的に伴う物事を理解している。アーチーが吐くところを見て、一度は自分も吐き気を催したものの、自分の子供のことなのだ――アマンダは正面から受け止めた。急場に直面して理性的になった。アマンダはクレイを呼んだ。それから息子の体を、小さかったときとおなじように洗った。

二人が赤ん坊だったころ、クレイとアマンダはマンツーマン・ディフェンスのように育児に当たった。あの最初の惨めな冬、クレイはアーチーをニューヨーク交通博物館に連れていった。室内の施設なのだが、昔の地下鉄駅の跡につくられていたのでいつもとても寒かった。アマンダはお乳をほしがるロージーを抱っこしてアパートメントのなかを歩きまわりながら、ビョークのアルバム――パートナーだったアーティストのマシュー・バーニーとのセックスがいかにすばらしいかを歌ったもの——を聴いた。当時を思い返すと、アマンダには足もとの床板の軋みがいまも聞こえた。キッチンのそばの決まった場所で鳴った。おなじく当時を思い返すと、クレイのほうはいまより無垢な時代の列車——籐製のシートや、天井に取りつけられた扇風機——が頭に浮かんだ。博物館そばの廃線になった線路に停められていたものだった。アマンダは汚れた寝具を剝がした。クレイは少年をリビングへ連れていった。

「体温計があるわ」ルースは用意周到だった。バスルームにさまざまな物品をストックしていた。大人用と子供用の鎮痛剤、包帯、ヨウ素、下剤、ワセリンなど。

「それはすばらしい」クレイは自分の大きすぎるトレーナーをアーチーが着るのに手を貸し、アーチーのくしゃくしゃの髪を撫でつけた。ソファでは隣に座り、二人で家の裏を——プールに降りこむ雨のドラマを——眺めた。

母親として体で覚えた物事は強く残っている。ルースは必要なものを持って戻った。「熱を測りましょう」

父親の本能も強く残っていた。G・Hはローズが秘密の蓄えを見つけるのを手伝った。アイシング用の砂糖、デコレーション用ゼリーのチューブ、バースデイキャンドル、プラスティックの瓶に入ったトッピングシュガー。ローズは馬鹿ではなかったが、気を紛らわしてくれるものがあるのはうれしかった。二人はケーキを慎重に皿へ移し、ローズが上手に固定したゴムベラの下でそれを回して、分厚くフロスティングを塗りつけた。

「ありがとうございます」クレイはいった。

ルースは少年の顎を支え、ガラス管の先端をアーチーの舌下にもぐりこませた。「体が熱いんでしょう。だけどどれくらい熱があるか確認しましょうね」

「気分はどうだい、ぼうず」クレイがこういう男っぽい愛情表現に頼るのは、ものすごく心配しているときだった。さっきも尋ね、アーチーはさっきも答えていた。クレイは腕をアーチーに回したい、自分の体でアーチーを包みこみたいと思ったが、大人に近づいたいまとなってはいやがられるのが落ちだった。

「大丈夫」アーチーは体温計をくわえたままもごもごとそういった。思春期特有の見くだしたような態度を取る余裕はなかった。

ルースは謎めいた計器をじっくり見ていった。「三十八度九分。そんなに悪くないけど、よくもないわね」

「水を飲めよ、アーチー」クレイは少年の手にグラスを押しつけた。

「これを飲んで」ルースがタイレノールを二錠振りだしたとき、G・Hとローズはケーキに粉砂糖の吹雪を散らしていた。調子の合った、ちょっとしたデュエットだった。

アーチーはいわれたとおりにした。一口分の液体を口に含んで、錠剤をそのなかに入れた。飲みこんだとき、喉が痛まないかどうか確かめようとした。テレビを見るか、自宅に帰るか、スマートフォンの中身に没頭したかったが、どれもできそうになかったので、黙ったままただそこに座っていた。

「アマンダを手伝ってくる」ルースは解決すべき問題が、いや、自分に解決できそうな問題があってうれしかった。「あなたたちはここで休んでいて」

　自分たちの命を救うはずの水がバスタブいっぱいに入っているのを見て、アマンダは汚れたシーツを主寝室のバスルームに持っていき、タイル張りのシャワー室で（ありがたいことに水っぽい）嘔吐物をすすいだ。それからできるかぎりきつく絞った。ちぎれるんじゃないかと心配になるほど、綿のシーツを強くひねった。アマンダは腹を立てていた。こんなに力が入ったのはその怒りと関係があった。手を拭き、寝室に入る。散らかるのがなんと早いことか。汚れて絡みあった下着、使用済みの紙ナプキン、雑誌、水のグラス。すべて、自分たちがここに存在し、持ちこたえていることのささやかな証だった。木々は目に見えない輪のしるしをつけて、そのなかで生きるという。人間は、自分の重要性を主張する方法として、あらゆる場所にごみを残す。アマンダは部屋を片づけはじめた。

「トントン（ノック・ノック）」ルースはテレビ番組のキャラクターのように口でそういいながら、廊下を足早に歩いて部屋に入った。洗濯かごを腰のところで持っていた。「お邪魔するつもりはないんだけれど。わたしもどのみち洗濯するから、一緒にどうかと思って」

　アマンダはなんとなく、膝を曲げておじぎをしてみせた。まあ、ここはルースの家だから。

「ごめんなさい。アーチーのシーツはわたしが洗います」

「謝らないで。それもこのなかに放りこんでちょうだい。あの子は大丈夫そうよ。熱があるけど。三十八度九分」

「三十八度九分？」

「高いように聞こえるけど、子供ってもともと体温が高いでしょう。新しい免疫システムが過剰に働いているのよ。タイレノールを飲ませたわ」

「ありがとうございます」

「あなたの服も入れて。わたしは——まだ電気が来ているうちに、と思って」

なれなれしいような気もしたが、ルースは先を見越していた。いま洗っておけば、帰宅してからコインランドリーに行く手間が省ける。アマンダはいずれコインランドリーが閉店することをまだ知らなかった。経営者の中国人男性が、ブルックリン・ハイツにあるR系統の地下鉄の駅で、自動改札からプラットホームへ乗客を運ぶエレベーターのなかに何時間もとじこめられて死亡することを知らなかった。この時点からはまだ何時間も先のことなのだが。「それは賢明ですね。ありがとうございます」

二人は自分たちが争うべきものとお互いに思いこんでいた。それも仕方のないことだった。ルースはアマンダを気の毒に思った。ルースは自分になにが求められているかはわかっており、それがたまらなくいやだった。いい人であるふりをしなければならなかった。それにしても、マヤと孫たちはどうしているだろう？「あなた、ここにいていいのよ。もしそうしたければ」

この小さな家は救命ボートだった。無知が一種の知だった。しかしアマンダはこれに惹かれなかった。この人たちと一緒に（まるで当りまえのように）長い時間を過ごすことには。頭の一部では、これは詐欺か嘘ではないのかとまだ疑っていた。拷問とおなじだった、レイプも銃撃もないとはいえ家宅侵入だった。それでも、いまのアマンダにとってルースは最も協力者に近い存在だった。アマンダは首を横に振った。「アーチーには医師が必要です」

「わたしたちみんながそうだったら？　もしもこれがわたしたちみんなのあいだに広がっているものだとしたら？　もしもなにかがはじまりつつある、いえ、すべてが終わりつつあるのだとしたら？」言外の意味も否応なく伝わった。人々はアマゾンの熱帯雨林を地球の肺と呼んできた。ウエストまでの深さの水がヴェネチアの大理石にぴちゃぴちゃと打ち寄せ、観光客は笑みを浮かべてスナップ写真を撮った。暗黙の了解のようなものだった——さまざまなものが崩壊していくのをみんなで放置した。物事が悪いといわれるときには、実際にはそれよりずっと悪いというのは周知の事実だった。ルースはあまりこういうことをいう人間ではなかったが、自分の体のなかに病気の萌芽が感じられた。それはあらゆる場所にあり、避けられなかった。

「わからないことについては考えられません。いまはこれに集中しなければ。アーチーには医師が必要だから、あしたの朝になったら連れていくつもりです」

「だけど怖いでしょう。わたしは怖い」

「それをいっていてはどこにもたどりつけませんから。ここにはいられません。隠れることはできないんです。わたしはあの子の母親だから。ほかに何ができるでしょう?」

ルースはベッドの端に腰をおろした。自分は町へは、あるいはその先のノーサンプトンまでは行けないと思った。ベッドでただ横になっていたかった。「あなたのいうとおりね」

「なにか気分がよくなるようなことをいってください」アマンダは友情を、あるいは思いやりを、あるいは元気づけを、あるいは安堵を求めていた。

ルースは脚を組み、顔をあげてアマンダを見た。「わたしにはそれができないの。人を元気づけるということが」

アマンダはとたんにがっかりした。

「でも、もしかしたら必要かもしれない。元気づけが」ルースは洗濯がしたくてたまらなかった。石鹼の淡いにおい、水のとどろき。「わたしにはなにもいえないけれど。でも、ここにいて。いるべきだと思う。それが理にかなった行動に思える。たとえわたしがあなたの気を楽にしてあげられないとしても。わたしには、なにか賢明なことや教会の説教みたいなことはいえないのだけど」

「それは——わかります」

「すくなくとも、あなたの子供たちはここにいる。わたしには自分の娘がどうしているかわからない。孫たちになにが起きているかもわからない。そしてわたしたちには外の世界のことがなにもわかっていない。それが現状よ」

ずっとこんなふうだったとアマンダにもわかっていた。こんなふうじゃなければよかったのにと思えてならなかった。アマンダの服は息子の嘔吐物のにおいがして、室内には娘のケーキのにおいが漂っていた。「なにか食べましょう。シャワーを浴びてきますね。そのあとなにか食べるべきです。それが助けになるはずです」いや、正確なところはこうだ。「ほかにすべきことも思いつきませんし」

28

どこか祝祭に近い雰囲気があった。戦いのまえの酒宴のような。一つの側面だけを見れば、穏やかで魅力的な休暇そのものだった。はりきったルースが缶詰めのチキンスープを出してきて、アーチーはそれを不承不承スプーンで口に運んだ。アマンダは整えなおしたベッドにアーチーを寝かせた。はりきったローズが思いだした――一年まえに、母親のノートパソコンに映画をダウンロードしてあった。そんなに観たいと思ったわけではないが、なにもないよりましだった。アマンダは、ケーキ一切れと、ネットにつながらず使いものにならなくなったノートパソコンとともにローズをベッドへ送りこんだ。これで四人の大人が、大人だけの集いをひらけるようになった。小さな耳が聞いているときには抑えていた率直さを発揮できるようになった。G・Hは《エコノミスト》をぱらぱらめくった。ルースは磁器のボウルにベビーキャロットとフムスを入れた。アマンダはグラス一杯のワインをちびちび飲んだ。クレイはアイランド型のカウンターのそばに立ち、ありあわせでソーセージのパスタをつくっていた。

　雨が弱まり、軒下のデッキは濡れていなかった。しかし四人は室内で食べることにした。シーズン最後の悪あがきをする蚊を避けたいからではない。森が脅威だったのだ。満月に近づきつつある月は淡い黄色で、雲の切れ間から誇らしげに顔を覗かせていた。ノイズの余波はなかった。いや、あるにはあったが、それは彼らの頭のなかだけのことだった。もしかしたら、彼らが聞いたのは空そのものが割れた音だったのかもしれない。昔話のなかで雌鶏のヘニー・ペニーがいっていたように。なんであってもおかしくなかった。自分たちになにがおこったのか誰にもわからなかった。たぶんだからこそ、この儀式のような食事が妙に楽しかったのだ。それとも集団ヒステリーだったのか。あるいはリンゴジュースの色をした、冷えたシャルドネの白ワインのせいだったのか。

　感謝祭のように、慣れた、打ち解けた感じがした。食べ物の皿を回すのも、グラスを満たすのも、おしゃべりをするのも。ジョージの話を聞きたい人？　バスキアの贋作（がんさく）を売りつけられて、一財産騙し取られたクライアントの話。婚前契約を回避するために何十万ドルもの貯金を生後七カ月の子供の名義に移し替えた男の話。マカオのカジノで三百万ドルすった男の話。息子の成人式（バル・ミツヴァ）のお祝いにニューヨーク・ヤンキースの選手を呼ぶために、現金を必要としたユダヤ人クライアントの話。どれも人間についてではなく、金銭についての話だった。理不尽でほぼ全能で、畏敬の念を喚起する金の話。ジョージは、金さえあれば自分たちの身に何が起こっているかわかるし、金の力で救われるであろうこともいずれはっきりすると思っていた。もしもこの家族があした発つなら、千ドル渡すのを忘れないようにしなければならなかった。まあ、一家がほんとうに発つと自分が思っているのかどうか、G・Hにもよくわからなかったが。

デザートか、それもいいじゃないか？　これが最後、といった雰囲気があった。すくなくともクレイにとっては。いまではきれいに洗われた衣類が、四千ドルの乾燥機の熱風に包まれてくるくる回っていた。アーチーの熱は下がるだろうし、G・Hに道を訊いて、鉛筆で地図でも描いてもらって、安全に出発できるはずだった。朝が来ればきっとその美しさに驚くだろう、それから家に帰るのだろうと思っていた。

みんなでローズのケーキを切った。ルースは紙のパイント容器に入ったアイスクリームをテーブルに置いた。なんでも揃っているキッチンには、ステンレスのアイスクリーム・スクープも二つあった。食洗機がいっぱいになるくらい皿を使った。

アマンダがいった。「結局、電気はまだもっていますね」電力の流れのような、目には見えない快適さの源はすぐに意識にのぼらなくなってしまう。その点、神と似ていた。水はゆっくりと、非常にゆっくりと、子供部屋の横のバスタブから洩れていたが、アマンダはそれを知らなかった。

会話は旅行で行ったことのある場所の話に変わった。G・Hはいささか皮肉っぽくいった。

「これよりずっと楽しい休暇がいままでにたくさんあったのでしょうね」

アマンダは、夜になっても暗くならない場所の数々を思いだした――フィンランドのヘルシンキ、ロシアのサンクト・ペテルブルク、大地に関わる仕事をする男たちのためにつくられたアラスカの小さな町。アマンダは、正体のわからないあのノイズが暗いときに戻ってくるのを怖れていた。ただでさえ、まだなにもわかっていないのに。「ディズニーワールド？」アマンダは笑った。当時はいやでたまらなかったが、いまとなってはいい思い出だった。

「アーチーはあのときも吐いたね」クレイがいった。そんなふうに考えたかった――休暇になると、子供は自然とウィルスに屈するものなのだと。アーチーはいつも吐くんだ！　アーチー、やめろ！　そう考えたほうが楽しかった、アーチーが病気なのだと思うよりも。

ルースはパリのことを話した。ルースとマヤがホテル〈ジョルジュ・サンク〉でお茶の時間を過ごしたときのことや、有名デパートの〈ギャラリー・ラファイエット〉で靴の試し履きをしたこと、チュイルリー公園でメリーゴーランドに乗ったけれど、十三歳だったマヤはそれを子供っぽいと思ったこと。「噂どおりゴージャスな街ね」

「冬休みに行くべきかな。パリはとても美しい街だから、寒くても気にならない」クレイは子供たちがエッフェル塔の展望台にいるところを思い浮かべた。白い息を吐きながら足もとの世界を眺めるところ。それから、パリの洪水の記録映像を見たのを思いだした――あれはいつだったか？　ルーヴル美術館は、セーヌ川の水で駄目にされないように、三万五千点の美術品を移動させたのだ。「〈貴婦人と一角獣〉のタペストリーが見たいですね」

「お金かかりそう」当てのない約束に、アマンダは不安になった。もしいま起こっているこれが戦争だったらどうしよう？　世界じゅうを巻きこむくらい大きな戦争で、国境が城壁と化したら？　状況がもっと悪いことを——戦争という言葉では説明しきれないことを——アマンダは知らなかった。ローマとニューヨークから送られた例の飛行機は、西アフリカから近づいてきた一機と衝突していた。ここにいやな情報がある——これらの飛行機は結局、四百名以上の人々を殺すことになった。機内の乗客がそろそろ入国手続きの書類に記入をはじめようかと思うほど国境に近づくよりまえに。昔はさまざまな物事のペースがもっとゆるやかだった。いまではどこかの狂人が一国の皇太子を銃撃する必要すらなかった。珍妙な事件が毎日のようにさまざまな場所で同時に発生していた。

アイスの紙容器は空になった。箱入りの材料でつくったケーキにみんなが感心した。チョコレートの汚れが皿の上で固まった。真っ暗になったら、夜の飛行生物が軽くガラスにぶつかったり、外の明かりがついて頭上の木々を照らしたりするだろう。沈黙がおりた。よくある自然な間だった。ときどきレストランやパーティー会場で起こるような——会話がゆるやかになり、集まった人々が身を乗りだして、ほとんど聞きとれないなにかを聞こうと神経を張りつめるときのような。もう冷蔵庫に卵が残っていなかったが、朝食にはシリアルを出せばいいだろう。

四人はただ座って満足感に浸ることを、とくに話しあうでもなく決めた。G・Hはグラスをもてあそんだ。クレイは煙草が吸いたくて、いてもたってもいられなかった。ちょっと怖くなるくらい強烈に吸いたかった。自分が弱い人間であるという事実と向きあわねばならないだろう。ルースは窓を見ていた。目に入るのはおもにガラスに映った自分の姿だった。アマンダは、ここに到着した日に買ったウォッカのボトルを取ってきた。

G・Hはレモンを黄色いコインのように円く、香りを出すために厚くスライスした。

アマンダは最初の一杯を飲み干すと、氷のあいだから指を入れてレモンを取り、カトリック教徒がホスチアを口にするときのように舌に載せ、新しい人間へと変容を遂げた。アマンダは酔っていた。声の大きさに酔いが表れていた。「もう一杯いただきますわ」お願いというより命令だった。

G・Hは酒を注いだ。「喜んで」

クレイは煙草のにおいをさせていた。お楽しみから戻ったところだったが、楽しみの部分は思いのほか小さかった。コオロギが共謀者だった。なにかが起こる可能性を探りに出たようなものだった。ヘッドライトか、あるいは空を横切る飛行機が見えないかと期待したのだ。独房監禁は人を狂気に導くという研究がある。クレイはほかの人間の存在が恋しかった。しかし表面上は気丈にふるまっていた。それが男としての自分の仕事だったから。「ジョージ、地図を描いてもらえますか？　あしたにでも？　道を教えてください。明らかに、ぼくでは頼りにならないので」

「私も町へ行きますから。うしろについて走ればいい」

ルースはなにもいわなかった。

アマンダはろれつが回らなかったが、自覚しているよりも酔って見えるのはいやだった。なんでもしっかり把握している女でありたかった。「あなたがたは戻ってくるんですか……ここに?」

「ええ、そうよ」ルースはG・Hと一緒に町へ行くつもりだった。ここに一人で残る気はなかった。一家に対しては出ていってもらいたい気持ちもあり、とどまってもらいたい気持ちもあった。無関心にはなれなかった、たとえなりたいと思っても。罪悪感を覚えるのはいやだった。

「ノーサンプトンへの行き方を知っていればよかったんですが」G・Hは控えめにいった。

「遠いのでね。電話さえつながれば……」わざわざ最後まではいわなかった。

「わたしたちはアーチーの面倒を見なければ――」そこで口ごもったことで、必要な内容は伝わった。少年は病気なのだ。なにが原因かは問題ではなく、どう対処するかが問題だった。何年ものあいだ、高価なエピペンの自己注射器を持たせるかどうか――大統領が核兵器発射の暗号を肌身離さず管理するみたいに――やきもきしてきたのに、結局アーチーがダウンしたのはノイズのせいだった。親になると、なにが子供を傷つけるかはわからなくとも、絶対になにかが傷つけることになるのはわかるのだ。

「帰るまえに、返金分をお渡ししましょう」G・Hはフェアだった。いや、取引は取引だった。彼もウォッカを飲んでいた。忘却による一時的な平穏を求めているところは四人の共通点で、それはだいたいのところうまくいっている。G・Hは、そもそもなぜ自分たちが一緒にいるのか忘れかけていた。

「それを忘れるつもりはありませんでしたよ、保証します」クレイは冗談めかしてそういった。もしかしたら、医療費を支払うのにその金が必要になるかもしれない。あるいは腐った食べ物でいっぱいになった冷蔵庫を買い替えるために。または、《ニューヨーク・タイムズ・ブックレビュー》の担当編集者がクレイのエッセイをいたく気に入って、執筆の契約を申しでてくるかもしれない。なにがあってもおかしくなかった。クレイは手を妻の手に置いて、自分たちは正しい選択をしたと思うと伝えようとした。

「わたしたちはみんな大丈夫よ」アマンダはクレイだけに向けていったわけではなかった。〝わたしたち〟のなかにG・Hとルースが含まれるのも気にならないくらい酔っていた。いまでは全員が家族だった。あるいはそれに近いなにかだった。

「もし今夜が休暇の最後の夜なら、あなたはうんと楽しむべきよ」ルースは汚れた皿を一枚一枚重ねた。ルースにとっては秩序を取り戻す作業自体が楽しいのだが、その事実はおくとしても、この夫婦はもう友人であり、客人であり、ルースはホストだった。だからテーブルの上を片づける必要があった。

「楽しみに乾杯。休暇の楽しみに。いや、人生のすべての瞬間の楽しみに。ある瞬間を楽しむことは勝利であり、われわれはそれをしっかりつかむべきです」G・Hはグラスを掲げた。本心から出たしぐさだった。

「楽しみます、楽しみますよ」アマンダは身構えた。わたしは楽しんでいる、わたし自身が楽しい時間そのものだ、とでもいうように。楽観主義者というのは自分が世界を変えられると信じている。物事の明るい側面を見れば、あまり明るくない側面は存在しなくなると思っている。

「命令ではありません、お誘いですよ」G・Hはくつろいでいた。市場を確認するのが待ちきれなかった。誰が金持ちになったのか、知りたくてたまらないのだ。こういうときにはいつも勇敢な誰かが、あるいは単に運のいい誰かが金持ちになるからだ。今夜は寒くなればいいと思った。外に立って震え、その後熱い湯に浸かって黒い木々の枝を眺めたかった。

アマンダはまたグラスを満たした。もっとアイスクリームが、口のなかにこってりした甘さがほしかった。アイスはもうないが、ドーナツがあり、クッキーのパックがあり、選択の余地がある。今夜寝るまえにこっそりキッチンに忍びこんで、なんであれ見つけたものを失敬するつもりだった。塩気の効いた〈ゴールドフィッシュ・クラッカー〉を一握りとか。やわらかいアメリカ産チーズとか。フムスに指を突っこんだりとか。立ちあがると、ほんのすこし部屋が揺れた。指先をついたテーブルが体を支えてくれた。

「わたしももう一杯いただくわ」ルースは満足して食洗機の扉をしめた。

「洗濯物をたたまなくちゃ。それに荷づくりもある」アマンダは立ちあがった。

「手伝うよ。たたむのを。二人でたためる。荷づくりも——一度に一つずつ進めよう」

「支度を済ませておくべきだと思う」アマンダはいった。

「よければ、あとでまた寝るまえに一杯飲みましょうか?」クレイはこういっておくのが礼儀にかなっていると思った。たぶん、一緒に過ごすのも今夜で最後だった。この夫婦とはもう何週間も一緒にいるような気がした。実際には一日なのに。

寝室で、二人は黙って作業をした。まだ温かい衣類が整然と積まれ、キャリーバッグの底に詰められていった。「全員分のビーチサンダルを外から取ってくるのを忘れないようにしないと」

「気をつけよう」

「荷づくりも進んでいるし。もうここには戻ってこないのよね。家に帰るんだから」

アマンダがそういい張るのはクレイにも理解できた。そう思えば、そのとおりになるのだ。クレイはきれいな下着を整理簞笥(だんす)から出してベッドの上に置いた。「奇妙な一日だったね。もっと現実味がほしい」

アマンダはベッドに座った。「一週間に感じられる一日だった」

「ぼくたち、スマホ依存なのかな?　ほんとうの依存症って意味で。ぼくはいま気分がすぐれないんだよ」クレイは自分のスマートフォンを充電していた。ネットワークが戻ったときに、確実に使えるようにしておきたかったから。

アマンダは心配になった。「あのノイズのせいで病気になってたらどうする?」

「それもありうる」髪が抜けたらどうしよう、テレビで見るような、化学療法を受けた患者みたいに。強靭な爪が剝がれて、体の一番やわらかい部分が露出したらどうしよう。骨が空洞になり、脆くなったらどうしよう。血中に毒が流れていたらどうしよう。眼球の奥のスペースに腫瘍が潜んでいたらどうしよう。アマンダが息を吹きこんで一息ごとに膨らんだプールのおもちゃのように、ゆっくりとその腫瘍が大きくなったら？ やがて眼窩でソフトボールくらいの大きさになって目を圧迫したら？

「それに、あの人たち」アマンダはこれを囁き声でいった。二人への裏切りだった。アマンダはジョージ・ワシントンのことが嫌いだったし（いったいどういう名前よ？）、ルースのことも嫌いで、この家に現実世界を持ちこんだことで二人を責めていた。早く車に乗りこんで、助手席で安全にシートベルトを締めたかった。無意識のうちに左手をさまよわせ、ギアのてっぺんに置かれたクレイの右腕を握りたかった。この家とここの人たちから離れたかった。

不安は個人的で、本能的なものだ。そして自分で囲いこむものだ、そうやって初めて鎮めることができるのだから。どうしたらこの先もお互いを愛しつづけることができるだろう、お互いに相手を助けることはできないと気がついてしまったのに。決死の覚悟のテロリストは誰にも止められなかった。あるいは、海の酸性度がすこしずつ変わるのだって止められなかった。世界は失われ、それについてクレイやアマンダにできることはなにもなかった。なのになぜ話しあう必要がある？

こういうことだ――世界は終わる、だったら踊ればいいではないか。朝は来るだろう、だったら眠ればいい。終わりは避けられない、だったら飲めばいい、食べればいい、なにが含まれていようと。いまこの瞬間を楽しめばいいではないか。「ぼくがいまどういう気分かわかる?」クレイは頭越しにシャツを脱ぎ、汚れ物の山に入れてもらうためにアマンダに放った。勃起して、にやにや笑いながら。

29

もしかしたら、アマンダは貪欲なのかもしれない。人はときどき、ほかにどうしたらいいかわからないからセックスをすることがある。クレイには、心はともかく体を預けることならできる。アマンダはクレイに身を任せてわれを忘れた。体のなかで、アマンダは頭から遠いところにいた。行為を進んで受けいれた、まあ、ウォッカのせいもあったのだが。アマンダは同意した。いや、それ以上だった。みずから欲した。湿った下着を押しのけるようにして脱いだ。白く輝く羽毛布団の上で仰向けになった。荷づくりの途中だった衣類が木の床に落ちた。

クレイが着ていたシャツのせいで突然の発汗を、あのノイズに対する恐怖反応を思いだした。アマンダはクレイの脇の下に鼻をうずめ、目をつぶった。クレイの太腿(ふともも)の内側をたどり、塩気を味わった。二人がたてた音は悲鳴に近かった。もうどうでもよかった、なにも気にならなかった。アマンダはどこか胸の深いところから声を押しあげた、オペラ歌手もこうするのではないかと想像しながら。体と体がぶつかりあう音がした。精液で陰毛が肌に貼りついた。よけいなことを忘れる好機だった。

アマンダは最高で最低のことを考えた。セックス絡みの妄想なんてそんなものだ。一本、二本、三本、四本のペニス！ G・Hが戸口からいやらしい目つきで見ていたかと思うと部屋に入ってきて、クレイに性技の指南をするところを想像した。それというのも――もちろんそうだろう、当然だ――自分がアマンダとファックするために。やって、やって、忘れる。アマンダは一回、いや二回達した。おなかの上に残されたものは、ショットグラス一杯分くらいありそうだった。若い男のような量だった。これだけあれば子供をつくるにも充分だった。実際、必要なのはほんのすこしだ。二人、三人、十人、もっと大勢だってつくることができる。いますでにいる子供たちの改訂版。ピンク色で清潔で健康で強い、新しい世界の秩序に見合った子供たち。古い世界がこんなにも無秩序になってしまったから。アマンダは肘をついて身を起こした。精液が、スゲの葉を這うカタツムリみたいにアマンダの体を伝って落ち、白く美しい羽毛布団についた。

クレイは息を切らしていた。妻とこんなふうにファックするのは浮き輪を五十個膨らますようなものだった。クレイはときどき、黒く恐ろしい腫瘍が肺に巣くっているところを思い浮かべた。それでも、リスクなしに生きることなどできないのだ。うつぶせから寝返りを打って、仰向けに寝そべった。肌の汗には本来の目的どおり、体を冷やす効果があった。「愛してるよ」あれだけ励んで荒い呼吸をしたあとだったので、声がかすれた。いま二人でやったことに恐れをなしてはいなかった。元気を取り戻せた気がした。ルースのいっていたことを思いだし、アパートメントに帰りついたら〈白鳥の湖〉を聴くことを誓った。アマンダのことはほんとうに愛していた、いや、ほんとに。ほんとうに。だからこそいろいろなことに耐えられるのだ。

ここで愛の言葉を返すのは不誠実な気がした。反響は分子のいたずらに過ぎない。アマンダは束縛を感じなかった。「アーチーのことが心配」

いましがたの行為はたぶん二人の最高のセックスだった。まあ、もちろん悦びというのも、痛みとおなじく、すぐに忘れてしまうのだが。「大丈夫だよ。家に着いたら、ウィルコックス先生のところに行けばいい」

アマンダは思案顔で上掛けについた染みを突いた。

「そんなの誰も気にしないよ」クレイは鵞ペンをインクに浸すかのごとく指を精液に浸けて、アマンダの腹に見えない文字を書きつけた。

このベッドのリネンも剝がして洗濯室の床に置いておこう、とアマンダは思った。「家に帰ったら、なにか特別なことをしてもいいかもしれない。まだ休暇中なんだし。ホーボーケンあたりまで行って、屋上にプールのあるホテルに泊まるとか。そんなにお金もかからないはず」

「途中でレストランに寄りたいな」クレイはいまも空腹だった。「よくある昔ながらの店がいい。クロムメッキを使った内装とか。ジュークボックスとか。コンビーフハッシュとか」結局、たいていの人が望むのは食事とわが家くらいのものなのだ。

「ステイケーションね。映画を観て。メトロポリタン美術館くらいは行ってもいいかも。夕食は着席式の中華料理で。最後に伝票と一緒に、銀のポットに入ったお茶と、オレンジのスライスが出てくるようなお店」彼らの生活は完璧だった。

クレイは夏の終わりの街を想像した――熱気のゆらめきや、頭上の室外機から落ちてくる水滴、アイスクリーム売りのトラックが発する呼び売りのコーラス、オフィスビルから蒸し暑い歩道に洩れでてくるエアコンの冷気。歩道では太った観光客が口をポカンとあけたままふらふら歩いている。クレイにはそれで充分だった。大理石のカウンターや完璧なプール、タッチセンサー式の照明なんかももちろんいいが、もっと質素でもよかった。

「ローズはどこも悪くないと思う?」オーガズムに達するより速く、現実に屈してしまった。クレイは反射的にすべて問題ないといいかけたが、それを自分でも信じていなかった。信じていたとしても、その気持ちが一番強いわけではなかった。「ぼくには大丈夫なように見えたけど。なにか気がついたことがあるの?」

「そうじゃないけど」アマンダはごくりと喉を鳴らし、手を喉もとに当てた。わたしこそ、どこか悪いところがあるのかしら。「あなたは大丈夫?」

「ふつうだよ。とくに違和感はない」クレイは決して鋭い観察者ではなかった。

アマンダは立ちあがった。たたんであったクレイのトランクスでおなかを拭いた。腕、脚、ウエストに、四十三歳という年齢が表れていた。体に揺れが――余分な肉でゆるやかなさざ波が――できていた。微妙な弾力があり、触れるとやわらかく、手には心地よかったけれど。当然のように、見られたくなくて背を丸めていたときもあった。だいたいのところ、アマンダは周囲に溶けこむのが好きなタイプの女だった。髪型も、服の好みも、標準を外れなかった。それを恥じてはいない。けれども自分が唯一無二の存在であると感じる瞬間もある――いまがまさにそうだった。もしかしたら、単にオーガズムのほんのかすかな残響のせいかもしれないが。アマンダは目に楽しい存在だった。汚れ、汗をかき、たるんだところもあるものの、なめらかで円熟した、欲望の対象でもあった。人間はモンスターであり、同時に完璧な被造物でもあった。アマンダはみだらな気分だったが、ほんとうのところ、それは動物的な満足に過ぎなかった。もしもアマンダがシカだったら、枝を飛び越えただろう。もしも鳥だったら、空へ舞いあがっただろう。もしも飼い猫だったら、自分の舌で毛づくろいをしただろう。だがアマンダは人間の女だったので、体を伸ばし、古代の彫像のような姿勢で一方の脚からもう一方の脚へ体重を移動させた。

「煙草を吸いに行こう」思春期の少年さながらのクレイは自分の仕事に満足していた。バスケットボールでシュートを決めたような気分だった。アマンダが下着を汚してしまったので、クレイは裸のまま忍び足でドアへ向かった。その姿には優雅さのかけらもなかった。ペニスが左右の均衡を乱していた。美への冒瀆だった。

「服を着て」

「裸のまま夜気のなかに座って煙草を吸うことのどこがいけないんだい？」

「だって……ルースとG・Hが」

「気にしないよ」

　ドアを引いてあけたのはクレイだったが、気がついたのはアマンダだった――ガラスの面に途切れている場所があった。傷というよりはひびだった。細いが深く、何センチも伸びた斜線というか、裂けめだった。「見て、そこ」

　クレイは目を凝らしてガラスを見た。手をアマンダの手のなかにすべりこませながら。

「まえはなかった」立ち聞きされたくなかったので、アマンダは声を落としていった。

「ほんとに？」煙草をくわえてすぼめた唇で、クレイはもごもごといった。

　アマンダはひびを指でたどった。あのノイズのせいだ。あれはガラスにひびが入るほど大きかったのだ。指で触れられるノイズ。アマンダは身を震わせた。冷気のせいだったが、ノイズを思いだしたせいでもあった。外に出てドアをしめ、ひんやりした空気のなかに裸で立った。衣類に守られることもなく。夜と、なんであれ外にあるものに対する挑発だった。

30

裸のまま、ネアンデルタール人のような恰好で、本質のみといった恰好で、クレイは二人分の飲み物をつくりに行った。荷づくりはあとでやればいい。朝になってからやってもいい。すっかりパスしたっていい。ディスカウントストアの〈ターゲット〉にまっすぐ向かい、新しい歯ブラシや水着、本、ローション、パジャマ、イヤホン、ソックスなんかを全部買えばいい。いや、買わなくたっていい！　こまごまとしたものなど必要ない。ものがあったって安全ではないのだ、停電になったり、ガラスにひびを入れるほど大きなノイズが突然起こったり、説明のつかない現象があったりすれば。そういったことは外部からの力で起こる。ものがあろうがなかろうが関係ない。

アマンダはジャグジー風呂の重いふたをめくってあけた。アマンダを待っていた湯気は、闇に立ちのぼって消えた。ライトが木々を照らし、申し分のない景色をつくりだしていた。自分が木々を所有しているような気分になれた。木は誰のものでもなかったが。手もとがよく見えなかった。ボタンがあるはずだとわかっている場所を押し、機械がブーンと音をたてて動きだすまで押したままでいた。バスタブが三人の魔女の大釜のように泡立った。ほんとうに魔女の大釜ならよかったのに。熱のあるかわいそうな息子の健康を、いや、もちろん子供二人の健康を求めて魔女と交渉するのに。魔女に差しだせるようなものはなにもないけれど。生きているほかのすべての人間とおなじ願望があるだけだった。そこでアマンダは気がついた。立ちあがってローブをはおり、忍び足で暗い部屋へ入っていって、手でアーチーの体温を測ってみるべきだった。

　アマンダの全裸での挑発に応えたのはG・Hだった。彼のほうは水着を着ていた。祖父にちなんで名前をつけられた白人の子供がナンタケット島で着るような、保守的できちんとした水着だった。G・Hが浮かべた笑みにはぎこちないところなど微塵もなかった。他人同然のこの女が裸で、見るからにセックスをしてきたばかりの様子で自分の家のデッキにいることなど先刻お見通しといわんばかりだった。「二人ともおなじことを考えたようですね」

　恥ずかしがっているふりをするのは不誠実というものだろう。アマンダは恥ずかしいと思っていなかった。顔を赤らめさえしなかった。「気持ちのいい夜みたいだったので」

　G・Hはバスタブを身振りで示した。「お先にどうぞ。もしご一緒してかまわなければ」G・Hには、おかしなことなどなにもないように感じられた。「私たちはおなじことを考えた。

ルースは一緒に来たがらなかったんですが、ここで一人にならずに済んでうれしいですよ」G・Hは自分も怖いのだということを、この程度なら認められた。

湯はとても熱かったが、バスタブが必死に出してくる泡は冷たく、スタッカートのようにポン、ポンと肌に当たった。G・Hは礼儀正しく充分に距離を取ってアマンダの向かいに座った。まあ、それも問題ではなかったが。アマンダは彼の娘といってもおかしくなかった。二人はお互いにとってなんでもない、ただの裸の他人だった。「ドアにひびが入っていました」アマンダは裏口のほうを身振りで示した。「ついさっき気づいたんです。あれはきっと――」

G・Hのほうも調査を済ませていた。「階下のドアにもひとつありましたよ。ああいうのを〝毛筋ほどのひび〟といいますよね？　ぴったりな表現です。Y字型でした。あそこを押したら、ほんとうに強く押したら、きっとガラスが割れるでしょうね」G・Hは押そうとは思わなかった。ガラスを割るつもりはない。G・Hにはガラスが必要だった。たとえガラスが与えてくれる安全が幻想に過ぎないとしても。

「あなたもあれを――」

G・Hは顔で答えを示した。自分たちはなぜまだこの議論しているのだろう？「私はずっと自分のことを世慣れた男だと思ってきました。あるがままの世界を見てきた人間だと。しかし今回のようなものは見たことがありませんでした。だからいまは、自分自身について妄想を抱いてきただけなのかもしれないと思っていますよ」

沈黙はよそよそしいものではなかった。いうべきことはすべていった。友好的に終わりを迎えた情事のようだった。あとは日が昇ってすべてが終わるのを待つばかりだった、安堵と後悔を抱きつつ。家のなかでは、ルースが娘のことを考えながら横たわり、アーチーは夢も見ずに眠り、ローズはたくさん夢を見ながら眠り、クレイはなにも考えずにグラスに氷を入れていた。

「わたしはただ、全部なんともなければいいなと思って」

G・Hは星を見あげた。ここは星がきれいに見えるくらい暗かった。星を見てこんなふうに感じたことはなかった。田舎にいるのは好きだが、それは魂の洗濯のためではない。星のおかげで自分がちっぽけだと感じたか？　それはなかった。G・Hは自分がちっぽけであることをとっくに知っていた。だからこそ裕福になったのだ。G・Hはただアマンダの名前だけを口にして、それ以上はなにもいわなかった。

「あなたのいうことを信じていませんでした。でもわたしがまちがってた。なにかが起こっている、なにか悪いことが」アマンダは耐えられなかった。

「静寂がとても耳につくんです。ここで夜を過ごすようになって、最初に気づいたことの一つがそれだった。眠れないほどでした。自宅でもほとんどなにも聞こえないのに。高層ビルの上階ですからね。ときどきサイレンが聞こえるくらいで、そういうときでも、風が音を運んでいきますから」そのアパートメントから見える世界はまるで無声映画だった。

「まだ電気が来てるんですね」湯気が暗闇を覆うベールになった。

「まえにもいいかけたことですが、情報があればなんでもできるんです。私にいまの財産があるのも——まあ慎ましい財産ですが——情報のおかげです」G・Hはいったん口をつぐんだ。バスタブがゴボゴボと音をたてた。「じつはね、わかっていたんですよ。明かりが消えるまえに。市場を見ていて、なにかが来ているのがわかりました」

「どうしてわかるんですか？」経済の話でなく宗教の話のように聞こえた。

クレイがドアをあけた。「大丈夫？」

「おしゃべりをしているだけですよ」G・Hがクレイに手を振った。

クレイはバスタブに向かって歩いた。おかしなことなどなにもないかのように。こんなふうに裸でいるところを見られるのも、妻が裸のまま他人と一緒にいるところを目にするのも、なんでもないことのようなふりをして。

「カーブの読み方を覚えるんです。私がやってきたのとおなじくらい長い時間をそうやって過ごせば、あなたにもわかりますよ。グラフが未来を語るのが。安定した状態を保っているグラフは調和を約束する。ほんのすこし上がったり下がったりすると、なにか意味があるのだとわかるから、それをよく見て、どういう意味か理解しようと努めるんです。それが上手なら裕福になる。下手ならすべてを失う」

「それで、あなたは上手なんですね？」アマンダは夫が差しだしたグラスを受けとった。

クレイは湯のなかにすべりこみ、大きなしぶきを立ててしまった。「なんの話ですか？」

「情報です」G・Hは簡単なことのようにいった。

「なにかが来ていることはわかっていたんですって――」アマンダが説明した。アマンダはG・Hを信じていた。なにかを信じる必要があった。

「なにが――見えたんですか？　いずれにせよ、なんだったんでしょう？　停電になった。アマンダのスマートフォンに《ニューヨーク・タイムズ》からプッシュ通知が来た。ぼくたちはみんな大きなノイズを聞いた」あったことを列挙する自分の声を聞いて、クレイはもうたくさんだと思った。

「世界の終わりが見えたんですか？」数字がほんとうにそれを予言できるのだろうか？　アマンダの手のなかのグラスは冷たくて完璧だった。

「世界の終わりではありませんよ」G・Hはいった。「ただの市場動向です」

「なんの話？」G・Hはプラカードを持って金融街を練り歩く狂人のようなしゃべり方をする、とクレイは思った。そういう男ならウォール・ストリート――防弾の車止めポールのある実際の道路――でよく見かけた。

「私は多くを知っていますが」G・Hは申しわけなさそうにいった。「すべてがわかるわけではありません」湯気で眼鏡が曇った。G・Hは見えなかったし、見られもしなかった。毎日がギャンブルだった。

「きっとなにもかも大丈夫ですよ」クレイはいった。みんなわれを忘れており、いうべきでないことをいっていた。

「私たち全員のために、そうあることを望みますよ」G・Hは〝望み〟しか持てない状態が嫌いだった。オバマに関してもそういうところが好きになれなかった。不明瞭な、宗教的ともいえそうな約束をするところが気に食わなかった。G・Hが好むのは計画だった。

下のほうで、水しぶきの立つ大きな音がした。

アマンダは即座に恐怖を覚えた。バスタブのまんなかで姿勢を正し、背後の庭をふり返った。

「いまのはなに？」

G・Hはバスタブの外に手を伸ばしてジェットを切った。機械はすぐに反応し、洗濯機が回るような音が低いハム音に変わった。どういうわけか、静かになるとより暗くなったように思えた。水しぶきの音がした。わざとたてたような、はっきりした水音がプールから聞こえた。何メートルか離れているだけなのに見えなかった。

子供たちのうちの一人が夢中歩行して溺れたのか。森から見張っていた人間が殺しに来たのか。ゾンビか、動物か、モンスターか、幽霊か、エイリアンか。「なにが――」

ジョージはアマンダにシッといった。まだ恐怖に対処できた。

「いまのはなに？」囁き声ではなかった。アマンダはパニックに陥っていた。「きっとシカね」そういってからフェンスがあったのを思いだした。追い詰められたシカはどんな音をたてるのだろう？　シカが涙を流したらどんな音がするのだろう？

「カエルだろう」明らかなことだとクレイは思った。「それともリスか。やつらは泳げるから」

G・Hはバスタブから体を持ちあげ、家のほうへ、プールを内側から照らす明かりのスイッチがある場所へ歩いた。パーティーのときにはちょっと気の利いた照明になるのだ。水を縫って届く抽象画のような明かりが木のてっぺんで踊って。二人にも見えた。下のほうにあるプールのなかにフラミンゴがいた。ピンク色のおかしな姿で優雅に水しぶきをあげている。羽でイライラとプールの水面をたたいている。

「フラミンゴね」アマンダはいった。まあ、いうまでもなく明らかだったが。ピンクの鳥はフラミンゴだった。きわめて独特な姿だったので――コンマのようなくちばしといい、不合理な曲がり方をするフォルテ記号のような首といい――幼児でもわかっただろう。「フラミンゴですよね？」

「フラミンゴです」G・Hは指先で眼鏡の湯気をこすった。世界でなにが起こっているかはわからなかったが、フラミンゴがいるのは彼らにもわかった。

フラミンゴはさらに羽をたたきつけた。目が慣れてくると、もう一羽べつのフラミンゴが、いや、二羽、三羽、四羽、五羽、六羽見えた。うしろ向きのように見える歩き方で芝生の上を気取って歩いていた。頭をひょいひょい動かしながら、力強い足取りで。二羽がいかにも鳥らしく――バレエのように――飛んだ。フェンスの上まで舞いあがり、水に降り立った。鳥たちは頭を水面下にくぐらせた。餌があると思ったのだろうか？　鳥の目には相手の敵意を和らげるような知性があった。羽は思ったより幅が広い。眠るときには、その羽を体にぴったりくっつけるのだ。ただし、広げたまま。堂々たる姿だった。驚くべき美しさだった。理屈など追いつかないほどに。

「なぜ――」なぜは問題ではなかった。どうやってや、これが現実なのかどうかや、そのほかのことは問題だろうか？　ジョージ・ワシントンにもこの鳥が見えていることがアマンダにはわかった。しかし妄想は共有されることもあり、その証拠は論文にも書かれていた。バスタブを出ると、湯あたりでふらふらした。アマンダはこの地上に生まれてきた日とおなじ姿で立った。三羽のフラミンゴがプールで楽しそうにはしゃいでいるのを見た。彼らの仲間がその向こうの草地にいた。「あなたにもこれが見えているといって」

　ジョージはうなずいた。この女のことはなにも知らなかったが、自分の頭と目は信用していた。「見えていますよ」

　クレイは体の芯から冷える思いだった。あした車で出発する自分たちの目のまえにお告げがあったのだ。自分たちの移動は神々の不興を買うだろう。そのしるしを与えられたのだ。クレイが立ちあがると、ウイスキーがバスタブのなかにパシャッとこぼれた。鳥たちが驚いた。三羽のフラミンゴが、これ見よがしに勇ましく羽を広げてプールの水面から飛び立った。この姿を見たら、どんなフラミンゴでもこの三羽の卵を温めたいと思うだろう。フラミンゴのなかのフラミンゴだった。力強く、勢いがあった。三羽はじつにやすやすと宙へ舞いあがり、木々の上に出た。草地にいたフラミンゴもあとにつづいた。人間の大きさのピンクの鳥が七羽、曲がりくねった奇妙な恰好でロングアイランドの夜空を昇っていく。美しいと同時に、おなじくらい恐ろしくもある光景だった。

三人はしばらく無言だった。古き良き畏敬の念。宗教的な感情。頭上の星は脅威ではなかったが、この奇妙な鳥たちは脅威だった。アマンダは身を震わせた。ジョージは眼鏡の奥でまばたきをした。クレイは手のなかのグラスを握りしめた。グラスは冷たくて、自分が生きていることを思いださせてくれたから。

31

なじみの古い冷蔵庫からは、びっくりするようなものが次々出てきた。G・Hは自分ならこういうものは入れないだろうと思った——紙に包まれた冷製肉の薄切りや、グリルしたズッキーニの残り、脂っぽいセロファンに包まれた白いハードチーズ、誰かが丹念にへたを取ったイチゴの入った〈パイレックス〉の調理用ボウル。G・Hは空腹で、いや、そうでなくても頭がおかしくなりそうだった。クラッカーの箱を見つけ、口のひらいたポテトチップスの袋を見つけ、紙の筒に入ったクッキーを見つけた。すべてカウンターに置いた。ほかの人ならこの豊富な在庫を見て、一緒に食べられそうなものをまとめてそばに並べたかもしれないが、G・Hはわざわざそんな手間はかけなかった。

クレイはほしいかどうか尋ねもせずに、黙ってG・Hの黒い手に飲み物のグラスを押しつけた。「ジョージ、どうぞ」クレイは手すりに干してあった水着を見つけていた。それからアーチーが袖を切り落としたTシャツも見つけた。それを着ると、衰えかけた中年の筋肉があらわになった。

「わたしたち全員があれを見たのよね」アマンダはすでにローブを着ていた。誰のローブかわからなかったし、膝の上で裾をきちんと重ねるのを忘れていたけれど。

ジョージはべとついたチーズを頬張りながらクレイに礼をいった。そしてちょっと咳きこんでからいった。「見ましたよ」

「わたしたちみんな、幻覚を起こしていたのかしら?」起こったことをなかったことにするほうが好ましいように思えた。

「動物園から来たんでしょう。配電網が故障した隙に逃げたんじゃないかな」ジョージはステーキナイフでチーズを切った。「タグをつけられているはずですよ。ほら、犬を敷地から出さないための見えないフェンスみたいな」

「動物園では、羽を切るんじゃありませんでしたっけ?」アマンダはそれを『白鳥のトランペット』という児童書で読んだ記憶があった。ほんとうかどうかは、よくわからなかったが。

「さっきの鳥たちは飛べていた。野生の鳥だった」

クレイはジョージのステーキナイフを手に取ってサラミをスライスした。「筋の通る説明がきっとあるはずだよ」

「バンドとか、そういうものははめていなかった」アマンダは目をとじて、頭のなかでさっきの場面に戻った。「見たの。そういうものがないか探したのよ」

いう必要もないことだが、と思いながらジョージはいった。「ニューヨーク州に野生のフラミンゴはいませんよ」

「全員があれを見た。クソ、ほんとうのところなにがあったのよ?」下卑た言葉にも期待したほど力がこもらなかった。アマンダは庭に駆けて行きたかった。鳥たちに向かって戻って来いと叫びたかった。姿を見せて説明しろ、と。

ルースはシャワーを浴び、洗いたての服に着替えていた。自宅で着るような、高価だがダボッとした服だった。階下から姿を現したとき、自分が無防備であるようには感じなかった。おなじ恰好でアパートメントのドアマンに出くわしたときにはそう感じるのだけれど。この人たちのまえではくつろいでいられた。いまやお互いのことがわかっていた。ルースは階下で、確認のためにスマートフォンを使ってみた。アルバムのなかの写真——幼児というのはつねにじっとしておらず、くすくす笑ったり、身をよじったりするので、ピンぼけばかり——を見ることはできた。キッチンに入ったルースは、アマンダのローブの裾がはだけて恥丘が見えているのに気がついた。

ジョージはすべての明かりをつけてあった。怖がらなくて済むように。「夜中のおやつを食べているところだよ」

「いいものを見逃しましたよ」アマンダの口調に皮肉なところはなかった。本心からの言葉だった。

「座って、きみ」G・Hはルースへの愛情で満たされていた。そのG・Hが報告係を務めた。事実に沿って話した。アマンダが裸だったことまでしゃべった。七羽のフラミンゴのことも。ただし、もしもフラミンゴの絵を描けといわれたら、G・Hはまちがえてくちばしを三角に描いてしまうだろう。

「フラミンゴは飛ばないと思っていたわ」ルースはいった。「思いこみね。ちゃんと考えたことがなかったのかもしれない」

「ローズとおなじくらいの大きさでした」アマンダは鳥が空へ昇っていくところを思い浮かべた。キリストもそんな姿だったといわれていた。

「フラミンゴがピンク色なのは知っていたが、あんなピンクだとは知らなかったよ。自然の色らしく見えないんだ」G・Hは妻のために飲み物をつくった。

「ほんとうなの？」そうはいいながら、ルースは三人を疑ってはいなかった。フラミンゴと見まちがえそうなものなどなにもないのだ。独自の予想はとっくにあきらめていた。

「フラミンゴはフラミンゴですもの」アマンダははっきりさせたかった。「問題は、わたしたちがほんとうに見たかどうかじゃなくて、なぜ――」

「あっちのほうに裕福な人々がいる」クレイは思いついたようにいった。「あの鳥は誰かの個人的なコレクションなんだよ。ミニチュア動物園があるんだ。ハンプトンズかどこかに、ノアの箱舟みたいな地所が。そこの億万長者たちはサバイバリストで、みんなニュージーランドに屋敷を持っているんだよ。それで、なにか大惨事があったときに行くつもりなんだ、きっと」

「甘いものはある?」ルースは飲み物を一口飲んだが、アルコールはあまりほしくなかった。

アマンダはアイランド型カウンターの上のクッキーを押しやった。「もしかしたら、さっき聞こえたノイズはほんとうに雷だったのかも。巨大ストームかなにかがあると、鳥が渡りの道から吹き飛ばされてしまうって聞いたことがある。大西洋で例のハリケーンがあったから、迷子になったのかもしれない」

クレイは知りもしないことを思いだそうとした。「フラミンゴは渡り鳥なの? もしそうだとしても、海を渡るの? だったらその可能性もあるけど」

「フラミンゴは湖に集まるんじゃないのかしら? 小エビかなにかを食べて、だからあんなピンク色の羽をしているんでしょう? それがほんとうのところだったと思うけど」ルースはいった。

「われわれは鳥のことなどなにも知らない大人の集まりだね」ジョージがいった。G・Hはなんでも説明できることに慣れていた。グラフの曲線で鳥のことを説明できるだろうか? なにかしら関係はあるはずだが、それを解明するには何日もかかりそうだった。鉛筆と新聞と静けさが必要だった。「ガラスにひびが入るほど大きなノイズのこともわからないし。ニューヨーク市内の停電についてもなにも知らない。大人が四人も揃っているのに、スマートフォンの電波も捕まえられず、テレビをつけることもできず、なにひとつまともにできない」

部屋は食べ物を嚙む音と、グラスを伝って口もとまでのぼってくる氷の音で満たされた。

「すこしまえに〈白鳥の湖〉の話をしたなんておかしいわね」ルースは笑みを浮かべた。「白鳥、フラミンゴ。おなじだけどちがう」

「早くあしたになってほしい」クレイは電子レンジの前面のデジタル時計を見た。「そろそろ寝ないと」

「あなたがたは家に帰りたいんですね」G・Hはいった。「私たちはラッキーですよ、すでに家にいられて」

「でも」ルースは中身のない慰めを差しだすことに興味はなかった。明るい側面が見いだせないのだから。「あれはなにかの前兆だった。あなたたちは行くべきじゃない。わたしたちは一緒には行けない」

「道を教えてくれるっていったじゃないですか」アマンダはいった。

「安全じゃないと思う。外に出るのは」ルースはいった。木曜日になってもローザが来なかったらどうしよう？　外の世界のなにかがローザたちを捕まえていたら？

「アーチーを医者に連れていかなきゃならないんです！」アマンダはその必要性を体で感じていた。鳥が渡りの衝動を感じるのとおなじように。

「なにが起こると思うんですか？」クレイは安心させてもらいたいわけではなく、ただ率直な予想を聞きたかった。「ぼくたちは発つつもりです——道案内をしてくれるという話でしたよね」

ジョージは未知のものは信じなかった。代数なら、答えを出すのは簡単だった。しかし数学はもう関係なかった。いや、G・Hにとって、もうほとんど取り組むことのできないものになっていた。「道路をただ車で走っているだけならなにも起こらないよ」G・Hは妻にいった。

「道路がちゃんと通行できると思っているのね。食べ物もあるだろうと。水は？　わたしには外の人たちが信用できない。システムが信用できない」ルースは確信していた。「たぶんアーチーは、ここにいるうちによくなるでしょう。あしたには起きだして、熱も下がっていて、家のなかにある食料を、あるだけ全部食べたがるかもしれない」

「抗生剤かなにかが必要なだけかもしれませんね」いまやクレイも出ていきたくなかった。恐れおののいていた。

「ここなら安全だと思う」ほんとうはこの一家の安全は自分の問題ではないとルースにもわかっていた。「わたしは安全だと感じられる場所にいたいだけ」

「みなさんもここにいていいんですよ」ジョージがいった。

「それはできません」アマンダの決意は固かった。

ほんとうにできないのだろうか？　クレイにはよくわからなかった。「ぼくたちが——地下に移ってもいい。あなたがたが主寝室を使えるように」

全員が黙った、まるでそれが来るとわかっていたかのように。それは来た。おなじノイズ？　当然、そうだ。おそらく。そのはずだ。誰にもわからなかった。一回、二回、三回。シンクの上の窓に亀裂が入った。カウンターの上のペンダント・ライトにも。電気はおそらく消えるはずだったのだろうが、消えなかった。正確な理由は誰にもわからない。いくつかのノイズが重なりあったが、一つ一つは別物だった。そのノイズは――四人は知らなかったが――アメリカの飛行機がアメリカの空で、アメリカの未来へと疾走する音だった。ほとんどの人が存在を知らない飛行機だった。言語に絶することを遂行するために設計された飛行機で、そのためにどこかへ向かっていた。すべての行動（アクション）に対し、同等の反応（リアクション）と、反対のリアクションがあった。さらに、四人の八つの手では数えきれないほどのアクションとリアクションがあった。アメリカの政府がもくろんでいることも、ほかの複数の政府がもくろんでいることも、一握りの男たちの選択を抽象化したものに過ぎなかった。レミングは自殺願望があるわけではない。移住の衝動に突き動かされ、自分たちの能力を過信しているのだ。群れのリーダーのせいではない。水たまりのように簡単に横断できると思いながら、みなで海に飛びこむのだ。多数の齧歯（げっし）動物が示す一つの本能は、あまりにも人間的だった。何百万人ものアメリカ人が暗闇のなか、家で身を寄せあっていたが、あのノイズを聞き、子供たちをなだめたり、お互いをなだめたり、いまの音はなんだったのだろうと思ったりしたのはほんの数千人だった。一部の人々は病気になった。単にそういう体質だったから。ほかには、自分は世界についてほとんどなにも知らないのだと、ノイズを聞いて気がついた人々もいた。

ルースは泣き叫んだりはしなかった。そんなことをしても意味がなかった。目に涙が浮かんだが、まばたきをしてこらえた。両手をカウンターの端に乗せたまましゃがみこんだ。何十年もまえに、核爆弾が飛んできたらそうしなさいと教わったのだ。半分しゃがんだ状態でぶらさがっていると、筋肉が引っぱられる感じが心地よかった。

アマンダは悲鳴をあげた。クレイも悲鳴をあげた。G・Hも悲鳴をあげた。ローズも悲鳴をあげた。子供たちはベッドから飛びだして大人を見つけた。駆け寄った相手は母親で——こういう状況ではいつだってそうだ——子供たちはアマンダが素肌の上にはおった外国製のローブに顔を押しつけ、アマンダは二人をしっかり抱きしめて、手で子供たちの耳をふさごうとした。だが、耳は四つで、手は二つしかなかった。アマンダだけでは足りなかった。

またあのノイズ。これが最後だった。最後の一機だった。戸外の虫が途方に暮れて沈黙した。白鼻症候群にかからずに生き延びたコウモリも空から落ちた。フラミンゴはほとんど気にも留めなかった。気がかりはほかに充分あったから。

32

一家は理にかなった行動を取った。大きな、キングサイズのベッドに全員で身を寄せあった。ファミリーベッド――ふだんならアマンダはこれが大嫌いだった。ワクチン反対派の人々や、子供が五歳になっても母乳を与えるような母親たちのためのものだと思っていたからだ。けれどもいまはアーチーとローズから離れることに耐えられなかった。子供たちが疲れきっていたので明かりは消したが、本心をいえばつけたままにしておきたいと思った。夜を寄せつけないために。

「あなたがたも――」クレイはルースとG・Hのことも自分たちのベッドに招きたかった！　それが当然のことのように思われた。

「眠る努力をしましょうか」G・Hが妻の手を取り、二人はいまいちどキッチンの階段を降りていった。

大人はどちらも眠れなかった。だが、子供たちはすぐに寝息をたてはじめた。ローズの体のカーブから、クレイはカリフォルニアの海辺にある天然の橋を連想した。何千年もかけて波が穿(うが)ったものだったが、最後には崩れてしまった。噂では、海はやがて人間の生活圏にも入りこんでくる。クレイは娘の肺が機能を維持していることをありがたく思った。息をしたり、歩いたり、考えたり、飲みこんだりすることをいちいち自分にいい聞かせなくてもいいというのはすばらしいことだった。二人は子供を持とうと決めたときに自問した——金はあるのか、スペースはあるのか、必要なものは揃うのか——が、子供たちが成長したときに世界がどんなふうになるかは問わなかった。クレイは、自分に罪はないと感じていた。なにかあるとすればジョージ・ワシントンとその世代の人々や、プラスティックと石油と金をめぐる彼らの熱狂のせいだった。自分の子供の安全を守れないのはとんでもないことだ。これは誰もが感じていることだろうか？　結局のところ、これが人間であるということなのだろうか？

クレイはローズの肩口のすり切れた綿にキスをして、自分が祈りを信じていないことを残念に思った。この子はなんて母親に似ているのだろう。自然はくり返しが好きなのだ。フラミンゴが見たら、ある一羽とべつの一羽の区別はつくのだろうか？

アマンダは何度もアーチーの腕に手を伸ばした。アーチーはそのたびにピクリとするが、目を覚ましはしなかった。アマンダには夫に訊きたいことがあったのだが、正しい言葉を思いつかなかった。これがそうなの？　これが終わりなの？　わたしは勇敢であるべき？

クレイには、暗くて息子が見えなかった。いまでもときどき子供たちの部屋に忍びこんでいることを思い返した。そういう夜の訪問のときには、子供たちは決して目を覚まさなかった。心配事には終わりがあると、人は自分にいい聞かせる。一晩中ぐっすり眠ってくれるか、乳離れはうまくできるか、それが済めばいつ歩けるようになるか、靴ひもを結べるようになるか、あとは読み書き計算、セックス、大学入試。そこまで行けば解放されると自分にいい聞かせるのだが、それは嘘だ。心配事には終わりがない。親の唯一の仕事は子供を守ることなのだ。

クレイはもう自分の母親の姿を思い浮かべることができなかった。死別してからの人生のほうが長いのだから。父親もこの仕事を全うしたにちがいない。くよくよ心配する姿などクレイの知っている父親とは一致しないが、それが親の愛というものなのだろう。

アマンダはアーチーの頬に触れ、熱いと思った。そして熱と夏の暑さを区別しようとした。哺乳類の思春期と病気を区別しようとした。少年の額、喉、肩に触れ、体を冷やすためにブランケットを押しやった。胸に触れ、安定した鼓動を確かめた。アーチーの肌はやわらかく乾いており、長時間つけっぱなしにした機械のように温かかった。熱は体の機能不全のシグナルだと、緊急放送システムの信号のようなものだとわかっていた。少年は病気だった。もしかしたら全員病気かもしれない。これは疫病なのかもしれない。アーチーはアマンダの宝物(ベイビー)だった。夫婦二人の宝物(ベイビー)だった。そのことに無関心な世界など想像もつかなかった。

しかし二人には想像力に欠けている部分があった。個人的な妄想を夫婦で重ねあわせていただけだった。G・Hなら、情報はいつでもそこで待っていたのにと指摘するだろう。レバノンスギが徐々に枯れていき、カワイルカが川から姿を消し、冷戦時代の憎しみが再燃し、核分裂が発見され、アフリカの人々でいっぱいの大型船が転覆する、そういった事実のなかに。故意でないからといって、無知の言い訳にはならない。なにかを知るためにグラフの曲線を詳細に調べる必要はない。新聞を読む必要すらない。悪いことが起こっている様子は、スマートフォンが一日に何回も正確に思いださせてくれる。そんなことなどないふりをするのは簡単だけれど。アマンダは夫の名を囁いた。

「起きてるよ」クレイには最初はアマンダが見えなかったが、すぐに見えるようになった。すこし目を凝らせばいいだけだった。

「やっぱり帰るべき?」

クレイは熟考するふりをしたが、ジレンマに陥るしかないのはすでに明らかだった――〝いや、帰るべきじゃない〟か、〝そうだね、帰らなきゃならない〟か。「わからない」

「アーチーを医者に見せないと」

「見せるよ」

「それにロージーよ。もしもおなじように――」口に出すとその危険が現実になりそうだった。

アマンダはわざわざそんな真似はしなかった。もし見ていたらローズもフラミンゴを気に入ったただろうに。もしかしたら、大人も人生の謎に畏敬の念を感じるだけでいいのかもしれない、子供たちのように。

「ローズは大丈夫だ。問題ないように見えるよ」実際、そうだった。いつもどおりのローズだった。頼りになり、頑固なのだ、ほんとうに。二番めの子供の強みだ。くよくよ考える必要さえなかった。クレイは娘を信じていた。

「ローズは大丈夫そうに見える。わたしも大丈夫そう。すべて問題ないように思える。だけど、災害のようにも思える。世界の終わりのようにも思える。計画が必要なのよ。なにをしたらいいか知る必要がある。ここにずっといることはできない」

「当面はいられる。あの人たちもそういっていた」クレイは申し出を聞いていた。

「あなたはここにいたいの？」アマンダはクレイに先にそれをいわせたかった。

クレイはあと何本煙草があったか思いだそうとした。実際のところ、ここに留まりたかった。病気のティーンエイジャーがいても、ニコチンの離脱症状を起こしても、ここがうるわしのわが家ではないとしても。クレイは怖かったが、ここにいる全員の勇気を掻き集めればなにかできるかもしれなかった。それがなんであれ。「ここは安全だよ。電気もある。水もある」

「バスタブに水を入れてっていったのはわたしよ」

「食料もある、屋根もある、それにG・Hはいくらかお金を持っているし、ぼくたちにはお互いがいる。ぼくたちは孤独じゃない」

孤独であると同時に、孤独ではなかった。運命は共有しているが、そのほかのことはつねに一人一人べつだった。その事実からは逃れられない。二人はそんなふうに長いこと横たわっていた。もう話さなかった。話しあうべきことがなかったから。子供たちの寝息は、波音のようにたえまなくつづいた。

33

舌と喉の乾燥した重いだるさ、顔をしかめているせいで見えづらい目、二日酔いによる強烈な愚鈍さ。やれやれ、もういい歳なのに。いつになったら学ぶのだろう？　アマンダは急いでベッドを出て、シンクで水を飲もうとバスルームに向かった。そこでうっかり金属の蛇口を舐めてしまった。吐く、とわかった。いつもこんなふうにして吐くのだ。吐くとわかっていることを認めるだけでいいときもあった。舌に塩を載せればいいときも。便器を凝視するヨガの行者とでもいうような恰好でウエストを曲げ、喉の奥を焼くげっぷのようなものを感じて、その後放出する。嘔吐物は水っぽく、フラミンゴのようなピンク色だった（わかるでしょう？）。アマンダはそれが体から出ていくに任せた。目が潤んだが、視線を逸らしはしなかった。胃が一回、二回、三回と収縮し、嘔吐物が胃から喉を通過して水のなかへ飛びだした。それがおさまると、アマンダはトイレを流し、口をゆすいで、恥ずかしく思った。こういう朝には、世界のどこにいる人もおなじように感じるはずだった。

クレイにもアマンダのひどい嘔吐の音が聞こえた。こういう音はうとうと二度寝しながらやり過ごせるものではなかった。室内は人の体が多過ぎるせいで暑かった。夜のある時点でエアコンが切れていた。思いきり窓をあけてベッドの寝具を剝がし、シャワーを浴びてまっとうな体に戻りたいと思うたぐいの二日酔いだった。水っぽい胃が大きな音をたてた。あまり調子はよくなかった。

アーチーはむくりと起きあがって父親を見た。そして口のなかにものがいっぱい詰まっているかのようになにやらもごもごいった。「どうしたの？」

「水を持ってくるよ」クレイはローズがいないことに気づいただろうか？　このときはいなくて当然のように思えた。

クレイはグラスを満たした。自分の分を一口飲み、一息ついたあとに注ぎ足した。「ロージー」空っぽの家に向かって呼びかけた。返事はなかった。冷蔵庫の製氷機が一定時間ごとにブーンという音をたてた。三つ運ぶにはコツがいるのだが、クレイはなんとかやってのけた。

青白い顔をしたアマンダがベッドの端に腰かけていた。アーチーは枕で頭を覆っていた。

「飲みなよ」クレイはグラスをテーブルに置いた。よくわからない病気のときには水を飲むにかぎる。水は防御の最前線だった。大気中になにかがあったとしても――嵐が熱帯の鳥以外のものを運んできていたとしても――とじた輪のような環境のせいでそのなにかが水に混じっていたとしても、クレイはそれを知らなかった。

「ありがとう、ハニー」妻がいった。

クレイは切羽詰まったように廊下を早足で歩き、すばやくドアをしめた。バスルームにはアマンダの嘔吐物のにおいと、クレイ自身の排泄物のにおいがした。夜中の宴会の名残りが何秒もかからずに流れでていった。クレイは罪滅ぼしの苦行のような気持ちでシャワーの下に立った。尻の穴がヒリヒリした。何度も何度も口をゆすぎ、腹立ちまぎれにタイルの壁に水を吐きかけた。これが二日酔いなのか、それとももっと悪い病気の症状なのか、クレイにはわかっていただろうか？　いや、わかっていなかった。

壁の反対側では、アマンダが裏庭に通じるドアをあけていた——ウエッ、室内にこもったみんなの体臭ときたら。戸外には新鮮な空気と日光が満ちていた。ベッドの寝具を剝がしたかったが、息子がまだゴロゴロしていた。「気分はどう、アーチー？」きのうよりは元気そうに見える、とアマンダは思った。

アーチーは正しい返事をしようとした。変な気分とか、おかしな気分とか、眠いとか、いろいろあったが、昼まえに起きたときにはいつもこんな感じだった。このときはなんだか腹が立って、母親に背を向け、上掛けを頭の上まで引っぱりあげた。

「体温を確認しないと。みんなすごく心配したのよ、きょうの午後ウィルコックス先生のところに連れていこうと思ってた。家に帰ったあとでね。でもその必要もないかもしれないわね」

アーチーは苛立った小さなうめきをあげた。「帰るの？」

「ねえ、ほら、眠いのはわかるけど、起きあがって、母さんに様子を見せてよ」アマンダは息子の横に腰をおろした。

アーチーは体を引き起こして座った。ただしゆっくりと。彼なりの抵抗であり、鈍角から鋭角へと徐々に体を起こすのは、思春期の筋力を誇示する方法でもあった。

額に手の甲を当てながら、アマンダは息子の両目を覗きこんだ。産んだ自分にとっては底知れぬ美しさのある目だった。眠気で小さくなり、目やにが固まっているいまでさえ。「もうそんなに熱はないみたいね」今度は手のひらを額に、それから首、肩、胸に当てた。「喉は痛い？」

喉が痛いかどうかは自分でもよくわからなかった。アーチーはそれを考えてもみなかったのだ。協力するまで母親が寝かせてくれそうになかったので、アーチーは喉の健康を確認する方法として、あくびをするときのように口を大きくあけてみた。大丈夫なようだった。「痛くない」

母親なので、息子の息がくさいのは無視した。そして喉の奥のピンク色の場所を覗きこんだ。なにを探しているか、あるいはなにが見つかるか、わかっているかのように。

アーチーが口をとじると、舌が歯に当たった。試しにちょんと触れて見ると、味蕾（みらい）にしょっぱい血の味が溢れた。この味には覚えがあった。血の味というのは、なにがあろうと忘れないものだ。変だなと思い、もう一度舌をエナメル質に走らせると、そんなふうにそっと押しただけで歯が動いた。口いっぱいに唾液が湧いた。

大きく口をあけると唾液が溢れでて、首、胸へと滴り落ちた。赤ん坊のようなよだれに、混ざりきらない真紅の筋が入っていた。よく振らなかったドレッシングのように。ふつうは、血を見れば驚くものだ。アーチーの口からはよだれと血が流れつづけた。アーチーはどこが問題なのか探ろうと指を口に突っこみ、歯に触れた。すると歯がポンと歯茎から離れ、ドミノのように舌のほうへ倒れて、恐ろしいことに、まちがえて飲みこみそうになったサクランボの種みたいに口の奥へ戻った。吐きだすと手のひらに転がりでた。アーチーはそれをまじまじと見つめた。思ったより大きかった。

「アーチー！」アマンダには、最初は息子が吐いているように見えた。それが自然な考えだった。しかしよく見るとそれよりは控えめな、地味な動きだった。アーチーはただ自分の手のほうへ身を屈め、剝き出しの胸に血を滴らせていた。

「母さん？」アーチーは混乱していた。

「吐きそうなの、アーチー？　それならベッドから出て！」

アーチーは立ちあがり、鏡のところまで歩いた。「吐かないよ！」手のひらに載った歯を掲げて見ると、ベタベタで、血がついてピンク色になっていた。

アマンダにはわかっていなかった。

アーチーは鏡に映った自分を見た。口をあけ、黒っぽく濡れた口のなかを意志の力で直視した。うんざりするような眺めに、気絶しかけた。指でべつの歯に触れる。下の歯だ。するとそれもグラグラ動いたので、つかんで引っぱり、いまや血で黒っぽくなった歯茎から抜いた。それからもう一本。またもう一本。全部で四本。根っこの先が細くなった、固く白い歯。四つの小さな証拠のかけら。四つの小さな命の証。悲鳴をあげるべきだろうか？　アーチーは口をとじ、すこしのあいだ口のなかの液体を一ヵ所にためてから床に吐きだした。敷物が汚れようが気にしなかった。実際、それのなにが問題なのだ？　もう一本べつの歯が飛びだして床に落ちた。もちろん音はしなかった。広大な宇宙から見れば、それは問題というにはあまりにも小さかった。

「アーチー！」アマンダにはなにが起こっているのかわからなかった。当然のごとくわからなかった。

アーチーは床にしゃがみこんで歯を拾った。十歳になるまで枕の下に入れていた小さな空っぽの貝殻よりも大きかった。根っこが先へいくにつれて細くなっていた。動物的で脅威だった。アーチーは、採った真珠を自慢するダイバーのように、歯を全部手のひらに載せた。「歯が！」

アマンダは息子を見た。ストライプのトランクスを穿いただけの姿は痩せて痛ましく見えた。

「それはなに？」

少年は泣いてはいなかった。面食らって涙も出なかったからだ。「母さん。歯が」アーチーはみんなに見えるように手を差しだした。

「クレイ！」アマンダはどうしていいかわからず、べつの意見を求めた。「ちょっと、やだ、歯が！」

「おれの体になにが起こってるの？」アーチーの声は滑稽だった。舌が歯に当たらない状態ではうまくしゃべれなかった。

アマンダは息子の両肩をつかんでベッドへ戻るよう誘導した。背が高かったので、それしかできなかった。それから手のひらを、次いで手の甲を息子の額に当てた。「熱くない？　どうしてこんな――」

呼ばれてやってきたクレイはタオルを腰に巻いており、顔には苛立ちが表れていた。「なにがあった？」

「アーチーがおかしいのよ！」見ればわかるでしょ、とアマンダは思った。

「どうした？」

少年は父親に向かって手を差しだした。

クレイは理解が追いつかなかった。誰だってそうだろう。「アーチー、なにがあったんだい？」

「おれはただ――歯が変な感じだと思って触ったら、抜けたんだよ」

この瞬間が分かれめだった。峡谷のようなものだった。クレイは横になりたいと思った。「どうしてこんな——まだ熱があるのか？」クレイは手を伸ばして息子の腕に触れ、次いで首に、背中に触れた。「熱いな——熱いと思わない？」

「わからない。さっきはそんなに悪くないと思ったんだけど、わからない」アマンダは記憶にあるかぎりこの言葉をこんなに連発したことはなかった。わからない、わからない、なにもわからない。

クレイは息子から妻へ視線を移した。途方に暮れていた。もしかしたら息子は病気で、その病気は伝染するのでは？「大丈夫だ。おまえは大丈夫だよ」

「ぜんぜん大丈夫な気がしないよ！」しかしこれは嘘だった。アーチーは……そこまで気分が悪いと感じてはいなかった。可能な範囲でふつうだった。彼の体はなんとかまとまりを保とうとして働いていた。全体を保つために不要なものを捨てているのだろう。

人には明かさない頭のなかの一部分で、クレイははたと立ち止まるようにして自分の体が万全かどうか考えた。じつは万全ではなかったのだが、それは知らなかった。それからハッとして現実に返り、歯の抜けた血まみれの息子を見て、次にどうすべきか考えようとした。

「バスタブに水を入れてくれたんでしょ？」アマンダは自分にできることをした。「非常事態よ！　水が必要になる」

34

　ワシントン夫妻に相談しようと思ったのは、クレイの直感だった。四人で額を寄せあうのだ。会議、数の力、年配者の知恵。しかし二人ともこういう症状は見たことがなかった。カラヴァッジョの〈聖トマスの不信〉の絵のように四人で身を寄せあって精査した。〝不信〟というのは言い得て妙だった。

「でも、気分は悪くないのよね？」ルースはどうしてそんなことがありうるのか納得できなかった。

　アーチーはただ肩をすくめた。もう何回もおなじことをいっていた。

「まあ、それでもね。なにかしらの症状ではある。医者に連れていくことを考えたほうがいい」それははっきりしている、とG・Hは思った。「ブルックリンに戻るのではなく、ここで」

「小児科医の番号を控えてありますよ」マヤとクララと孫たちが遊びに来たときに調べてあったのだ。結局そのときは無用の情報となったが、念のため取ってあった。

「救急処置室に行く必要がある」G・Hはいった。

クレイは重々しくうなずいた。似た経験ならいままでにもあった。親として、それくらいの働きはしてきた。ベリー系のスムージーの隠し味にピーナツバターが使われていたときとか。アーチーがいい気になってジャングルジムのてっぺんから飛び降りたときとか。悪天候の真冬の夜に呼吸困難を起こしたときとか。「あなたのいうとおりです。待つべきじゃない」待てればいいのにとクレイは心底思った。

「病院はどこですか？」アマンダは自分の体を持て余していた。ぐるぐる歩きまわったり、立ったり座ったり、まるでその場になじめない犬のようだった。「遠いんですか？」

「たぶん十五分くらいか――」G・Hは確認のために妻のほうを見た。

「もうすこし遠いと思う。このへんの道路は、ほら、わかるでしょう――たぶん二十分近く、もしかしたらもっとかかるかも。アボット・アヴェニューを使うか、近道をしてハイウェイに出るかによると思う――」ルースは関わりになりたくなかった。この発言に必然的に伴う事柄を避けたかった。自分でもどうしようもないのだ。人間らしい反応だった。「水かなにか、ほしい？」

アーチーは首を横に振った。「病院なんて行かなくていいよ。大丈夫だし。ほんとに」

「それを確認する必要があるのよ、ハニー」アマンダはアマチュアの性格俳優のように両手を揉み絞っていた。「道を教えてもらえますか？　それとも、誰かの電話が突然つながったりしていませんか？　まだ駄目？」

「道なら教えられますよ」Ｇ・Ｈはいった。

「地図を描いてください。ＧＰＳがうまくつながらないんです。地図を描いてもらえれば行ってきます」アマンダは机のほうへ行った。もちろん、ルースが削った鉛筆をカップに立ててあったし、メモ用紙も用意してあった。

「地図は描けますが、ものすごく簡単ですよ。ひとたび大通りに戻ってしまえば――」

「ぼくは迷いました」クレイは手を息子の肩に置いた。みんなの顔をまともに見られなかった。

「迷ったんです。前回」

「どういうこと？」アマンダが尋ねた。「迷った？」

「ぜんぜん簡単じゃないんだよ！　ぼくは出かけたよ、なにが起こっているか調べるために。真相を探るために――なんでもいいけど。それで、まっすぐ運転して卵売りのスタンドを通り過ぎて、そのときは自分がどこに向かってるかわかっていると思ったんだ。でもぼくはまちがっていた。そのへんを乗りまわして、Ｕターンして、そのあとほんとうに道に迷った。どうやって戻ってきたのか、いまだによくわからない。あのノイズが聞こえて頭がおかしくなるかと思ったよ。そのときようやく見つけたんだ、探していた曲がり角を。家へつづく細い道につながる道路を。ちょうどそこに出たんだ」

「だから誰にも会わなかったのね。それになにも見なかった。どこにも行かなかったから」アマンダの声は責めているように聞こえたが、ほんとうは安堵していた。クレイには見る機会さえなかったのだ！　みんな過剰反応しているだけなのだ。なんでもなかった。ただの産業事故だったのだ、あの四回連続で聞こえた爆発音は。停電も簡単に説明できる。もちろんいいことではない。だが最悪の事態でもない。

「道は教えられますよ。私たちも行きましょう。全員で行けばいい」

「駄目」ルースは頑なに拒んだ。全身が震えていた。「わたしたちは行きませんよ。それはできない。わたしたちはここで待つの。なにか聞けるまで。なにかわかるまで」ルースは一家が留まるのはかまわなかったが、彼らのために自分の命を危険にさらすつもりはなかった。

「心配することなどなにもないよ。車で案内して、誰かを見つけて話をして、外の人たちがなにを知っているか調べるんだ。車にガソリンを入れてもいいし。それでまっすぐここへ戻ってくる」

「ここにいてくれるのはかまわない。四人全員。ここで、この家でわたしたちと一緒にいるのは」それがルースにできる最大限の譲歩だった。「ここにいてちょうだい」

「ここにいる」クレイはそれについて考えた。ずっと考えつづけていた。「いるって――いつまでですか？」

「でも、ジョージ、あなたは行かないで。わたしをここに置いて行かないで。わたしは行けない。わたしたちはここにいるべきよ」ルースはいった。

「もしもずっとだったら？」アマンダは待てなかった。息子が病気なのだ。「もし電話がいつまで経ってもつながらなくて——だって、ここではまえもそうだったでしょう、全部ふつうどおりだったときも。それでもしここも停電したら、アーチーがほんとうに病気だったら、わたしたちみんなが病気だったら、あのノイズのせいで病気になったんだとしたら？」

「おれは病気じゃないって、母さん」どうして誰もおれのいうことを聞いてくれないんだろう？　とアーチーは思った。気分はぜんぜん悪くない！　まあ、歯が抜けたのは変だけど、医者がなにをしてくれるっていうんだ——もとどおりに糊でくっつける？　なにかが（アーチー自身の本能？　なにかほかのとても小さな声？）いまいる場所に留まれといっていた。

マヤはどうしているだろうとルースは思った。マサチューセッツ州アマーストで孫たちもあのノイズを聞いたはずだと、なぜこんなにも確信できるのだろう。孫たちには乳歯が生えているだけだった。しかもまだまばらだった。もしかしたら、ノイズのせいであの子たちの乳歯も抜けたかもしれない。そしてあの子たちの母親二人はヒステリーの発作を起こしたかもしれない。自分の子供を守れなかったら、自分ならどうするだろう？　息子が病気とあっては、一家がルースと一緒にここに留まることができないのはわかっていた。「わたしは外には行けない」

「大丈夫だよ」ほんとうは、G・Hにその約束はできなかった。全員が決断の瞬間を待っていた。曲がるべき角を待っていた。たぶん、いまがそうなのだ。徐々に筋の通った話ができなくなりつつあるいまが。茹でられたカエルがとうとうもう耐えられないと飛びだす瞬間だった。今年は有史以来最も暑い年だと、以前読まなかっただろうか？ しかし少年は病気だった、いや、どこか体調がおかしかった。それが手もとにある唯一の情報だった。「きみは待っていればいい」

「一人でここにいるのはいや」

「荷づくりをして、病院に行って、その足でブルックリンに帰る」クレイは声に出して考えた。

「車で案内してもらう必要はありませんよ。地図で大丈夫です」

G・Hは地図を描きはじめた。

「あるいは、いったん戻ってきてもいい。ローズをここに置いていって、ルースに一緒にいてもらって、わたしたちはローズを拾いに戻ってくる」アマンダは、兄の身に起こっていることをローズに見せたくなかった。置いていったほうが心配事がすくなくて済むように思えた。

「ローズと一緒にいるのはかまいませんよ。荷づくりをしておいてあげることもできる。そうすれば、あなたたちはすぐに発てるでしょう」ルースは計画を立てるのが好きだった。

「いいですね」クレイは立ちあがった。そのほうが理にかなっている。必要なことは大人がやればいい。そしてローズを拾いに戻ってくればいい。

気がついたのは、いや、それを口にしたのはアマンダだった。五人はそれまで現状にすっかり気を取られていた。残念なことに、外はすばらしくいい天気だった。プールの水面では陽光がキラキラと遊び、反射した光が家の裏で踊っていた。木々の緑は雨のおかげでより鮮やかになり、空には雲一つなかった。「ローズはどこ?」

35

ローズはダウンロードしたまま忘れていた例の映画を観ているはずだった。アマンダは娘の寝室を覗いたが、そこにはいなかった。バスルームにいるのではないか。見に行ったが、そこにもいなかった。リビングに戻って、アマンダはいった。「ローズが見当たらないんだけど?」

そんなはずはないと全員が思った。クレイは主寝室に戻ってみたが、部屋は空っぽだった。アマンダは裏口から快晴の外を見て、家のなかを先へ進んだ。洗濯室を覗き、次いで自分でも主寝室に行ってみた。クレイがちゃんと見たかどうか疑って。ウォークイン・クローゼットのなかも見たし、ベッドの下も覗いた。飼い猫でもあるまいに。主寝室脇のバスルームにも入ってみた。まだ排泄物の強烈なにおいがした。

クレイは廊下で妻を見つけた。「わからないな。どこへいったんだ?」

アマンダは娘の部屋に戻り、なにが見つかるというのだろうと思いながら上掛けを剥がしてベッドの足もとを確認した。クローゼットのまえでは映画の登場人物のように躊躇（ちゅうちょ）した。監督の企みはフェイントだろうか（ローズが本を抱えて丸くなっているとか）、それとも衝撃だろうか（見知らぬ人間がナイフを振りかざして立っているとか）、あるいは謎だろうか（まったくなにもないとか）？　結局、カシミアを好む害虫を寄せつけないように置かれたスギ材の玉のにおいがしただけだった。こうなると、パニックに陥るしかなかった。それがおさまると、ようやく具体的な次の目標が定まった。

リビングに戻ってみても、ローズはテレビを見てはいなかったし、本を持って座ってもいなかった。キッチンへ行っても、ローズはなにか食べているわけでも、東洋の絨毯（じゅうたん）の柄のむずかしすぎるジグソーパズルをしているわけでもなかった。プールを見渡せるドアへ向かったが、いや、それはないだろうと思った。ローズには一人で泳ぐことを禁止してあった（当然の配慮）。アマンダは玄関のドアをあけた。娘がそこにいて〝いたずらか、ご馳走か（トリック・オア・トリート）〟といってくるのを期待して。娘はいなかった。ただ雨に濡れて黒っぽくなった草が繁り、鳥のさえずりが聞こえただけだった。

娘は階下に行ったのだろうか。地下は大部分をワシントン夫妻が使っているのに。なにかおもしろいものがないかとガレージに行ったのだろうか。その後、いつでも家へ帰れるようにと、従順な犬のように車の後部座席に座っているのだろうか。オーケイ、大声で呼んでみよう。

「ロージー！」

「ロージー、ロージー」アマンダは独りごとのようにいった。そしてバスルームに戻った。昔、ローズは隠れてみんなを驚かすのが大好きだった。アマンダはシャワーカーテンをあけて、バスタブに水が三センチほどしか入っていないのを見つけた。クレイにはいっぱいにしておいてといったのに、その結果がこれ？　アマンダはリビングに戻った。「ローズが見つからない」

クレイはもう一杯水を飲みたかった。「まあ、この家のどこかにいるよ」クレイは寝室のほうを身振りで示した。

「そっちにはいなかった——」どうして人の話を聞かないのかしら？

「シャワーを浴びてるとか？」

「浴びてなかった——」わたしだって馬鹿じゃないのよ！

「だったら——」クレイはこれ以上なにをいうつもりだったのか自分でもよくわからなかった。

「いない、いないのよ、探したけどどこにもいない。ローズはどこ？」アマンダはわめいているわけではなかったが、囁いているわけでもなかった。

「階下は見た？」アーチーが萎縮したような声でいった。

「私が階下を見てきましょう」G・Hが立ちあがった。「たぶん、家のなかを探検しているんでしょう」

「わたしにはローズを見つけられない？」アマンダはこれを疑問として口にした。だってあまりにばかばかしいではないか――ローズを見つけられないなんて！　自分の子供を見つけられないいなんて！　自分の耳たぶを、いや、自分のクリトリスを見つけられないのとおなじようなものだ。

アマンダはキッチンに行って立ち尽くした。次になにをしたらいいかわからなかった。ルースがあとから入ってきた。アマンダを元気づけたい気持ちになったからだった。なんといまいましい本能だろう。助けなければならなかった。二人は同業者なのだから。母親としてではなく、人として。これは――今回のことはすべて――共有すべき問題だった。「きっと外に行ったんでしょう」ルースはトウワタの上で羽を動かすオオカバマダラを見るような気持ちで、少女の姿を思い描いた。「遊びに行ったのよ」

「外は玄関から見ました」

「外に行ってみましょう」

クレイはまた息子の横に座った。「アマンダ。おちついて。考えてみよう。ローズはガレージにいるかもしれない。あるいは生け垣の向こうにいるかもしれない。だから見つけに行こう――」

「わたしがさっきからいったいなにをしてると思ってるのよ、クレイ？　靴を履いてくるわ、あの子を見つけるためにね」アマンダは寝室へ駆けて行った。

「アーチー、妹がどこへ行ったかわかるかい？」クレイは忍耐強かった。

アーチーは静かにしゃべった。わかるかって？　思いついたことならあったが、理にかなわなかった。「わからない」

アマンダは〈ケッズ〉の紐なしスニーカーを履いて戻ってきた。もう涙を浮かべてすらいなかった。「気が変になりそう。ローズはどこ？」

「きっと、ちょっと外に出ただけよ」ルースにもそんなに確信があるわけではなかった。

アマンダは金切り声をあげるべきだったが、あげなかった。しかしアマンダがこんなにも静かなことのほうが、むしろまわりをおちつかなくさせた。「靴を履いて、あの子を探すのを手伝ってよ」

ジャグジーのそばに自分のビーチサンダルがあるのを、クレイはドア越しに見つけた。「ぼくは玄関から出て、ハーブガーデンのそばを見てみるよ。生け垣の向こうも」

「どこかその辺りをぶらぶらしているだけよ」ルースは説得力のある説明をしようとした。「テレビがつかないものだから、昔ながらの遊びをしているんでしょう、ただぶらぶら歩きまわるっていう。ここには心配するようなことはなにもありませんよ」つまりこういう意味だった――車も通らないし、誘拐犯もいない。クマやピューマもいない。強姦魔も変質者もいない、そもそも人がぜんぜんいない。不安に対処する用意ならあった。しかしこれは想定外だった。たいして重要でもない田舎で、合理的な行動を忘れないというのはむずかしかった。しかし外の世界などもともとそんなに重要ではないのかもしれなかった。

階下で、G・Hはクローゼットを見た。食料品でいっぱいだった。ベッドはきちんと整っていた。バスルームと、沈黙した役立たずのテレビと、ひびの入った裏口のドアも見た。スマートフォンは楽観的にも白いケーブルにつなげてあった。G・Hは電話をポケットに入れた。

リビングで、アーチーは足を〈ヴァンズ〉のスニーカーに詰めこみ、舌で歯茎のやわらかい空っぽの穴を吟味した。そこはなめらかで心地よく、彼自身の持ち物が収まるようにつくられた——しかしまだ直接は知らない——人の体の奥まった場所のようだった。自分の特別な夢を拒否されるとしたら、アーチーは世界を許せるだろうか？　アーチーにはチャンスはないのだ。アーチーは裏口のドアをあけ、父親に合流して妹を探すために外へ出た。

「心配するようなことはなにもないですって？」アマンダの想像力は、疲労困憊(こんぱい)の末、音をあげていた。アマンダはほかの家族と一緒に外へ、すばらしい晴天のなかへ出ていった。ひどく取り乱していたので、これまでの人生のほかの何千もの日々とはちがうことに気づかなかった。アマンダの「ローズ！　ローズ！」という呼び声は大きく、熱がこもっており、アマンダからは見えない、そこに存在することを彼女が知りもしない動物たちを驚かした。

アマンダには仮説がいくつかあった。母親とはつねにそういうものだ。ステップを踏み外して、使われなくなった井戸に落ちたとか。その井戸には三十メートルもの深さがあり、伸び過ぎたイヌシバに覆われて見えなくなっているのだ。あのノイズに打たれた大枝が頭上から落ちてきたとか。ヘビに咬まれたとか、足首を捻ったとか、ハチに刺されたとか、もしかしたらただ単にひっくり返っているとか。九一一に通報することもできないのに！　誰が助けてくれるというのだろう？

G・Hは階下のドアに手をかけ、慎重にしめた。外は草が茂り、湿っぽかった。

「ぼくは正面を見に行くよ」クレイはそうした。

ルースは不安だった。ひとたび子供を持つと、人は不安になることを覚える。「ガレージを見るべきよ」ルースは先に立って進んだ。

アマンダはルースのあとにつづいた。

アーチーは庭を通って、掘っ立て小屋まで歩いた。妹がそこにいないことはわかっていたが、見ておかなければならなかった。ドアはあいていた。アーチーは建物にもたれ、家のほうを見た。馬鹿なチビめ。妹がまた森に入って行ったのはわかっていた。なぜ口に出してそういえなかったのか？　それに、どうしてわかるのか？　まあ、それは問題ではなかった。アーチーは身を震わせた、歩いていてクモの巣に引っかかってしまったときのように。クモが枕の下から飛びだしてきて、モザイク柄のシーツのなかに隠れてしまったときのように。クモが肩から首へ這いあがり、居心地のいい洞窟のような耳の穴におちついたときのように。クモが天井から落ちてきて髪のなかに着地し、その後慎重に鼻の坂を下って、あいだの離れた自分の目ではそれがよく見えないときのように。あるいは驚いたクモに咬まれ、毒が血流に入りこみ、その後自分の一部になって、自分の体をつくっているDNAと切り離せなくなってしまったかのように。アーチーは左膝が変だなと感じたあと、すぐにくずおれ、体を二つ折りにして吐きはじめた。だが嘔吐物は水だけで、ほんのすこし血が混じっていた。わかるだろうか？　そのピンク色はまるで――

36

クレイにはビーチサンダルの下の砂利が感じられた。ビーチサンダルはかなり擦り切れており、もう寿命だった。ごみにするときの罪悪感を軽減したいなら、製造業者に送り返せばいい、無料で。業者はエクアドルとか、グアテマラとか、コロンビアのような場所に捨てるだろう。捨てた先ではNGOが、それを小さく切り刻んで白人が買うゴムマットに縫いこむようにと教えるのだ。家の正面にはなにもなかったし、生け垣の向こうにもなにもなかった。あるものといえば、きのうクレイを嘲笑ったのとおなじ風景だけだった。あれがほんの一日まえの出来事とは思えなかった。「ローズ！」クレイの声は届かなかった。どこにも行きつかなかった。青々と草の繁った地面にただ落ちた。

ガレージでは、ルースがロフトへ通じる梯子(はしご)を指差していた。女の子ならこの上で遊びたがるかもしれない！　ルースはいつかそこをゲスト用のアパートメントにしようと半分くらい計画していた。アマンダは急いで梯子を上ったが、そこにはなにもなかった。

女二人がガレージを出ると、クレイが角を曲がってきた。G・Hは家を一周してきたところだった。四人はお互いを見た。

「いなくなったの?」アマンダはほかになんといっていいかわからなかった。

「いなくなったりはしませんよ――」〝いなくなる(ゴーン)〟というのは最終的な状態、つまり死んでしまったという意味だとルースは思っていた。

なんであろうと、誘拐でないのは確かだった。ローズはきっと無事だろうけれど、なんの根拠もないつくり話に納得してもらえないのはクレイにもわかっていた。「あの子はきっと――ちょっとどこかに行っただけだよ」

「ほかの家にすごく興味を持っていたわね。それにあの卵売り！　もしかしたらあのスタンドに行ったのかもしれない」ルースはそう疑っていた。

「アーチーはどこだ?」クレイは裏庭のほうを見た。

「あっちにいたわよ」アマンダは、いまは一つのことしか考えられなかった。

「調子がよくなったみたいだな」なんという楽観！　それがいえるのは少年の歯が抜けた事実を見逃した場合だけだが、親というのはときとして魔法にかかったように空想の世界に浸ることがある。

ルースはうなずいた。「誰かが卵売りのスタンドまで行ってみるべきよ」

アマンダは待ちきれずに大股で歩き去りながらいった。「わたしが行きます。クレイ、裏に行って。森のなかを見てきて。だけど遠くまでは行かないで──」

「わたしはもう一度家のなかを見てみる」ルースは男二人を追いやった。「あなたたちは裏へ行ってきて」

クレイとG・Hは玄関を通り抜けた。クレイは裏のデッキから息子を見つけた。草のなかでうつぶせになっている。クレイは息子の名前を呼び、駆けつけた。自分がなにをするはずだったかはもう忘れていた。

少年は膝と胸をついて、祈りを捧げるイスラム教徒のような恰好をしていた。クレイは手を息子の脇の下に滑りこませ、上体を引っぱりあげた。

「父さん」アーチーはクレイを見てから、まえに身を乗りだしてまた吐いた。液体が見事なまでに地面にバシャッとかかった。

「なにがあったんだい?」G・Hが説明を求めた。「大丈夫、大丈夫だよ」

ルースはこれをデッキから見た。自分の手が必要だとわかったので、急いでそばへ行った。二人で挟んで少年の体を支え、老人のようにゆっくりしたペースで歩かせた。少年は何度も喉を詰まらせたり、喉もとをつかんだりしたが、口から出てくるほどのものは残っていないようだった。目はほとんどとじていたが、完全につぶっていたわけではなく、旧式のカメラのシャッターのようにまぶたがパタパタと動いていた。しかし見えているのだろうか? なにかを視界に捉えているのだろうか？

ルースは頭のなかでカタログをつくっていた。古い抗生剤があったはず。湯たんぽもあった。インフルエンザでダウンしたときのための粉薬があった。お湯に溶いて飲めば、何時間も眠れる。海塩があり、オリーブオイルがあり、バジルがあり、洗濯洗剤があった。バンドエイドも、ハンドバッグに入れて持ち歩くのに便利なポケットティッシュがいっぱい入った大袋もあった。ジョージは非常用に一万ドルの現金をしまってある。お金には困らない！　いま起こっていることがなんであれ、このうちのどれかが事態改善の助けになるだろうか？

「アーチーを家のなかへ連れていきましょう」G・Hがこの試みのリーダーを務めた。彼らはぎこちなく進み、広い木のステップを上った。プールの濾過（ろか）システムが定期的なサイクルのとおりに動きだしたので、G・Hには午前十時だとわかった。機械はうれしそうにブーン、ゴボゴボと音をたてた。

三人は少年をソファに寝かせた。「アーチー、大丈夫か？　話せるかい？」

アーチーは三人組を見あげた。「わからない」

クレイはほかの二人の大人を見た。「ローズはどこです？」

「おそらく道の先で遊んでいるんじゃないかな。自転車に乗っていったんでしょう。ローズは退屈していましたからね。ただ——遊んでいるだけでしょう」G・Hは当然のことに聞こえるようにいった。「アーチーにすこし水を飲ませましょう。脱水状態にさせてはいけない」

ローズが行動を好むのはクレイも知っていた。いつも本を持っていて、その本のなかの少女たちはローズと同年代で、彼女たちには寛大な心と冒険への欲求があった。彼女たちは不安を組み伏せて、ありそうもないような勇敢な物事をやってのけ、その後、美しいまつげの少年たちと慎み深く手を取りあうのだ。こうした本のせいで、ローズは世界を大胆な行動によって征服すべきものと捉えている節があった。本は人を駄目にする――クレイの大学での仕事はそれを示そうとするものではなかったか？　「水。そうですね」

ルースがすでにグラスに水を入れていた。「これを全部飲んじゃって」

「起きあがるんだ、ゆっくりね」クレイの体が親になったばかりのころのポーズを思いだした。いつでも跳びつけるように準備しながら、つんのめった幼児の体を立てなおすのだ。

「病院に行かなければ」ジョージが断言した。「すぐに行かないと」

「わたしを置いていかないで」ルースはソファの背にかけてあったブランケットをひろげ、少年の体を覆った。

「この子は病気なんだ。それはわかるだろう」

「娘を置いてどこへも行けない――」

「行くんだよ。私ときみで。アーチーを連れていくんだ」

「駄目。無理よ、ジョージ、ここにいて」

「ルース。きみはアマンダを見つけなさい。二人でローズを探すんだ。きみはここにいるんだよ」

わたしはそれをやる気があるだろうか？　とルースは思った。強く気高く有能な最優秀助演女優でいることに、もううんざりしているのでは？　怖がってヒステリーを起こすことは許されないのだろうか？　「ジョージ、お願いよ」

G・Hは妻の目を見つめた。「私たちは戻ってくる。すぐに戻ってくるよ」

「絶対戻ってこられない。なにかが起こっているのがわからないの？　いまも起こりつづけてる。なんであれ、それはアーチーに起こっているし、わたしたち全員に起こっている。ここを出るなんてできない」ルースは泣いてもいなければ、ヒステリーを起こしてもいなかった。むしろそのせいでルースの言葉の不穏さが増した。

クレイは自分の膝と肘の疼きに気づかなかった。いや、気づいたが、それは不安のせいだと思った。「ルース、お願いです。助けが必要なんです」

これはG・Hが決めるべき瞬間だった。彼の年代の男たちは決断を下し、戦争を断行し、財産を築き、確信を持って行動してきた。「行きましょう。クレイ、アーチーを車に乗せて。そのブランケットを持っていくといい。ルース、水のボトルをあげて。アーチー、きみは後部座席で横になるんだ」

「ジョージ。あなたにそんなことはさせない。そんなことさせられない。無理よ」

「私たちにできることはこれしかないんだよ。私がしなければならないことだ」ジョージは手にキーを持っていた。詳しくしゃべったりはしなかった、ルースのことはわかっていたし、彼女が理解してくれるであろうこともわかっていたから。もしもいまこの瞬間に人として思いやりを示さなければ、自分たちは何者でもなくなってしまう。

ルースは自分にできない物事をどう説明したらいいかわからなかった。いわれたことは一つもできる気がしなかった。「わたしのところへ、わたしたちのところへ帰ってくるのね」

「タイマーをかけるといい。スマートフォンを取ってくるんだ。アラームをセットして。一時間だ」G・Hはそれができると確信していた。

「守れない約束はしないでちょうだい！」ルースは不器用にスマートフォンをいじった。

「一時間で済むだろう。もっと短いかもしれない。病院まで運転する。二人を降ろしたら、Uターンしてきみとアマンダとローズのところへ戻ってくる。きみはローズを見つけるんだよ。わかったかい？　私もタイマーをセットしよう」

「うまくいかない。きっとうまくいかないわよ」

「うまくいくよ。選択の余地はないんだ。さあ」G・Hがデジタルの表示を押すと、タイマーがカウントダウンをはじめた。「クレイとアーチーを病院に残して、きみたち三人のところへ戻ってくるよ、これが鳴りだすまえに」

「どうしてわかるんですか、病院が――」クレイはためらった。

「クレイ」ジョージはいま議論する価値はないと思った。どうなるかは目に見えていた。「行きましょう。アーチーを車に乗せて」

「ほら、アーチー」クレイは息子を支えて立たせ、幼児だったときにウエストに置いた手を思いだした。アーチーはものすごく細くて、両手でウエストを囲んだら指先が触れそうだった。

ルースはもう一度アーチーの肩をブランケットで覆った。「一時間よ」ルースが自分の電話のボタンを押すと、チクタクとカウントがはじまった。「それが与えられた時間。約束したんだから」

「心配することなどなにもない」ジョージはキーを握った。贅沢な車であることを暗に示す重みがあった。自分は嘘をついているのだろうか？　希望を語っているのだろうか？　とジョージは思った。

ルースは祈りの価値を認めていなかったので、なにも考えなかった。

37

二人はきっとローズを見つけるだろうとG・Hにはわかっていた。母親とはそういうものだ。秘密のソナーのようなものがあるのだ、十月にたくさん木の実を隠しておいて冬じゅう太っていられる鳥さながらに。車は信頼できる高価な機械らしく息を吹き返した。実際、高価で信頼できた。

アーチーはレザーの後部座席で震えていた。

「吐きたくなったら教えてほしい、車を停めるから」こういういい方をすると、ジョージが車の心配をしているように聞こえるが、親というのは嘔吐には慣れている、いや、もっと悪くすれば嘔吐の洗礼を受けているもので、嘔吐については生涯、嫌悪より憐れみを催すのだ。マヤは七歳のときに、レキシントン・アヴェニューと七十四番ストリートの角でG・Hが伸ばした手のなかに白身魚のかけらをぶちまけたことがあった。これもまた一つの思い出、一つの瞬間だったが、もしもいま、名前もわからないような病気で歯が抜けて後部座席にいるのが大人になった自分の娘だったとしたら、G・Hはまたおなじことをするだろう。ひとたび父親になった人間は一生父親なのだ。

クレイは左に身を傾けて、右うしろのポケットから財布を引っぱりだした。これを思いだしたのはすごいことだった、一種の隠れた本能だった。ビニールのスリーブをぱらぱらとめくって保険証を探した。一家はアマンダの保険に入っていた——大学の保険よりも条件がよかったから。保険証が見つかるとため息が出た。ようやく物事が正しい軌道に乗りはじめたことに安堵して出たため息だった。

「いまから医者に連れていくからな」クレイはふり返って息子を見た。いつもより痩せて、青白く、弱々しく、小さくなったのではないか？　「大丈夫、大丈夫だよ」

「うん、おれは大丈夫」素直なアーチーは動じることなくこれを受けとめていた。アーチーはすでに一人前だった。

車は私道を出て、大通りへの連絡道路に入った。ジョージはふだんよりゆっくり運転した。焦る気持ちで鼓動は速まり、タイマーの経過時間も刻々と増えてはいたのだが。車内の男たちは誰一人として卵売りの小屋に気づかなかったし、誰一人としてアマンダがそのなかにいることを知らなかった。アマンダが見つけたのはロージーではなく、古き良き農場労働の残り香だけだった。ここの所有者だったマッド一家が産みたての卵をこの小屋に並べることはもう二度とないだろう。

すべてがクレイの目のまえを流れていった。緑、緑、豊かで湿り、濃く、脅かしてくるような、役立たずで、無力で、怒った、無関心な緑。「人を見かけました。まえに外出したときに」

ジョージはこれに注意を払わなかった。「道に迷ったっていっていたでしょう。注意して見ておいてください。グローブボックスに紙と鉛筆がありますから、地図を描くといい。私道から右折で出て、さっき左折しました。この坂を越えたら、また右に曲がります」G・Hは不測の事態を想定していた。はぐれたらどうするか？　それに——可能性のシナリオは数えきれないほどある。

クレイはグローブボックスをあけた。メモ帳と鉛筆、車の所有者のための手引き、保険証書と登録情報の書類、ポケットティッシュ、細い救急箱が入っていた。秩序、用意周到、整理整頓。G・Hとルースの人生ではすべてが秩序正しく、周到に用意され、整頓されているのだろう。裕福な人々というのはとても幸運だ。「女性がいたんです。道端に。手を振って合図してきました。スペイン語を話していました」

「人を見かけたって——きのう、出かけたときに？」あれがきのうとは、なんという不条理！

G・Hは考えてみたが、きょうが何曜日だかわからなかった。「どうしていわなかったんですか？」

「その女性は――道端に立っていました。手を振ってぼくの車を停めたんです。ぼくは彼女に話しかけました。まあ、その努力はしました」息子も聞いているのはわかっていた。自分の子供のまえで面目を失うのはいやなものだった。

「あなたが見たものについては訊きましたよね」ジョージは苛立った。次の行動を決めるまえに、情報はすべて把握しておきたかったのだ。

「その女性はメイドみたいな服装でした。たぶん。ポロシャツを着てた。白いポロシャツでした。思うに――いや、わからないな。彼女のいうことが理解できませんでした。スペイン語をしゃべっていたから、なにをいっているのかぜんぜんわからなくて、ふだんならグーグル翻訳を使うところなんでしょうけど、それもできなかったので、それでぼくは――」アーチーのまえでこれがいえるのか、クレイにはわからなかった。

G・Hはローザのことを思いだした。あの家をいつもきちんとしておいてくれるローザ。彼女の夫は生け垣の手入れをしてくれるし、子供たちは静かに遊ぶ。ときには両親が夏の暑さのなか働いているそばで、プールが見えていないふりをして。ルースは以前、子供たちがプールに入ってもかまわないとローザにいったのだが、一家は決して入ろうとしなかった。そういう習慣はなかったのだろう。それで、ローザだったのだろうか？「ヒスパニック系の女性でしたか？」

アーチーは聞いて、理解していた。自分だったらどうしたか、アーチーにはわからなかった。

そういうときに自分がどうふるまうかちゃんとわかっているふりをするなんてばかばかしいと思った。

「ぼくは彼女をその場に残して立ち去りました。ほかにどうすればいいかわからなかった。なにが起こっているのかわからなかったから。なにかが起こっていることしか」説明のつかない鳥の出現や、歯が抜けるといった具体的なことをまえもって想像するなど無理だった。いまこの瞬間にもローズが道端をさまよい、通りすがりの運転手にでも助けを求めていたらどうしよう？　なぜそんなことをする？　クレイにはローズがなにを考えているのかまったくわからなかった、娘なのに。

「気にしないことです」G・Hは、道徳が人を判断するときの基準になるとは思っていなかった。道徳など、絶え間なく変化するシステムに過ぎなかった。「それより道路に注意して。あとで読める地図を描いてください。いま走っている道を書き留めて」

「ぼくは彼女を置き去りにしたんです。彼女は助けを必要としていたのに。ぼくたちにも助けが必要だ」これは報いなのだろうか？　世界は気にも留めないだろうとクレイは思っていた。おそらくそれは正しかった。だが、ことによるとちがうのかもしれない。もしかしたら、足し引きの計算が働いているのかもしれない。

「いまその助けを呼びに行くところですよ。この先のカーブが見えますね？　そこを過ぎるとすぐに農場があります。〈マッキノン農場〉。それが目印になります」すべてを新鮮な目で見ようとするのはおかしなものだった。G・Hはここの道路のことなど考えたこともなかった。よく見もせずに所有していた。ここは彼らの土地だったが、そうでないともいえた。G・Hはマッキノン一家を知らなかったし、一家が自分たちの名前のついた農場とまだ関わりがあるのかどうかも知らなかった。G・Hとルースは、一家が農場を閉鎖したときに、挨拶をしに行ったりはしなかった。八万ドルの車に乗った見知らぬ黒人を、地元の人々はどう思うだろう？G・Hとルースは引きこもった。食料品店やガソリンスタンドに立ち寄るのさえいやだった。人目につくことで、緊張した。これから先は銃が必要になるのだろうか？G・Hは銃の価値を信じていなかった。主寝室のクローゼットに置いてある金庫のなかの現金は、なにかの助けになるだろうか？

クレイは紙の上に何本か線を引いた。その線は鉛筆を離したとたんに不可解なものになった。クレイの気持ちはそこになかった。クレイの気持ちは後部座席にあった。クレイの気持ちはどこであれ、ローズがいる場所にあった。「あなたにはわかりませんよ」視界を遮るものはなく、苛立たしいほどにどこまでもつづく野原が転がるように流れていった。「ぼくにはどうしたらいいかわからなかった。スマートフォンがなければなにもできないんです。ただの役立たずですよ。息子は病気で、娘は行方不明で、ぼくはいま自分がなにをすべきかわからない。いまこの瞬間のこの場所で、なにをすべきかまるでわからない」目がひどく潤んでおり、クレイはなんとかおちつこうとした。すすり泣きを、げっぷのように呑みこんだ。クレイはちっぽけだった。

ジョージはこの土地を信用していなかった。もしも心臓になにかあったら、しまってある三千ドルを払ってヘリコプターでマンハッタンまで運んでもらうつもりだった。マンハッタンの人々なら、黒人の人権を重んじてくれる。ここは美しくはあったが、G・Hにとってよい場所とはいえなかった。ここの人々は疑り深く、裕福なよそ者に憤慨していながら、そのよそ者から恩恵を受けてもいた。ここの人々は、世界が終わるときには副大統領のマイク・ペンスが神の代理人でありますようにと祈っていた。あらゆる調査によれば、医師や看護師は黒人なら我慢できると思って、苦痛緩和のためのオピオイドの使用を控えるという。「私にはなにをするべきかわかっていますよ」

クレイは口には出さなかったが、医師にできることはないと思っていた。息子の歯は〈ジッププロック〉の袋に入れて持ってきた。左ポケットに入れてある。クレイにはそれが不吉なロザリオのように思われて心配だった。「きっと病院で全部説明してもらえるんでしょうね」

「そのまえに、寄るところがあるんです。ダニーの家に向かいます」

「誰の家ですって？」

ジョージはダニーへの信頼をうまく説明できなかった。ほかの誰よりも、ダニーならなにが起こっているか理解しているだろうし、解決はできないとしても、なにか戦略を持っているはずだった。ダニーはそういう男だった。ダニーのところへ行って、少女が行方不明だとか、少年が病気だとか、みんな夜のノイズのことが心配なのだと話せば、ダニーはオズの魔法使いのように健康と安全な旅路を保証してくれるだろう。「ダニーは私たちの家の仕事をした建築業者です。隣人で、友人なんですよ」

外にいると、ごくふつうの一日のように思えた。「アーチーを病院へ連れていかないと」「行きますよ。十分だけです。十分だけ寄り道しましょう。ほんとうに、ダニーなら力になってくれます。きっといい考えがあるはずです」

クレイは抗うべきだった。それは確かだった。しかしクレイは肩をすくめただけだった。

「あなたがそう思うなら」

「思いますよ」ジョージはいままでもこんなふうにして生きてきた。問題には解決がある。ダニーは情報を持っているだろうし、なにかしら模範を示してくれるかもしれない。その後、家に戻ったら、G・Hとクレイで腕まくりをして愛する者たちを守ればいい。

「まわりに人がぜんぜんいませんね」あの女にまた会えないだろうか、とクレイは思った。自分のほうは快適な——精液の染みのついたすてきなシーツを敷いた——キングサイズのベッドで家族と身を寄せあっていたというのに、あのメキシコ人女性は——いや、メキシコ人ではないかもしれないが——きのうの夜を……どこですごしたのかさえクレイにはわからなかった。

「海が遠すぎてビーチハウスとはいえない。実際に農場に建っているわけではないので、ファームハウスでもない。とりたてて古くはないので、歴史的建造物ともいえない。かといって新築でもなければ飾りたてているわけでもないので、豪邸ではない。地球の端にある、ただ静かなだけの場所ですよ。独り静かに快適に過ごす場所」自分たちはささやかな隠遁（いんとん）という贅沢を手に入れるために、貧しい人々、無知な人々、運の悪い人々から搾取しているのだろうかとG・Hは思った。「しかしそれは幻想なのです、ほんとうは。ほんの数分なんですよ。この道を数キロ程度行けば、店も映画館もハイウェイもあって、人もいる。映画館のそばにはショッピングモールもある。それから海も」

「行きましたよ」

「スターバックスもある」

「そこにも寄りました」

「便利な設備がたくさんある。孤独だが、ほんとうに孤立しているわけではない。単に考え方の問題なんです。二つの世界の最良の部分を取るのです」

「車が通らないな。飛行機の音が聞こえましたか？」クレイは木々やカーブ、曲がり角、道の起伏に覚えがあることを期待するのはやめた。「ヘリコプターとか？ サイレンは？」

新しい世界を通して新しい生存方法を覚えなければならないのは明らかだった。「なにも聞こえませんね」

後部座席で、アーチーも耳を澄ました。窓から外を見たが、空が見えただけだった。ローズを思い、ローズが見たというシカの話を思いだしたが、シカがみんな夜のうちにかなり遠くまで行ってしまったことは知らなかった。

G・Hのため息には意味があった。年を取ると、人はより忍耐強くなる。「なにもかも様子がちがいますね。ここの道はメモしましたか？」

クレイは自分がつくった地図を見た。判読不能で、役に立たなかった。地図製作者としても失敗だった。人は自分にいい聞かせるものだ、自分は離れた場所で起こっている大災害に心を寄せていると。しかしじつはちがう。実際は、距離のおかげで無関係でいられた。人はお互いにそこまでつながっているわけではない。ひどいことはつねにどこかで起こっているが、それでも人はアイスクリームを食べに行ったり、誕生日を祝ったり、映画に行ったり、税金を払ったり、妻とセックスをしたり、住宅ローンの心配をしたりすることを妨げられるわけではない。

「いま書いているところです」

G・Hは確信をこめていった。「ダニーがきっとなにか知っていますよ」

38

ルースは掘っ立て小屋のドアを引きあけた。蝶番が不平がましい音をたてたが、アマンダは反応しなかった。

「さあ、行きましょう」ルースはこんな人間にはなりたくなかった。お供。脇役。ルースだって娘に会えずにいるのだ。孫たちを探すはめになったら、誰が助けてくれるというのか？　誰が支えてくれる？

「ローズはどこ、ロージーはどこ。わたしたちこれからどうしましょう？」アマンダはひっくり返したバケツの上に座っていた。

「さあさあ。立って。ここから出ましょう。光のなかへ」この小屋はにおった。

女たちは外へ出た。太陽が自己主張してきた。ルースはスマートフォンのタイマーを確認した。十一分経っている。ジョージはあと四十九分で帰ってくるはずだった。そんなに長くはない。タイマーの表示を秒数に変えて、ずっと見張り、数字を声に出して読みあげてもいい。砂利道を車が近づいてくる音が聞こえるだろう。G・Hと再会できるだろう。「外のほうがいい」ルースはいった。実際、そのとおりだった。新鮮な空気がなにかしら約束してくれるようだった。「二人はアーチーを連れていったわ。また吐いたの」

アマンダには、それを同時に考えるのは無理だった。

「計画を立てたの。一時間よ。二人でアーチーを連れていく。ジョージはあなたとわたしとローズのところへ戻ってくる」

「奥の森にも行くべき？　それとも道路へ歩くべき？　どれくらい遠いのかしら？　こっちですか？」アマンダは指差したが、確信はなかった。

「道路はあっちにつづいてる。あの子はこの先へ行ったのかしら？」ルースにはわけがわからなかった。なぜ少女が小さな煉瓦の家にある安全を捨てたのか想像もつかなかった。

「わかりません！　どうして出ていったのかわからない。どこへ行ったのかもわからない」アマンダは口には出せなかったがこう思った。じつはまったく家を出ていなかったら？　家のなかのどこかで、すでに死んでいたら？　ジョンベネ・ラムジーのあの事件も行方不明の子供の捜索としてはじまったけれど、死体はずっと地下室にあった。結局、誰がジョンベネ・ラムジーを殺したのだったか？　アマンダは思いだせなかった。

「なかに戻りましょう。もう一度家のなかを探すのよ」ルースは恐ろしい光景を思い描いた――

——あの子は横の出入口のそばの化粧室で、歯が抜けて卒倒しているのでは？

「ローズ！」アマンダは叫んだ。世界は沈黙で返事をした。外にはなにもなかった。

「なかを探しましょう。順序立てて」自分たちは理詰めで進める必要がある、とルースは思った。


二人は私道を急いだ。足の下で砂利が動く。アマンダは薄いゴムの靴底を通してすべての石を感じとった。ルースは年下の女ほどすばやく動けなかったが、なんとかついていった。対応すべき緊急事態なのだから。「家に入りましょう」アマンダはまるで自分の思いつきであるかのようにそういった。「もしかしたら隠れているのかも」隠れる理由などなにもなかったが、可能性はあるのでは？　兄が注目を集めていることに嫉妬したとか。本に熱中しているとか。家に帰りたくないとか。「三人はもう病院に着いたと思いますか？」

「まだ早すぎるわね。でも向かっているところですよ」ルースは横のドアから家に入った。小さなクローゼットをあけてみる。防水の長靴や、ステップに撒く融氷剤（ゆうひょう）、幅の広いプラスティックの雪かき用シャベル（二本あるうちの一本）、それからキャンバス地の古いトートバッグにほかのトートバッグを詰めこんだものがあった。ローズはいない。

「三人は病院に向かっている。安全に」アマンダは自分自身を納得させようとしていた。

「ジョージはクレイとアーチーを病院に置いてくるの。二人が医者にかかれるように。その後、まっすぐわたしたちのところへ戻ってくる」

「ローズがいなければ帰れません！」アマンダは化粧室のドアをあけた。なにもなし。

「もちろんよ。そういう計画ですよ。ジョージはわたしたち三人のところへ戻ってくる」分別ある当然の行動だった。

「それで？　わたしたちは帰るんですか？　荷づくりも終わってないのに！」自分たちの持ち物は必要だった。

「わたしたちは戻るのよ。クレイとアーチーを迎えに。そのあとのことは知らないわ」ルースはこういいたかった——持ち物なんか必要ない。あなたたちにはわたしたちがいる。わたしたちにはお互いがいる。

「ローズ！」その名前は空っぽの家に流れこんだだけだった。あるものといえば家電製品の発する音くらいだったが、二人とももうそれは聞こえていなかった。「それで？　医師はなんていうでしょう？　医師はなにをしてくれるんでしょう？　だいたい、クレイは歯を持っていったのかしら？」歯はビニール袋に入れたのだ。恐ろしい。医師はあれをアーチーの顎に埋め戻すのだろうか？

「そのあとのことはわからない」

「わたしたちは家へ帰ったらいいんですか？　それともここへ戻ってくる？」どちらにも意味がないような気がした。

ルースは食品庫のドアをあけた。こんなところに隠れる十三歳の少女などいないだろう。

てわたしにもわからないのよ。あなたに答えられないことを、わたしなら自由に答えられるとでも思ってるの？　わたしたちがこれからどうしたらいいかなんて知らないわよ」

「これからいったいなにが起こるか知りたいのよ。どういうことになっているのか。わたしはただ、子供が見つかって、三人であなたたちのクソ高い車に乗って病院へ行って、わたしの大事な子は大丈夫だって、わたしたちはみんな大丈夫だって医師がいうのを聞いて、みんなで家に帰れるかどうか知りたいのよ」

「それはわかる。だけどもしもそれができないとしたら？」

「ただもう遠ざかりたいだけ、ここから、あなたたちから、なんにせよいま起こっていることから――」アマンダはルースに大嫌いだといいたかった。

「これはわたしたち全員の身に降りかかっているのよ！」ルースは逆上した。

「全員に起こっているのは知ってます！」

「あなたにはどうでもいいことでしょうけど、わたしだって娘がマサチューセッツにいて――」ルースは幻の抱擁を、孫たちの四つの愛らしい手を感じた。

「どうでもよくありません、ただ自分がなにをすればいいかわからないだけ。わたしの娘はここに――わたしには自分の娘がどこにいるかもわからない！」

「わたしに怒鳴らないで」ルースはアイランド型のカウンターのまえに座り、ペンダント・ライトのガラスの球体を見あげた。飛行機が——ルースはそれが飛行機だとは知らなかったが——頭上を通過したときに壊れたものだった。なぜこの女は理解しないのだろう、どんなに不運な目にあっているとしても、自分たちは幸運でもあるのだということを？　ルースは自分のベッドで眠りたかった。しかしこの一家に留まってもらいたかった。

「ごめんなさい」アマンダはほんとうに悪いと思っているのだろうか？　それは問題ではなかった。「ローズ！」アマンダはルースを見て理解した。この家を出ていくことはできない。ブルックリンに帰ることはできないのだ。医師に診てもらって、ちょっと買い物に立ち寄るくらいはできるかもしれないが、あとはここに戻ってきて、なんであれこれから来るものを隠れながら待つしかない。この女は見知らぬ他人ではまったくなかった。救済者だった。「ごめんなさい。わたしはただ娘にいてほしいだけ」

「わたしも娘にいてほしい」ルースにはマヤの声が聞こえるようだった。マヤが少女だったころの甘い記憶。子供と孫たちの無事を知りたかったが、もちろん、ルースがそれを知ることはないだろう。あなたもそれを知ることはない。あなたは答えを求めるだろうが、世界はそれを拒否した。快適さと安全はただの幻想だった。金も無意味だった。意味があるのはこの——人だけだった。おなじ場所に、一緒にいる人間だ。残されたものはそれだけだった。

「ローズ！」アマンダは座らなかった。座っていられなかった。リビングに戻り、アーチーの寝室からバスルームに入り、いまや空っぽのバスタブを見ながらバスルームを抜けて、ローズが使っていた寝室に出た。床に膝をついてベッドの下を覗いた。なにもなかった。埃さえ。アマンダはバスルームに戻ってきちんと栓をはめ直し、バスタブに水を入れはじめた。

それからリビングに姿を現した。「ほんとうにごめんなさい、あなたに怒鳴って。ひどい態度を取ってすみませんでした。娘にいてほしいだけなんです、どうしてあなたに怒鳴ったのか自分でもわからない。理解してもらえると思いますけど、娘に一緒にいてほしいんです。まちがいなくここにいたのに。なにが起こっているのかぜんぜんわからない」アマンダはルースを抱きしめたかったが、できなかった。

ルースは理解した。誰でも理解するだろう。誰もが望むことだ、安全でいるというのは。ここにいる全員が失ったものだった。ルースは立ちあがった。少女を探すつもりで。あるいは、少女の死体を探すつもりで。もし死んでいれば。ルースは必要とされることをするだろう。人間らしいことを。

アマンダは家の裏のデッキに通じるドアをあけ、プールを見おろした。森に向かって娘の名前を叫んだ。木々はほんのすこし風にそよいだが、それだけだった。

39

その道は私道にさえ見えなかったが、雑木林を抜けると道幅が広がり、もうしばらく進むと舗装してあった。芝生があり、遠くからは手入れされているように見えたが、実際にはボサボサに荒れていた。遠くから見えた緑はまばゆいばかりで、人間が色を塗ったのかと思うほどだった。フェンスがあって、コロニアル様式の家があった。初期アメリカの理想の模造品で、寝室が七つと泡風呂と御影石のカウンターとセントラル空調を備えた家だった。

ジョージは銀のレンジローバーを見て安心した。ダニーは在宅している。ここに来たのは正解だった。もうすこしで〝行きましょう〟というところだったが、クレイもG・Hとおなじくらい切羽詰まっているようだった。すでに車を降りていたのだから。「アーチー。ここにいて。横になっていなさい」

少年はG・Hを見あげた。空がさっきよりも青かった。外でランチにしたら最高の日だったが、歯の抜けた口で何が食べられるかはよくわからなかった。「わかった。待ってる」

玄関のドアはツルツルで、陽気な黄色に塗ってあった。ダニーの妻のカレンが雑誌でこういうドアを見つけたのだ。G・Hは呼び鈴を鳴らした。ドアをノックしかけたが、もうすこし抑えるようにと自分にいい聞かせた。錯乱しているように見えてはどうにもならない。世界は狂ってしまったかもしれないが、自分たちは狂っていない。

ダニーとカレンも、ほかのみんなとおなじように不安な一夜を過ごした。頭上の轟音(ごうおん)が消えていくまでのあいだ、ファミリーベッドで四歳のエマをはさんで横になっていた。カレンは緊張病に近い状態に陥った。息子のヘンリーが、ロックヴィル・センターにある父親の家に行っていたからだった。電話が通じなくなっており、息子は母親にべったりだったので、電話がつながらなくとも息子が空しく母親を呼ぶであろうことがカレンには、いや、二人ともわかっていた。あの子の父親は息子を車に押しこんで送ってくるだろうか？　カレンはそうであることを切実に願ったが、そもそも一緒に暮らせなくなった理由の一つが、彼にカレンの望みを理解する能力がないせいだった。ダニーはキッチンにいて、手もとにある物品を調べていたので、邪魔されて苛立ちを覚えた。それはドアをあけたときの顔にはっきり出ていた。

「ジョージ」相手が誰かはわかったが、歓迎する気持ちは湧かなかった。ダニーはとてもハンサムだった。昔から、それがダニーの第一印象だった。いつも日に当たっているので肌は小麦色。遺伝的素質により、茶色い髪には白いものが混じっていた。態度は肩幅とおなじくらい大きく、自信に満ちた風貌だった。自分がハンサムなことを知っており、その自覚を隠そうともせずに立っていた。ダニーは自分を世界に差しだし、世界は礼をいって受けとるのだ。ダニーは驚いていたが、そうひどく驚いているわけでもなかった。

「ダニー」G・Hは次の行動を考えていなかった。しかしべつの人間に会えただけでいくらかほっとした。コンサートの夜が、握手をして演奏者を称賛したあの夜が、ひどく昔のことに思えた。

この男を見てダニーは仕事を思いだした。笑みを顔に貼りつけ、人々を安心させ、大声で命令し、小切手を回収すればいいだけの仕事を。仕事はダニーのほんとうの人生——階上にいて、怯えてはいるが無関心でもある少女にドラゴンの本を読み聞かせている女——とは関係がなかった。ニュース速報を見るとすぐに、ダニーは生活必需品と情報を仕入れに出かけた。食料品を手に入れて帰宅したが、それ以外の収穫はほとんどなかった。「これは驚いた」

G・Hにも自分が計算ちがいをしたことがわかった。ダニーの態度が示すところをすぐに理解した。社会に序列があるせいで、たいていの人は序列外の場所では社会的な付き合いなど要らないと思っている。G・Hはまえまえからそう感じていたが、それはほんとうだった。もっと早くわかっているべきだった。「こんなふうに家にお邪魔してすまないね」

ダニーは、ジョージに向けていた視線をその横の見知らぬ男に移しながら思った。自分はジョージを好きだったことがあるだろうか？　べつに。それは問題ではない。大事なのはそこではない。なんの関係もない。ダニーはオバマも嫌いだった。あの厚かましさが気に入らなかった。拳を突きあわせる挨拶や、あの陽気さが。侮辱に思えた。自分の理解している世界への嘲りに思えた。「それで――どういう用件ですか？」ダニーは、自分が勤務時間外であること、大勢のために何かをすることに興味がないことをはっきりさせた。

G・Hは自分の顔に笑みが浮かびはじめるのを感じた。セールスマンの戦術だった。「なにかが起こっている」G・Hは馬鹿ではなかった。「そばを通りかかったものだから、どうしているかと思ってね。きみたちがここにいて、大丈夫だと確認しようと。それから、なにか聞いたかどうか」

ダニーは肩越しにふり返って家のなかを、階段の手すりの渦巻き模様の向こうを見た。リビングでは、ふつうの倍の高さの窓から差しこんだ光のなかで塵が踊っていた。すべてがあるべき姿を保っていたが、ダニーはそれを信用しなかった。なにも信用しなかった。ダニーは二人のほうへ踏みだして、背後のドアをしめた。「なにか聞いたかって？　つまり、きのう聞こえたもの以外に？」

「ぼくはクレイといいます」クレイには、ほかになんといっていいかわからなかった。この男が一緒に森を歩いてくれればローズが出てくるだろうかと、クレイはぼんやり考えた。アーチーのための薬を持っていないだろうか？　インターネットがつながっていないだろうか？　このパーティーの堂々たる、ホテルのような大きさの家にぼくたちを招いてくれないだろうか？

になるはずだ。それならプールもあるだろうか？　クレイの想像では、家に残った女たちが森の木陰で遊んでいたローズを見つけていた。それにアーチーは、一時的に腹具合がおかしくなっただけで、もう気分はよくなっていた。クレイの想像では、この男から必要とするものなどなにもなく、すべて順調で、ただこんにちはと挨拶して同情を示し、例のノイズで――あれはいつのことだっけ？――窓にひびが入りませんでしたかと尋ねるだけでよかった。

ダニーがつづけた。「あなたたちが外に出ているなんて驚きですよ」

「どういう意味だね？」G・Hはなんでもいいからなにかを引きだそうとした。

「どういう意味かって？」ダニーの笑いは辛辣で、怒りを含んでいた。「世のなかではほんとうにクソみたいなことが進行中なんですよ、ジョージ。知らないんですか？　あなたのすてきな家からは聞こえないのかな？　うちの職人たちはいい仕事をしましたよ、だけど昨夜のあれは聞こえたでしょう」

「うちは一家でジョージの家を借りているんです。ニューヨーク市内からここに来ました」なぜ自分のことを説明しようとしているのか、クレイにもよくわからなかった。ダニーがこれっぽっちも関心を持っていないことがうまく理解できなかった。

「ご家族にとっちゃ運のいい休暇でしたよ」この男が街から来たことはダニーにもわかっていた。みえみえだった。どうでもよかった。「街がどれほどクソみたいな事態になっているか、想像がつきますかね？」

「きみはなにを知っている？　なにか聞いたのかね？」ジョージが尋ねた。

「たぶんあなたたちも知っていることですよ」ダニーは苛立ちのため息をついた。「アップルニュースで、停電だといってる。オーケイ、ここにいれば安全だ、と思いましたよ。電話はつながらない。ケーブルも来ていない。だが電力はある。だからストックを買い足しに町へ行ったんですよ。そのうち店が略奪されるんじゃないかと思ってね。ぜんぜん。静かなもんだった。吹雪が来るまえじゃなくて、雪が三十センチくらい積もったあとみたいだった。なにが起こっているか誰にもわかってないんだな。いつもどおりのただの一日ですよ。で、家に帰ってきたらあのノイズが聞こえたから、これだ、もう出かけないほうがいいと思いましたよ。そうしたらきのうの夜――またあのノイズだ。三回。爆弾？　ミサイル？　わからないが、おれはここでじっとしているつもりですよ、ここにいるべきじゃないって話を聞くまでは」

「店に行ったんだね」ジョージはそこをはっきりさせたかった。

「買いだめをした。すぐに帰ってきた。外にいるべきじゃないってひしひしと感じましたよ」

「息子が病気なんです」十六歳のアーチーの口からなにかが歯をたたき出してしまったことをどう説明したらいいか、クレイにはわからなかった。うまく伝わらないだろう。「何回か吐いているんです。いまは大丈夫みたいなんですが」クレイはまだ希望を持っていた。

G・Hが割って入った。「歯が抜けてしまったんだよ。五本も。ただ抜け落ちたんだ。理由が説明できない」

「歯がね」ダニーはしばらく黙りこんでからつづけた。「あのノイズとなにか関係があると思ってるんですか?」ダニーは知らなかったが、妻のカレンの口のなかでも歯がゆるんでおり、もうすぐ抜けることになるのだった。

「窓にひびが入ったかね?」ジョージは尋ねた。

「シャワー室のドアに。主寝室のバスルームの」わかりきったことを、とダニーは思った。

「たいしたものですよ。飛行機でしょうね。情報はまだ出てきていないけど、おそらく戦争だと思いますよ。戦争のはじまりだと」

「戦争?」どういうわけか、クレイはそれを思いつきもしなかった。期待外れの答えだった。

「攻撃を受けたんじゃないかな。CNNで、大型ハリケーンが来たっていってましたよね。イラン人だか誰だか知らないが、うまく計画したもんですよ。完璧な大混乱だ」ダニーは、ワシントンDC局のレポーターがボートに乗ってジェファーソン記念館への浸水を取材した番組を見ていた。

「われわれが攻撃を受けていると思うのかね?」G・Hは思わなかったが、ダニーの意見を聞きたかった。

「まえから通信が傍受されてるって噂があったから、それがほんとうだったんでしょう」こんなに明らかなことがわからないのかと、ダニーは相手を憐れんだ。

この男は陰謀論者だ。頭がおかしい。クレイはそう思った。クレイは教授なのだ。「傍受?

店ではなにかありましたか？　ぼくたちは病院に行く必要があるんですが」

「新聞を読んだほうがいい。一面より先までね。ロシアがワシントンDCから自国のスタッフを呼び戻しましたよ、知ってましたか？　太い文字で書いてあった、〝速報〟の一語がついていた。なにかが進行中なんですよ」ダニーは咳をして、それから両手をポケットに入れた。

「ぼくたちは病院へ行くんです」クレイはまたそういったが、あまり確信が持てなくなってきた。

「あなたがなにをするかは、あなたが決めることだ。おれはここから動きませんがね」ダニーは二人にいなくなってもらいたかった。

「それがきみの考えなんだね、ダニー？」G・Hはダニーに訊き返した。

「いまのところ、ちゃんとわかっていることはなにもありませんよ。仮に世界が理性をなくしても、個人としてはまだ合理的な行動が取れる。外は安全ではない」ダニーは虚空に向かってうなずいた。空はなにも変わらないように見えたが、ダニーは騙されなかった。

「アーチーが病気なんです」クレイには答えが必要だった。

ジョージはなぜダニーが背後のドアをしめたのか理解した。ジョージは人間的な交流を期待したのだが、人間が実際にはどういうものだったかを忘れていた。「治療を受けに行くのが正しい行動だと思ったんだよ」

ダニーは笑みを浮かべてはいなかった。「それは古いやり方ですよ、ジョージ。あなたは物事を明瞭に考えていない」

「娘が行方不明なんです。けさ目を覚ましたらいなかった。あのノイズが聞こえたとき、あの子は森にいて、兄と遊んでいた。その後、きのうの夜のことがあって、それで息子の歯が抜けた」クレイはこんな馬鹿げた話をどう終わらせたらいいのか見当もつかなかった。「どうしたらいいかわからない」告白のように、その言葉が口をついて出た。

ダニーも気の毒に思わないわけではなかった。ただ、考えられる可能性がたくさんありすぎた。「あなたの息子だ。むずかしい選択ですね」

「十六歳なんです」助けてくれ、とクレイはいっていた。クレイなりの方法で。

助けられない、とダニーはいっていた。二人はダニーがどういう人間か、誤解していた。いや、人間というものを誤解していた。「あなたがどうするつもりかはわかりませんが。おれは自分の娘のためにしなきゃいけないことならなんでもやりますよ。いまやっているのもそれなんだ。ドアの鍵をしめてある。銃も出しておいた。おれは待っている。見張っているんですよ」

銃のことをいったのは脅しのつもりだろうか？　G・Hは脅しだと解釈した。「病院に行くべきではないようだね」

「あなたたちのために答えを出すことはおれにはできない。悪いとは思うけど」思いだしたように詫（わ）びの言葉をつけ足した。だが、ダニーはほんとうに悪いと思っていた、彼ら全員に対して。とにかく、持っていた情報は全部差しだした。「きのう、キッチンの窓からシカが見えたんですよ」

G・Hはうなずいた。このあたりでは、シカはいたるところにいる。

ダニーはいいたいことをはっきりさせた。「一頭じゃなくて、一家族でもなくて。群れの移住ですよ。いままでの人生であんなにたくさんのシカは見たことがなかった。百頭？　二百頭？　見当もつかない」それ以上だった。ふつうの視力では全部を見ることはできなかった。木の陰にいるものは見つけられないから。そういうことを知っている人々だけにわかることなのだが、この郡にはシカが三万六千頭ほどいた。ローズが見たシカとはちがう群れだったが、そちらと合流する途中だったのだ。集団での大移動だった。大惨事への反応であり、大惨事の指標だった。大惨事が広がりつつあった。

クレイは、昨夜フラミンゴの群れを見たと話したかったが、一枚上手に出ようとしていると思われそうだった。

「動物はね」ダニーがつづけた。「なにかを知っているんですよ。それで驚いたんだ。おれはなにが起こっているか知らないし、それがいつになったら明らかになるのかもわからない。もしかしたらこれだけかもしれない。おれたちにはこれ以上のことはわからないのかもしれない。だからしっかり腰を据えて、安全に過ごして、祈るとか、なんであれ自分の気の済むようにするしかないのかもしれない」彼らも動物だった。これは彼らなりの動物的な反応だった。

クレイはもう一時間も話しているような気がした。「あなたはルースに戻る約束をしていましたよね」

「時間を決めてね」G・Hは約束を守るつもりだった。

ダニーはこれ以上こんなことをしていても意味がないと思った。「お二人さん、おれはそろそろなかに戻りますよ。これでお別れということで。幸運を祈ります」最後の言葉は本心だった。彼らみんなに幸運が必要だった。「これから戻るならね。もしまた——寄ってもらうのはかまいませんよ。おしゃべりするくらいのことしかできないけど。わかってもらえますよね」

ジョージはばつが悪かった。当然、ダニーの態度はこれ以外なかっただろう。完全にビジネスライク。友人などではなかったのだ。仮に友人だったとしても、いまは異常事態なのだ。

「では、これで」

ダニーはアドバイスをした。「車に戻って、家に向かうべきだと思いますよ」さっさと帰って、おれのことは放っておいてくれ、とダニーは思った。「おれからいえるのはそれだけです。身を潜めて、ドアに鍵をかけて、それから——」そのあとの計画はダニーにもなかった。「バスタブをいっぱいにして。水を溜めておくんです。食料品を調べて、生活必需品がどのくらい手もとにあるか確認しておくといい」

「そうするよ」G・Hは自分の所持品のなかへ戻りたかった。

ダニーは顎をまえに突きだすようにして、きっぱりした様子でうなずいた。そして握手の手を差しだした。いつもとおなじように、しっかりした握手だった。それ以上なにもいわずに、ダニーはなかへ戻った。ドアに鍵はかけなかったが、すぐ内側に立って二人が立ち去るのを聞いていた。

車のなかでは、アーチーが身を起こしていた。すこしよくなったように、いや、まえとおなじように見えた。弱々しくも強くも見えた。いまこの瞬間が一番大事だった。

三人は車をアイドリングさせたまま、一分のあいだ座っていた。もしかしたら二分。いや、三分。沈黙を破ったのはクレイだった。「ジョージ。どうします？」

G・Hはずっとばつの悪い思いをしていた。人は期待を裏切るものだ。自分はもうすこしましなことをしようと思った。彼らはまだお互いに、善良で、親切で、思いやりがあり、まっとうで、一緒に安全に過ごせるはずだった。「病院に行けるとは思えませんね。どうですか？私は行ける気がしない」

アーチーは理解を示した。アーチーも話を聞いていたのだ。「おれなら大丈夫。行くべきじゃないと思う」

クレイはいった。「ぼくも家に帰りたい。できますか？　帰りましょう。そんなに遠くないはずだ。ぼくたちはすごく近くにいる。行きましょう」クレイはもちろんジョージの家のつもりでいっていた。こうして彼らは家に向かい、一時間が経ったことを告げるルースの電話のアラームが鳴るよりずっとまえに戻った。一時間も経たないうちに、すべてが変わった。

40

ローズは確信を持って目覚めた。それが子供というものだが、ローズには使命感もあった。目の焦点がはっきりと合う――ベッド脇のテーブル、緑色の磁器のランプ、わざわざ見ようとも思わなかった額入りの写真、ベッドから突きでた自分の青白い足、壁に溶けこむシャーベット色の光。家族のゆるんで湿った口、ピンク色の肩、絡まった髪。新しい一日、まさに贈り物だった。ローズは急いで家族から離れ、カーペットの上に降りた。下の子供というのは気づかれないように行動することに慣れている。

家族を起こしたくなかったので、主寝室を出た。子供だからという理由で、誰も彼女のいうことを真剣に受けとめなかったが、ローズは馬鹿ではなかった。昨夜のノイズが答えだった、両親はそれを待っていたわけではないようなふりをしているが。ローズは本をたくさん読んだし、映画もたくさん観たし、この物語がどう終わるか知っていたし、パニックに陥るべきではないが準備はしておくべきだと知っていた。自分の寝室の脇のバスルームでおしっこをした。時間がかかった。それから手と顔を洗った。特別に静かなわけではなかった——便座をバンとおろし、水を流し、必要以上に大きな音をたててドアをしめた——が、すべてこっそりやったつもりだった。

靴紐を結び、蚊が最も容赦なく刺してくる足首に虫よけスプレーの〈オフ!〉を吹きかけ、水の用意をする。詰め替えのできるプラスティックのボトルを冷蔵庫にはめこまれたウォーターサーバーに押しつけた。それからバナナを剥いて、自分がたてる湿った咀嚼音を聞きながら食べた。ごみが溢れそうになっていた——くしゃくしゃになったセロファン、染みのついたペーパータオル、誰もコンポストにしようと思わなかったらしき、絞られたあとのレモンの固まり。食べるものはほとんど残っていなかった。ものが必要なのはわかっていたが、それ以上に人が必要だった。ローズは両方とも見つけるつもりだった、森のなかのあの家で。ネクタリンをバッグに入れた。このネクタリンは安っぽいナイロンバッグのなかであちこちにぶつかり、ローズが食べようと思うころには傷つき、果汁が洩れでているのだが。ローズは本もバッグに入れた。いつ本が必要になるかわからない。

ローズは覚えていた。森に入って、この方向に進んでむこうまで行ったらあっち、ちょうどここ、ちょっと左に曲がって、まっすぐ行って、木の下を通って、あの小さな丘を越える。ローズには、都会住まいをしても鈍らなかった本能があった。まるで動物だ、キャンバス地の爪先を濡らしながら、落ち葉の上に足跡をほとんど残さず、鳥の鳴き声とそよ風のなかで、自分の痕跡を最小限にとどめる。近くに捕食者がいないことは体が知っていた。

ローズとアーチーはきのう、ただ行き当たりばったりに歩いているだけだと思っていたが、じつはちがったのかもしれない。子供というのはなにかしら知識を持っていて、その知識は潜在的なものだったり、言葉にできないものだったりする。ローズはすべての目印に見覚えがあった——地面の膨らみや朽ちかけた丸太、落ちた枝。もしもここでロトの妻のようにふり返っていれば、フラミンゴが見えたかもしれない。ピンク色でいきり立ったフラミンゴが空を飛んでいくのが。じつはフラミンゴは風に運ばれてきたのだった。進化の常套手段。密航者として丸太に乗ったトカゲが、ノアと妻のエムザラのように海に流され、どこか新しい海岸に流れつくようなものだ。そうして忙しなく動きまわり、彼らの子孫が自生していた草木を食べ尽くすのだ。こんなところに飛ばされたとわかって、フラミンゴは人間とおなじくらい憤っていた。しかしなんとかやっていかねばならないだろう。藻類でも食べてみることになるのだろう。フラミンゴは年に一度巣をつくるのだが、それだけで繁殖していけるので、もしかしたら千代くらいあとの世代は近親交配になったり、べつのどぎつい色になっていたり（プールの水を飲んだせいで不凍液みたいなブルーになったりとか？）、なにかべつの新しい種になっているかもしれない。ことによれば、彼らだけが生き残っているかもしれない。

ローズは歌を歌った。最初は頭のなかで歌うだけだったが、それから大胆になり、あるいはふだんとちがった気分になり、あるいは元気になり、あるいはうれしくなって、声に出して歌った。〈ワン・ダイレクション〉の歌で、好きだと知られたらアーチーには馬鹿にされそうなボーイズ・バンドだったが、その実アーチーもひそかに楽しんでいるのだ。頭は当然のごとくすっきりしていた。ローズにはわかっていた。例のもう一つの家に着きさえすれば、みんなにとって大事らしいあの疑問に答えを出すことができるだろう。あの家には人がいて、その人たちが答えを知っているだろう。あるいは、すくなくとも自分たち家族が心細い思いをしなくてよくなるだろう。

朝は涼しかったが、暑い日になりそうだった。足もとの落ち葉はほとんど湿っていなかった。梢の葉がそれだけ密生しているということだ。タイムゾーン一つ離れたところではまだ暗かった。だが、それをいうなら暗い場所はたくさんあった。自殺しようとしている人もいた。車に荷物を積みこんで、一キロでも三キロでも十五キロでもいくらでも走って、どこであれ安全が保たれている場所へ到達したいと思っている人もいた。国境を越えようと思う人もいた。そんな境界線など架空のものに過ぎないと気づいていないのだ。なにかがおかしいとわかっていない人もいた。ニューメキシコ州やアイダホ州には、まだなにも起こっていない町があった。誰も頭上の衛星と通信できないというのも妙な話なのだが。人々は依然として仕事に出かけ、鉢植えの植物を売ったり、ホテルのベッドを整えたりしていた。そのうちに、それがなんの役にも立たないことがわかるはずだった。州知事たちは非常事態宣言を発表したが、それをどう広めたらいいかわからなかった。在宅の母親たちは子供向けテレビアニメの〈ダニエル・タイガーの近所〉が映らないことに苛立った。自分たちがシステムを妄信していたことに気づきはじめる人もいた。そのシステムを維持しようと努める人もいた。銃や、どんな水でも安全に飲めるフィルターつきストローを備蓄していた人々が正しかったことが証明された。どんなにたくさんのことが起ころうと、これからさらに多くが起こるだろう。自由の国のリーダーはホワイトハウスの地下に隔離されたが、彼のことを気にかける人はいなかった。ましてや〈ワン・ダイレクション〉のハリー・スタイルズについて考えながら森を歩いている少女のことを気にする者など一人もいなかった。

ローズは勇敢なわけではなかった。子供というのは幼すぎて、不可解な物事から目を逸らすことを知らないだけなのだ。子供は地下鉄で支離滅裂なことをつぶやく統合失調症患者を凝視する。一方、大人は目を伏せてポッドキャストのことを考えている。子供は失礼とされている物事を知らずに質問する——どうして首にこぶがあるの？　おなかに赤ちゃんがいるの？　昔から髪の毛がなかったの？　どうして歯が銀色なの？　わたしが大きくなっても象はまだいる？　などと。ローズはあのノイズがなにか知っていたが、誰もローズに尋ねなかった。あれは事実の音だった。みんなが気づかないふりをしている変化だった。ある一つの人生の終わりだったが、べつの種類の人生のはじまりでもあった。ローズは歩きつづけた。

ローズは生き残りで、これからも生き残るはずだった。自分が少数派であることを本能で

（もしかしたら単に人間関係の上から）知っていた。どこか南のほうで、川の水が堤防を越えた。水が二階の寝室まであがり、人々は屋根裏や屋根の上に登った。フィラデルフィアでは、三回めのお産を終えた女が――生まれたのは息子だった、テヘランに派遣されて殺された彼女の兄弟にちなんで名づけられた――赤ん坊を胸に乗せたとたんに病院の電源が切れた。まるで息子の肌が母親に触れたショックで停電したかのように。集中治療室にいた新生児は全員が何時間かのうちに死んだ。キリスト教徒はそれぞれの教会に集まったが、無信仰者もそこに集まった、信心深い隣人たちのほうが自分より備えができていると思って（残念ながら、そんなことはなかった）。食糧のことでパニックに陥っている地域があるかと思えば、慌ててなどいないようなふりをする地域もあった。エルサルバドル料理レストランのスタッフがハーレム地区の通りで食材をグリルして、それを無料で配った。たった二十四時間のうちに大部分の人が昔ながらのラジオを聞くのをやめ、事態を理解しようとするのをやめた。これは忠誠心のテストなのか？　わかったのは、人々が自分の無知に対して忠実であることだけだった。人々はドアと窓の鍵をしめ、家族でボードゲームをした。だが、メリーランド州セントチャールズのある母親は、娘二人をバスタブで溺死させた。そのほうが〈蛇と梯子〉のゲームをしているよりもよっぽど分別のある行動に思えたからだ。このゲームはスキルも戦略も必要とせず、人生の大半を占めるのは労せずして得た利益か壊滅的な転落だと教えてくれるだけだった。自分の子供を殺すには、想像を絶する胆力が必要だった。それができるのはほんの少数の人々だった。

首と額と、唇の上の産毛の生えたところにしっとり汗をかきながら、ローズは前進をつづけた。数キロ離れた場所では、ダニーが見たシカの群れがべつの群れを見つけ、すごい数になって、本能の命じる方向へと歩いていた。白人が殺すまえの草原のバッファローのような、驚くべき移動だった。近くの家の住人たちは目を疑ったが、一週間まえよりは容易に信じられた。このシカたちの次の世代は、フランドル地方のタペストリー――ローズとその家族が決して見ることのないタペストリー――の図柄にあるユニコーンのような白い体で生まれてくるだろう。アルビノというわけではなく、のちにこれを調べた一人の遺伝学者が発見するのだが、複数の世代にまたがるトラウマの結果だった。命とはそうしたものだ。命とは変化するものだ。

近隣の地元住民のなかには、車に乗りこんで街に向かった者もいた。警察がいなかったのでスピードをあげた。ブルックリンはひどいにおいがした。冷蔵ケースの中身は温まって駄目になり、街角にはごみが溢れ、それに加えてとじこめられた通勤、通学の乗客たちが――躁鬱病のホームレスや、市長の報道官、グーグルの就職面接に向かう楽観主義者たちが――ゆっくりと、引き取り手のない死体になっていった。

森のなかでは、大気は甘ったるい、なにかが腐ったようなにおいがした。夏の空気はそんなにおいがするものだ。ローズは考えた――お母さんとお父さんと、子供が一人か二人いるだろうか？　うちの家族みたいに白人だろうか、それともワシントン夫妻のように黒人だろうか、それともサビーナの家族みたいなインド系だろうか、それともサウジアラビアか、台北か、モルジブの出身だろうか？　サウジアラビアや台北やモルジブの人たちは、ジョージア州ウェイクロスで四十人の看守が千五百人の囚人を放置して逃げたことを知っているだろうか？　こんなかたちの自由など思ってもみなかったことだろう。水浸しになった天井は壊れ、瓦礫に埋もれた遺体は永遠に鉄格子の向こう側だ。だが、魂は逃げだしただろうか？　四十人の看守は全員が、人間がつくったものを風と雨が破壊できるとは思っていなかった。全員が、一瞬たりとも人々の死を悼まなかった。どうせ連中は悪人だったのだ、と彼らは自分にいい聞かせた。人生を善人として過ごしたか悪人として過ごしたかは問題ではないのに、そんなことも知らずに。

ローズはすでに一時間歩きつづけていた、いや、生まれてからずっと歩いている気分だった。バッグをあけて、傷だらけになったネクタリンにかぶりついた。甘い香りにつられて羽虫がそばに寄ってきた。白い果肉を一回、二回、七回、十四回齧った。果肉はまんなかの種子からきれいに離れた。果物の種子というのは奇跡のようなものだった。轍（わだち）のようなでこぼこのついた種子。ローズはそれを地面に落とした。いまから何年か後には木が生えているといいなと思いながら。

ローズは愚かではなかった。救済は期待していなかった。自分たちがなにも持っていないことを、独力で理解していた。そしていま、自分たち家族がなにかを持てるとすれば、それはローズのおかげだった。森の向こうに屋根が見えた。思っていたとおりの場所に。

しかし家は自分たちのところとよく似ていた！　そこになにか意味があるように思えた、たとえ、ある意味では家なんてみんなおなじように見えるとしても。この家がワシントン夫妻の家のこだまのように思えて、ローズは元気づけられた。赤ん坊の発する喃語（なんご）が心のなごむスピーチに聞こえるのと似たようなものだった。勇敢にも、ローズは玄関へ回った。訪問者のための煉瓦の道をまっすぐ歩いた。そして固く握った拳で、自信を持って、しっかりとドアをノックした。

　植わっているものを踏みつぶさないように注意しながら、ローズは根覆い（マルチング）の腐葉土のなかに立って窓ガラスに顔を押しつけた。花畑のような壁紙や、茶色い家を描いた油絵、壁に取りつけられた真鍮の燭台（しょくだい）、とじたドア、ローズ自身の顔――毅然（きぜん）としていながらも楽観的な顔――だけが映った鏡が見えた。ローズには知りようもなかったし、この先も知ることはないのだが、ここに住むソーン一家はサンディエゴの空港にいて、国内便がまったく運行していなかったため、帰路の手配をできずにいた。前例のない全国的な非常事態のせいだった。前例があればいいというわけでもなかったが。ソーン一家が生きて再びこの家を見ることはなかった。女主人のナディーンがときどき夢には見たけれど。ナディーンは、陸軍が空港の外に立てたテントのなかで、がんに負けて死んだ。遺体は茶毘（だび）に付された。遺体の数が残された人々の数を上回り、わざわざ火葬したりしなくなるまえの話だ。

　ローズは家の裏に回り、ガラスのスライディングドアをノックした。部屋はワシントン夫妻のものとはちがった。家具はもっとどっしりとしていて、壁は濃い色だった。家は行楽客を歓迎するようにはつくられておらず、ここに住む人々の趣味に合わせて内装が施されていた。もしかしたら、ここの人々は地下室で身を寄せあっているのかもしれない、銃をかまえながら。もしかしたら、ここの人々はあの音を聞いたあと、車に乗ってできるかぎり早く逃げたのかもしれない。ローズは家から離れたガレージに行った。ダンボール箱と、道具のさがったペグボードがあったが、車はなかった。汚れたキャンバス布で覆われたボートならあったのだが。

「家にいないのね」声に出して、しかし自分に向けて、ローズはいった。呼び鈴を押すと、安っぽい板張りのドアを通してチリンチリンと鳴る音が聞こえた。目的を果たさないまま帰るつもりはなかった。

家の脇の花壇に、仕切り用の装飾石が並んでいた。ローズはそれを持ちあげ、裏口のドアに投げつけてから、玄関ドアの脇の窓ガラスにすでにひびが入っているのに気づいた。うしろにさがり、石を投げた。ガラスが割れて家のなかに飛び散り、石はローズの足もとに落ちた。騒音は一瞬だった。あとはなんの音もしなかった。ローズは熱いフライパンを持つときのようにパーカーの袖を引っぱって手を覆い、小さめの石を握って、フレームに残ったギザギザのガラスにたたきつけた。屋内に手を伸ばすと、デッドボルトがあった。簡単だった。

家のなかは猫のにおいがした。キャットフードと猫用のトイレは見つかったが、猫そのものは見つからなかった。外に行ってしまったのだ、なんであれ、動物がしそうなことをするために。怖い気持ちに負けて明かりをつけた。たいていの人が持っているのとおなじ直感で、ローズには自分が一人だとわかった。しかしそれでもすべての部屋へ行き、すべてのクローゼットをあけ、すべてのシャワーカーテンを引きあけ、膝をついてすべてのベッドの下を覗いた。ピンクのカーペットの寝室があり、花柄の上掛けに覆われた木のベッドが、窓の外の梢が完全に見える角度で置いてあった。それから書斎があり、ボードゲームやパズルでいっぱいの戸棚と、ローズが見たこともないほど大きなテレビの載った幅の広いユニット式のキャビネットがあった。ダイニングには、掃除機の通った跡の残る染みひとつないブルーのカーペットが敷かれ、ぴかぴかに磨かれたテーブルがあった。

冷蔵庫の表面ではたくさんのものが不協和音を奏でていた——マグネットやメモ、レシピ、クリスマスカード、海岸で裸足になったり、紅葉した木にもたれてポーズを取ったりしている家族の笑顔の写真。扉をあけると、ワシントン夫妻の家の冷蔵庫よりいろいろなものが入っていた。サラダ用のドレッシング、ケチャップ、ミニキュウリのピクルスの瓶詰め、しょうゆ、ポンとあけるとビスケット生地が出てくる紙の容器。薬らしきものが入ったプラスティックの小瓶や、使いかけのバターや、ホワイトクランベリージュースもあった。水切りかごにきれいなグラスがあったので、ローズはジュースを勝手に注いで飲んだ。

アイランド型キッチンのカウンターのまえに座り、電話と、レモンが二つ入ったフルーツボウルと、書類や郵便物の山を見た。キッチンで引出しをあけると、どの家にもあるようなものが入っていた——ゴムバンドに小銭、古い乾電池、ハサミ、なにかのクーポン、レンチ。廊下の外れの化粧室では、貝殻に見えるようにつくられた小さな石鹸受けを見て感心した。

　書斎に戻ってテレビをつけた。画面はブルーだった。テレビの下のキャビネットをあけ、プレイステーションと、さまざまなゲームの入ったプラスティックの箱の山と、大量のＤＶＤを見つけた。ローズの家にはＤＶＤプレーヤーがなかったが、学校の教室にはあった。ローズは馬鹿ではなかったので、使い方を覚えていた。〈フレンズ〉に決めた。ドラマのボックスセットがあったのだ。手に取ったのは、ロスがレイア姫についての空想に耽るエピソードだった。テレビから音が出ると、はるかに気分がよくなった。ローズはボリュームをあげて、キャビネットを漁りまわるための伴奏にした。バンドエイド、解熱鎮痛剤のアドヴィル、乾電池のパック。こういうお宝は証拠になる。青い壁の寝室があり、ものはほとんどなかった。明らかに、ここの住人のティーンエイジャーは家を出たのだろう。ここはアーチーの部屋にすればいい、とローズは思った。わたしは客間でかまわない。楕円形でおちついた色の敷物と、こまかいフリルのついたカーテンがあった。家というのは、結局のところ、自分たちがいる場所なのだ。気がつけば自分はそこにいるという、ただそれだけの場所だ。

　ローズは知らなかったが、いまこの瞬間に母親は卵売りのスタンドにいた。鶏のにおいのする空っぽの小屋に黙って座っていた。アマンダは息子と再会したとき、声が出てくるまでにいくらか時間がかかった。ショック状態だったのだ。その後、娘とも再会することになるのだが、そのときも口をきくことができなかった。ただ身を震わせただけだった。

帰り道はわかっていた。あの上り坂を越えて、それから注意深く、引力を調整しながら坂を下る。見覚えのある木を通り過ぎて、見覚えのあるべつの木も通り過ぎて、神聖な一筋の光の当たっている小さな空き地のそばを通る。まえにインターネットで見たのだが、木々はお互いに重ならないように、隣人からいくらか距離を置いて育つことを知っているらしい。木々は地面と空の与えられた区分だけを使う。木々は寛大で慎重で、もしかしたら救済者は森の木々なのかもしれない。

ローズは戻るつもりだった。たぶん、すでに探されているだろう。メモを残してこなかったことにすこしばかり罪悪感を覚えた。しかしローズは家族にバッグを、自分が見つけたものを見せ、森のなかの家の話をするだろう。DVDプレーヤーがあって、きれいな寝室が三つあって、地下室にキャンプ用の道具があって、食品庫に缶詰めの並んだ家の話を。ローズは一介の少女に過ぎなかったが、それでも世界にはまだなにかあるとわかった。それは大事なことだった。もしかしたら両親は、自分たちが知らないことをめぐって泣きごとをいうかもしれないし、知っていること――つまり、彼らが一緒にいるということ――をめぐっても泣きごとをいうかもしれない。きっと、ルースが食洗機を空にして、G・Hがごみを外に持っていって、そうしてほんとうに一日がはじまるのだろう。そのあとのこと――お昼になにかを食べて、あの浮き輪でも浮かべてプールでリラックスして、雑誌でも読んで、ジグソーパズルをやってみる？――が、はっきりしないとしても、それはそれでかまわない。もしも一日がどんなふうに終わるかわからないとしても――夜になって終わるかもしれないし、まえよりもっとひどいノイズがオリュンポスの山のてっぺんから降ってくるかもしれないし、爆弾が落ちるかもしれないし、病気や流血に見舞われるかもしれないし、幸せに終わるかもしれないし、シカかほかのなにかが森の暗闇から覗いてくるかもしれない――まあ、それは毎日のことではないか？

謝辞

本書の担当編集者——ヘレン・アツマ、サラ・バーミンガム、ミーガン・リンチ——には大変お世話になった。それに、エコ社の彼らの同僚全員にも。いつもどおりジュリー・バレアとニコール・カニンガムにも。広い心でつきあってくれたローラ・リップマン、ダン・シャオン、ジェシカ・ウィンター、メガン・オコンネル、リン・スティーガー・ストロングにも深く感謝している。それから、デイヴィッド・ランドがいなければ本書は存在しなかったといっても過言ではない。デイヴィッド、これからもたくさんの休暇（クラムトッピングのドーナツや、プール、雨の日に箱入りの材料でつくるケーキ）を、きみと一緒に過ごしたいと思っている。

解説

エッセイスト・書評家
渡辺由佳里

『終わらない週末』の原作は、新型コロナウイルスのパンデミックが始まった二〇二〇年の十月に刊行された。アメリカで人気がある朝のTVバラエティ番組「Today」の読書クラブ#ReadWithJennaの推薦書に選ばれていたこともあって発売前から注目されていた。これは、読書家で知られる第四十三代アメリカ大統領ジョージ・W・ブッシュの娘ジェナ・ブッシュ・ヘイガーが毎月本を選んでディスカッションする企画で、選ばれた本は必ずアメリカでベストセラーになる。前評判だけでなく、刊行された時には大手新聞や文芸雑誌に好意的な書評が掲載され、全米図書賞の最終候補にもなった。

それなのに、なぜか一般読者の評価はあまり高くはなかった。アメリカの読者評価は日本のそれと比べると気前が良い傾向があり、Goodreadsという読書ソーシャルメディアでは面白い本には星を四つ以上つけるのが当然とみなされている。だからたいていのベストセラーは平均四・〇以上（五点が満点）になるのに、『終わらない週末』は三・二（二〇二二年六月現在）とかなり低いのだ。

初期の読者の反応を知っていたのであまり期待せずに原書を読んでみたところ、とても良くできた作品だと思って感心した。子どもの頃から本の感想を語り合ってきた読書家の娘も「面白かった」と言う。私が主催している洋書レビューブログ「洋書ファンクラブ」の年末恒例行事「これを読まずして年は越せないで賞」の審査員を十三年以上務めている岸田麻矢さんの評価も高く、結果的に本作の原書は二〇二一年「これを読まずして年は越せないで賞」の候補作になった。

なぜ読者によってこれほど評価が異なるのだろうか？　そこに興味を抱いたので、少し掘り下げて考えてみた。

低い評価を与えた読者の感想は、「何が起こったのかはっきりしない」「どうでもいいような詳細ばかり」「数々の疑問が最後まで解決されない」といったものだった。

その視点で本作を振り返ってみよう。

ニューヨーク市マンハッタン在住の高収入の白人共働き夫婦が十六歳の息子と十三歳の娘と一緒にロングアイランドでの夏のバケーションに出かけた。Ａｉｒｂｎｂ（エアビーアンドビー）で借りた別荘はビーチの近くでプールもある。そこでくつろぎかけた時に高齢期にさしかかった黒人夫婦が現れ、この別荘の持ち主だと名乗る。マンハッタンで停電が起こったのだが、それがさらに広がっている。危機感にかられた彼らは別荘に避難することにしたと言う。家族はしぶしぶ持ち主を迎え入れる。その後スマートフォンにニュース速報のプッシュ通知が現れたが、意味不明のものだった。続いてニュースが途絶えてインターネットも繋がらなくなる。都市部から離れた森に囲まれた場所にいる彼らには、世界で何が起こっているのかわからない。不気味な静けさの中、鹿の大群が目撃され、ついに身の毛がよだつような「ノイズ」が起こる。それらを読みながら読者はいろいろな疑問を抱く。「インターネットや電話が繋がらなくなった原因は何か？」「鹿はなぜ群れを作ったのか？」「この二つの家族は無事にこの危機を乗り切ることができるのか？」「世界はいったいどうなるのか？」「大災害の原因は戦争なのか？」「他国から攻撃されたのか？」「攻撃されたとしたら、いったいどんな武器なのか？」……。

「大災害によって世界が終わる」典型的なディストピア小説であれば、災害の正体は小説のどこかで明確になるし、勇敢な人々がそれに対抗しようとしたり、庶民がサバイバルのために戦ったりするドラマがある。そして最後には世界が救われたり、主人公が生き延びたり、あるいは世界が本当に滅亡する悲劇が訪れて、何らかの結論が示される。それがどのような結論であれ、読者はある種のカタルシスを期待しているわけだ。本書はそういった読者の先入観や期待を見事に裏切ってしまうので、カタルシスを得られなかった読者が「裏切られた」と感じたのも納得できる。

読者がカタルシスを期待するのは、本書が通常の「長篇」であることを期待していたからだろう。たいていの長篇小説ではプロットが重要であり、読者もそれを期待する。写真であれば俯瞰撮影としての完成度で評価するような感じだろう。それに比して短篇小説は被写体に迫って詳細を写し出すクローズアップだ。つまり、見せたいもの、表現したいものが異なる。

私が『終わらない週末』を楽しめたのは、意図せずに「少し長めの短篇小説」として読んでいたからかもしれない。優れた短篇小説を書くことで知られるルマーン・アラムが描く人物や状況の詳細があまりにも卓越していて、プロットらしいプロットがないことがまったく気にならなかったのだ。というか、むしろプロットらしいものがないところに惹かれたのだ。

読み始めてすぐについクスクス笑いをしてしまった。潜在的に世紀末的な物語の案内役である白人夫婦の描写の部分だ。この部分には、アメリカの東海岸、特にニューヨークを知る者ならすぐにピンとくる「暗号」のような情報が散りばめられている。

アマンダは広告代理店の管理職でクレイは終身雇用の大学教授で書評家でもある。通常の感覚では人々の憧れの的である成功者であり、上流階級に属する類のカップルである。しかし、マンハッタンという特殊な地域では彼らは「ミドルクラス」でしかない。

エマ・ストラウブ著の *This Time Tomorrow*（二〇二二年刊行）で主人公がマンハッタンの有名私立校の保護者の富のレベルについて語る部分があるのだが、最上レベルのお金持ちは「チャリティばかりしていて仕事はしている様子がなく、どこでお金を得ているのかわからない人々（つまり前の世代が蓄積した巨大な富を持っているオールドマネー）」である。次のレベルはウォール街の投資銀行家や企業弁護士など「非常に高収入だが、常に働いている必要がある人々」で、彼らは学校訪問をしている最中でも子どもには注意を払わずに電話で誰かとやり取りしている忙しい人々だ。アマンダとクレイは、後者に近づけそうで近づけていない。非常に裕福なニューヨーカーは世界中に複数の別荘を持っているし、その次のレベルは金持ちが集まるバケーション地に別荘を少なくとも一つは持っている。たとえば、アマンダとクレイが向かっているロングアイランドだ。そこでAirbnb（エアビーアンドビー）で他人の別荘を借りる彼らは「ミドルクラス」なのだ。

アマンダが食料品の買い出しをした時に商品名がずらずらと並ぶ。これも、アメリカに住んでいる読者には家族を説明する小道具として活きている。「ヨーグルトとブルーベリー」そして「ターキー」は、アマンダ自身が太らないように注意していることを示している。マンハッタンで暮らし、働く女性にとって体型維持のプレッシャーは大きい。広告代理店の管理職になるようなアマンダにとってはさらにそうだろうと想像できる。けれども、アマンダの理想と家族の考え方は異なる。それが、ファーストフードの「バーガーキング」で健康に悪いハンバーガーを買いたがる家族に対するアマンダの苛立ちである。アマンダが食品の買い出しを進んで引き受けたのは、家族の行動を管理したがる彼女の性格を示している。でも、「つぶつぶの入ったマスタード」という高級品にこだわったいっぽうで、ワインは九ドルと安物である。そして、コーヒーフィルターやアイスクリームでは社会正義を吟味するが、後の選択はどこのスーパーマーケットにでも売っている類の大量生産商品だ。こういった矛盾が彼女の人となりを示している。

ミドルクラスであれ、高等教育を受けた白人のアマンダとクレイにはそれなりの選民意識がある。努力して成功しているのに、それに匹敵する尊敬を得ていない不満もどこかにある。それが、政治的にはリベラルでありながらも、自覚していないソフトな人種差別を強めているところがある。たとえば、コリア系アメリカ人の部下の訛りとか、自分が借りることしかできなかった別荘の持ち主が黒人夫婦であったことへの驚きや不信感だ。こういったアメリカ独自の微妙な偽善をアラムは見事に描いているのだ。

別荘の持ち主である黒人の老夫婦のジョージとルースが現れたとき、何度も「お邪魔して申し訳ない」「怖がらせるつもりはない」と繰り返した。これは、黒人というだけで銃殺される可能性があるアメリカで黒人が毎日のように接している危険とフラストレーションを浮き彫りにしている。Ａｉｒｂｎｂ(エアビーアンドビー)を契約した時に交わしたメールでＧ・Ｈというイニシャルだった持ち主の名前が「ジョージ・ワシントン」だったと知った時にアマンダが驚くシーンがある。その時にジョージの妻のルースが「礼節を守るという感覚に欠けている」と感じるが、この部分は日本の読者にわかりにくいので説明が必要だろう。アメリカの初代大統領のジョージ・ワシントンは奴隷所持者だった。独立戦争後に奴隷制度について疑問を抱き始めるが、すでに脆弱な国を分断することを恐れて公には奴隷反対を唱えなかった。自分が所有する奴隷を解放する遺言を残したのだが、半分以上の奴隷はワシントンの寡婦が遺産として相続し、そのまま奴隷として一生を終えた。アメリカでは有名な史実なので、アマンダは「黒人なのにジョージ・ワシントンという名前だ」という部分に驚き、驚いた恥ずかしさを隠そうとして褒めたりしつつ、面白い逸話として誰かに話そうと想像するのだ。

このようにすれ違ったままに二組の家族は表層的にはフレンドリーな共同生活を始めるが、根底にある不信感や不満は消えない。そして、アマンダとクレイの息子と娘は、ティーンらしく自己中心的に夏のバケーションを続けようとする。人は（潜在的に驚異的であっても）可視化しにくい災害にすぐに慣れてしまい、いつの間にか無視できる能力を持ち合わせているようである。この小説が刊行された年に始まった新型コロナウイルスのパンデミックでも証明されたことだ。

新型コロナの場合には、正体がわからないなりに初期からインターネットで情報を得ることができた。しかし、この小説ではインターネットも電話も突然通じなくなってしまう。ここで背筋が寒くなってくる。情報を得ることができず、コミュニケーションが取れなくなったら、私たちは世界でどんな災害が起こっているのか自分たちが何に対処しているのかまったく知ることはできない。

この小説の終わりのほうに、「自分たちがシステムを妄信していた」という表現があるが、本当にそうだと思う。気候変動や国際政治の不安定さや（現在では新型コロナの）パンデミックに淡い危機感を抱いていても、文句を言っていても、どこかで大企業や政府が提供するサービスを信じて寄りかかっている。でも、システムが壊れたら、私たちはよくある災害小説のように戦う相手すら見つけることができず、途方にくれるだけだろう。

この小説では得体の知れない「ノイズ」によって登場人物たちは、これまで築き上げてきた自分への信頼を失い、自分を取り囲む世界への漠然とした信頼も失う。クレイは男としての自分の価値が、G・Hは友人だと思っていた白人の隣人との友情が、単なる幻想であることを思い知る。それらを悟った後に残るものは何だろう？　クレイが考えるように、いつもどおりの日常生活を続けることなのか。

不安に立ち向かいたくても、敵は見えない。来るべき災難に怯えて無策に日常を過ごしているうちに、突然自分の世界が終わる（かもしれない）。その時に周囲にいる者は選べないし、自分以外の世界がその後続いているかどうか知るすべはない。よくある世紀末的なディストピア小説とは異なり、現実世界でのリアルな「世界の終わり」は、そういうものではないだろうか。

この小説を読んでいる間にも、世界のどこかで「終わり」はすでに始まっているかもしれない。でも、私たちはアマンダのように呑気にマスタードやクッキーを選びながら他人への優越感や劣等感を抱き、クレイのように助けを求める人を簡単に見捨て、最後まで卑小な日常生活を続けるのだろう。

現実では、最後まで「答え」や「結末」を与えてはもらえない。それを想像させるからこそ、この小説はしみじみと怖かった。

訳者略歴　東京生まれ，青山学院大学文学部卒，日本大学大学院文学研究科修士課程修了，英米文学翻訳家　訳書『ボンベイのシャーロック』マーチ，『女たちが死んだ街で』ポコーダ，『ローンガール・ハードボイルド』サマーズ，『ブルーバード、ブルーバード』ロック（以上早川書房刊）他多数

終わらない週末

2022年8月20日　初版印刷
2022年8月25日　初版発行

著者　ルマーン・アラム

訳者　高山真由美

発行者　早川　浩

発行所　株式会社早川書房
東京都千代田区神田多町2－2
電話　03－3252－3111
振替　00160－3－47799
https://www.hayakawa-online.co.jp

印刷所　株式会社亨有堂印刷所
製本所　大口製本印刷株式会社

Printed and bound in Japan

ISBN978-4-15-210158-7　C0097

乱丁・落丁本は小社制作部宛お送り下さい。
送料小社負担にてお取りかえいたします。